Des raisons de se plaindre

Du même auteur

Virgin Suicides
Plon, 1995
Points n° P2491

Middlesex
Éditions de l'Olivier, 2003
Points n° P1238

Le Roman du mariage
Éditions de l'Olivier, 2013
Points n° P3213

JEFFREY EUGENIDES

Des raisons de se plaindre

traduit de l'anglais (États-Unis)
par Olivier Deparis

ÉDITIONS DE L'OLIVIER

L'édition originale de cet ouvrage a paru
chez Farrar, Straus and Giroux en 2017
sous le titre : *Fresh Complaint*.

ISBN 978.2.87929.987.7

À la mémoire de ma mère,
Wanda Eugenides (1926-2017),
et de mon neveu,
Brenner Eugenides (1985-2012)

Les râleuses

Dans l'allée, au volant de la voiture de location, Cathy étouffe un gloussement en apercevant le panneau. WYNDHAM FALLS. RÉSIDENCE SENIORS TOUT CONFORT.

On est loin de la description de Della.

Apparaît ensuite le bâtiment. L'entrée principale n'est pas vilaine. Grande, toute en verre, avec des bancs blancs à l'extérieur. Elle donne une impression de netteté médicale. Au fond de la propriété, en revanche, les appartements côté jardin sont exigus et en piteux état. Leurs mini-vérandas ressemblent à des enclos pour animaux. Derrière les fenêtres aux rideaux tirés et les portes dégradées par les intempéries, on devine des vies solitaires.

Lorsqu'elle descend de voiture, l'air lui semble de cinq degrés plus chaud qu'à l'aéroport ce matin-là, à Detroit. Le ciel de janvier est bleu et presque sans nuages. Aucun signe de la tempête de neige contre laquelle Clark l'a mise en garde, pour tenter de la convaincre de rester à la maison et de s'occuper de lui. « Pourquoi tu n'y vas pas la semaine prochaine ? a-t-il dit. Elle ne va pas s'envoler. »

Cathy approche de l'entrée quand elle se souvient du cadeau de Della et repart vers la voiture pour aller le chercher. En le sortant de sa valise, elle est à nouveau satisfaite de son travail d'emballage. Le papier écru, épais et moelleux, imite l'écorce de bouleau. (Elle a fait trois papeteries pour trouver quelque chose qui lui plaise.) Et au lieu d'y coller un affreux nœud de bolduc, elle a confectionné une guirlande à l'aide de ramilles prélevées sur son sapin de Noël, qu'ils étaient sur le point de mettre sur le trottoir. Le paquet a ainsi un aspect artisanal et naturel, telle une offrande pour une cérémonie amérindienne, adressée non pas à un individu mais à la terre.

Ce qu'il contient n'a rien d'original. C'est ce que Cathy offre toujours à Della : un livre.

Mais c'est plus que ça, cette fois. Une sorte de remède.

Depuis son installation dans le Connecticut, Della se plaint de ne plus arriver à lire. « J'ai un mal fou à me concentrer sur un livre, ces derniers temps », voilà comment elle le formule au téléphone. Elle ne précise pas pourquoi. Toutes deux savent très bien pourquoi.

Un après-midi en août dernier, lors de la visite annuelle de Cathy à Contoocook – Della habitait encore là-bas à l'époque –, Della a dit que son médecin n'arrêtait pas de l'envoyer passer des examens. Il était un peu plus de cinq heures, le soleil déclinait derrière les pins. Pour échapper aux vapeurs de peinture, elles prenaient leur margarita sur la véranda fermée par des moustiquaires.

– Quel genre d'examens ?

– Toutes sortes de tests stupides, a répondu Della avec une grimace. Chez une thérapeute – enfin, elle *se dit* thérapeute, mais elle ne doit pas avoir plus de vingt-cinq ans. Par exemple, elle me fait dessiner des aiguilles sur des horloges. Comme à la maternelle. Ou alors elle me montre une série de photos qu'elle me demande de mémoriser. Puis elle se met à parler d'autre chose, tu vois. Pour détourner mon attention. Et ensuite, elle m'interroge sur les photos.

Cathy a observé le visage de Della dans la pénombre. À quatre-vingt-huit ans, Della est toujours une belle femme pleine de vitalité, avec des cheveux blancs coupés simplement, qui évoquent à Cathy une perruque poudrée. Il lui arrive de se parler à elle-même, ou de regarder dans le vide, mais pas plus que n'importe quelle autre personne seule.

– Comment tu t'en es sortie ?

– Pas très bien.

La veille, dans la voiture, en revenant de la quincaillerie à Concord, elle s'était tracassée pour la couleur de la peinture qu'elles avaient choisie. Était-elle assez claire ? Il fallait peut-être la rapporter. Elle paraissait moins gaie que sur le nuancier du magasin. Oh, quel gaspillage ! À la fin, Cathy avait dit : « Della, tu recommences à être angoissée. »

Il n'en avait pas fallu davantage. Le visage de Della s'était détendu comme sur un coup de baguette magique. « Je sais, avait-elle reconnu. Il faut me le dire quand je suis comme ça. »

Sur la véranda, Cathy a siroté son verre et a dit :

– Il ne faut pas t'en faire, Della. N'importe qui serait nerveux face à des examens comme ça.

Quelques jours plus tard, Cathy est rentrée à Detroit. Elle n'a plus entendu parler des examens. Puis, en septembre, Della a appelé pour annoncer que le Dr Sutton avait programmé une visite à domicile et demandé à ce que Bennett, le fils aîné de Della, soit présent. « Si elle veut que Bennett fasse le déplacement, a dit Della, c'est sûrement pas bon. »

Le jour du rendez-vous – un lundi –, Cathy a attendu l'appel de Della. Lorsqu'il a fini par arriver, elle avait l'air toute contente, à la limite de l'euphorie. Cathy a pensé que le médecin avait dit que tout allait bien. Mais Della n'a pas parlé des résultats des examens. Au lieu de cela, avec une joie presque délirante, elle s'est extasiée : « Le Dr Sutton a été soufflée par nos travaux de rénovation ! Je lui ai raconté dans quel état était la maison quand j'ai emménagé, et je lui ai expliqué que chaque fois que tu viens, on attaque un nouveau chantier. Elle n'en est pas revenue. Elle a trouvé qu'on avait fait un boulot extra ! »

Della n'avait peut-être pas la force d'affronter la nouvelle, ou alors elle l'avait déjà oubliée. Quoi qu'il en soit, Cathy a eu peur pour elle.

C'est Bennet qui s'est chargé de lui révéler les détails médicaux, qu'il a prononcés d'une voix froide et neutre. Bennett travaille pour une compagnie d'assurances, à Hartford, il calcule quotidiennement les risques de maladie et de mort, ceci explique peut-être cela.

– D'après le médecin, ma mère ne peut plus conduire. Ni utiliser la cuisinière. Elle va la mettre sous traitement, ça devrait la stabiliser. Provisoirement. Mais en gros, ça signifie qu'elle ne peut plus vivre toute seule.

– J'y étais le mois dernier, et votre maman avait l'air d'aller bien, a rétorqué Cathy. Elle est angoissée, c'est tout.

Il y a eu un silence, après quoi Bennett a dit :

– Justement. L'angoisse, c'est un des symptômes.

Que pouvait faire Cathy dans sa position ? Éloignée géographiquement – le Midwest n'était pas la porte à côté –, elle était en outre une sorte d'intruse dans la vie de Della, elle y tenait une place insolite. Cathy et Della se connaissent depuis quarante ans. Elles se sont rencontrées lorsqu'elles travaillaient toutes les deux à l'Institut de Formation en Soins Infirmiers. Cathy avait trente ans à l'époque, elle venait de divorcer. Elle était retournée vivre chez ses parents pour que sa mère puisse s'occuper de Mike et de John pendant qu'elle était au bureau. Della, elle, dans la cinquantaine, était une ancienne femme au foyer typique des banlieues riches qui habitait une belle maison près du lac. Elle avait repris le travail non pas – comme Cathy – par besoin d'argent, mais par manque d'activité. Ses deux fils aînés avaient déjà quitté le nid. Robbie, le benjamin, était au lycée.

Normalement, elles n'auraient jamais dû entrer en contact à l'Institut. Cathy travaillait au rez-de-chaussée, à l'intendance, alors que Della était la secrétaire particulière du directeur. Mais un jour, à la cafétéria, Cathy a entendu Della parler de Weight Watchers. Elle en était ravie : le programme, selon elle, était très simple à suivre, et sans s'affamer.

Cathy venait de retrouver une vie amoureuse. Autrement dit, elle enchaînait les aventures sans lendemain. Tout de suite après son divorce, elle avait éprouvé le besoin désespéré de rattraper le temps perdu. Aussi insouciante qu'une adolescente, elle couchait avec des hommes qu'elle connaissait à peine, à l'arrière des voitures ou sur la moquette des camionnettes dans les rues de la ville, devant des maisons où de bonnes familles chrétiennes dormaient paisiblement. Au-delà des plaisirs ponctuels qu'elle en retirait, elle recherchait à travers ces hommes une forme d'autocorrection, comme si leurs coups de reins pouvaient lui apporter un peu de bon sens, de quoi l'empêcher d'épouser à nouveau quelqu'un comme son ex-mari.

Une nuit, en sortant de la douche après l'un de ces rendez-vous, elle s'est regardée dans la glace de la salle de bains et s'est évaluée de ce même regard objectif qu'elle porterait plus tard sur la rénovation des maisons. Que pouvait-on réparer ? Camoufler ? De quoi fallait-il s'accommoder en l'état ?

Elle s'est inscrite chez Weight Watchers. Della l'emmenait en voiture aux réunions, rehaussée sur un coussin pour voir au-dessus du volant de sa Cadillac. Pimpante petite bonne femme avec ses cheveux méchés, ses grosses lunettes à monture rosée translucide et ses chemisiers satinés, elle portait des broches désuètes en forme de bourdons ou de teckels, et s'aspergeait de parfum. Un parfum de supermarché, floral et entêtant, conçu pour masquer l'odeur naturelle des femmes plutôt que de la sublimer comme les huiles avec lesquelles Cathy massait ses points d'acupression. Elle imaginait Della en vaporiser un nuage devant elle et s'y plonger allègrement comme une idiote.

Ayant toutes deux perdu quelques kilos, elles s'accordaient, une fois par semaine, une sortie au restaurant. Della apportait son calculateur de calories dans son sac pour veiller à ne pas trop faire de folies. C'est ainsi qu'elles ont découvert les margaritas. « Eh, tu sais ce qui est hypocalorique ? a dit Della. La tequila. Elle ne contient que quatre-vingt-cinq calories les trois centilitres. » Elles essayaient de ne pas penser au sucre dans le cocktail.

Della n'avait que cinq ans de moins que la mère de Cathy. L'une et l'autre partageaient de nombreuses opinions sur la sexualité et le couple, mais il était plus facile d'entendre ces idées dépassées dans la bouche de quelqu'un qui ne s'estimait pas propriétaire de votre corps. Et puis les points de divergence entre Della et la mère de Cathy montraient bien que celle-ci n'était pas l'arbitre moral qu'elle avait toujours été dans l'esprit de Cathy ; elle n'était qu'une personne parmi d'autres.

Il s'est avéré que Cathy et Della avaient beaucoup de choses en commun. Elles aimaient toutes les deux les travaux manuels : collage, vannerie, patine, etc. Et elles adoraient lire. Elles se prêtaient des livres de bibliothèque et, quelque temps plus tard, empruntaient les mêmes livres chacune de leur côté afin de pouvoir les lire et en discuter simultanément. Elles ne se considéraient pas comme des intellectuelles mais savaient distinguer les bons écrivains des mauvais. Le plus important pour elles, c'était l'histoire. Elles retenaient plus volontiers la trame des livres que leur titre ou le nom de leur auteur.

Cathy évitait d'aller chez Della, à Grosse Pointe. Elle ne voulait pas s'imposer la vue de la moquette à longues mèches ou des rideaux pastel, ou tomber sur le mari républicain de Della. Elle n'invitait jamais Della chez ses parents non plus. Il valait mieux qu'elles se retrouvent en terrain neutre, où personne ne leur rappelle leurs différences.

Un soir, deux ans après leur rencontre, Cathy a emmené Della à une fête organisée par des amies. L'une d'elles avait assisté à une conférence de Krishnamurti, et toutes écoutaient son compte rendu, assises par terre sur des coussins décoratifs. Un joint a commencé à tourner.

Aïe, a pensé Cathy, lorsqu'il est parvenu jusqu'à Della. Mais à sa grande surprise, Della a tiré dessus puis l'a passé à sa voisine.

– Alors ça, c'est la meilleure, s'est plus tard exclamée Della. Maintenant, tu m'entraînes dans la drogue.

– Pardon, a gloussé Cathy. Mais... ça t'a fait planer ?

– Non. Et heureusement. Si Dick savait que j'ai fumé de la marie-jeanne, il sauterait au plafond.

Elle souriait, cependant. Heureuse de partager un secret avec son amie.

Elles en ont partagé d'autres. Quelques années après avoir épousé Clark, Cathy en a eu marre et a quitté la maison. Elle s'est installée dans un motel d'Eight Mile Road. « Si Clark appelle, ne lui dis pas où je suis », a-t-elle demandé à Della. Et Della a obéi. Elle s'est contentée de lui apporter à manger tous les soirs pendant une semaine et d'écouter ses récriminations jusqu'à ce qu'elle se calme. Assez, du moins, pour se réconcilier.

– Un cadeau ? Pour moi ?

Della, encore remplie d'excitation enfantine, écarquille les yeux devant le paquet que lui tend Cathy. Elle est assise dans un fauteuil bleu près de la fenêtre, le seul fauteuil, en fait, dans le petit studio encombré. Cathy se tient maladroitement sur la banquette-lit voisine. La pièce est assombrie par les stores vénitiens baissés.

– C'est une surprise, dit Cathy avec un sourire forcé.

Elle avait eu l'impression, à écouter Bennett, que Wyndham Falls était un établissement médicalisé. Le site Web fait mention de « services d'urgence » et d'« aide à la personne », mais sur la brochure qu'elle a prise à l'accueil en entrant, elle constate que Wyndham se définit simplement comme une « communauté de retraités de plus de 55 ans ». Outre les nombreux résidents âgés précédés de leurs déambulateurs en aluminium, on voit aussi des anciens combattants, plus jeunes, barbus, en treillis et casquette, enfiler les couloirs à bord de fauteuils électriques. Il n'y a pas d'équipe soignante. Les charges sont moins élevées que dans un établissement médicalisé et les prestations, minimes : repas servis dans le réfectoire, nettoyage du linge une fois par semaine. C'est tout.

Quant à Della, elle ne semble pas avoir changé depuis la dernière fois que Cathy l'a vue, en août. Pour l'occasion, elle a mis une robe-chasuble en jean propre avec un haut jaune, et s'est appliqué rouge à lèvres et maquillage aux bons endroits et dans les bonnes quantités. La seule différence est qu'elle-même utilise un déambulateur à présent. Une semaine après son arrivée, elle a glissé et s'est cogné la tête sur le trottoir devant l'entrée. Elle s'est assommée. Lorsqu'elle a repris connaissance, un grand et bel ambulancier aux yeux bleus était penché au-dessus d'elle. Della l'a regardé et a demandé : « Je suis morte ? Je suis au paradis ? »

À l'hôpital, on lui a fait passer une IRM à la recherche d'une éventuelle hémorragie cérébrale. Puis un jeune médecin est venu vérifier qu'elle n'avait pas d'autres blessures. « Imagine le tableau, a-t-elle raconté à Cathy au téléphone. Moi, une femme de quatre-vingt-huit ans, et ce jeune médecin qui examine chaque centimètre de mon corps. Vraiment chaque centimètre. Comme je lui ai dit : "Je ne sais pas combien on vous paye, mais ce n'est pas assez." »

Ces traits d'humour confirment ce que Cathy pense depuis le début, que la confusion mentale de Della est en grande partie d'origine émotionnelle. Les médecins adorent prononcer des diagnostics et distribuer des pilules sans tenir compte de la personne qu'ils ont devant eux.

Della ne nomme jamais ce dont elle souffre. Elle l'appelle « ma maladie », ou « ce truc que j'ai ». Une fois, elle a dit : « Je n'arrive jamais à me rappeler le nom. C'est ce truc qui nous tombe dessus quand on devient vieux. Ce truc qu'il ne faut surtout pas avoir. C'est ça, que j'ai. »

Une autre fois, elle a dit : « C'est comme Alzheimer, mais en un peu moins grave. »

Cathy comprend que Della rejette le terme. « Démence sénile », ce ne sont pas de jolis mots. Ils évoquent quelque chose de violent, d'invasif, comme si un démon dévorait des morceaux de votre cerveau. D'ailleurs, c'est exactement ce qui se passe.

Elle regarde à présent le déambulateur dans le coin de la pièce, un affreux appareil fuchsia équipé d'un siège en skaï noir. Des cartons dépassent de sous la banquette-lit. De la vaisselle est entassée dans l'évier de la kitchenette. Rien de terrible, mais Della a toujours tenu parfaitement sa maison, et ce désordre est perturbant.

Cathy est contente d'avoir apporté ce cadeau.

– Tu ne l'ouvres pas ? demande-t-elle.

Della baisse les yeux vers le paquet comme s'il venait de se matérialiser dans ses mains.

– Ah, oui.

Elle le retourne, en examine la face inférieure. Son sourire est hésitant. Comme si elle le savait de circonstance mais avait oublié pourquoi.

– Regarde-moi cet emballage ! finit-elle par s'émerveiller. Il est magnifique. Je vais faire attention à ne pas le déchirer. Je pourrai peut-être le réutiliser.

– Tu peux le déchirer. Ça ne me dérange pas.

– Non, non, insiste Della. Je veux sauver ce beau papier.

Ses vieilles mains tachées triturent le papier jusqu'à ce qu'il se détache. Le livre tombe sur ses genoux.

Elle ne semble pas le reconnaître.

Ça ne veut pas forcément dire grand-chose. C'est une réédition. La couverture originale, illustrée des deux femmes assises en tailleur dans un tipi, a été remplacée par une photo couleur de montagnes enneigées, avec une typographie plus stylisée.

Quelques secondes plus tard, Della s'exclame :

– Oh ! C'est notre préféré !

– Et tu as vu ? dit Cathy en montrant la couverture. « Édition du 20e anniversaire ! Deux millions d'exemplaires vendus ! » Tu te rends compte ?

– On a toujours su que c'était un bon livre.

– Ça, c'est sûr. Les gens devraient nous écouter.

D'une voix plus douce, Cathy ajoute :

– J'ai pensé que ça pourrait t'aider à te remettre à la lecture. Vu que tu le connais par cœur.

– C'est vrai. Ce serait un moyen de réamorcer la pompe. Tu sais, le dernier livre que tu m'as envoyé, ce *Room* ? Ça fait deux mois que je suis dessus et je n'ai pas dépassé la vingtième page.

– C'est un livre un peu intense.

– Ça parle de quelqu'un qui vit enfermé dans une pièce ! Ça me rappelle un peu trop ma vie.

Cathy rit. Mais Della ne plaisante pas vraiment, et Cathy profite de l'occasion. Glissant hors de la banquette, elle désigne les murs d'un geste et dit d'un ton plaintif :

– Ils ne pouvaient pas te trouver mieux que ça, Bennett et Robbie ?

– Sans doute, mais ils prétendent que non. Robbie a une pension alimentaire à payer. Quant à Bennett, cette Joanne ne tient certainement pas à ce qu'il dépense de l'argent pour moi. Elle ne m'a jamais aimée.

Cathy passe la tête à l'intérieur de la salle de bains. C'est moins méchant qu'elle ne s'y attend, rien de sale ou d'embarrassant. Mais le rideau de douche caoutchouté ressemble à ce qu'on imagine dans les asiles. Ça, elles peuvent y remédier immédiatement.

– J'ai une idée, dit Cathy en se retournant vers Della. Tu as apporté tes photos de famille ?

– Bien sûr. J'ai été très claire avec Bennett : pas question que je m'en aille sans mes albums. Il m'a quand même obligée à laisser tous mes beaux meubles sur place, soi-disant pour favoriser la vente. Eh bien devine : pour l'instant, pas une seule visite.

Si Cathy écoute, elle ne le montre pas. Elle va à la fenêtre et remonte les stores.

– On peut égayer un peu la déco, pour commencer. Mettre quelques photos aux murs. Que cet appartement ait l'air d'être habité.

– Ce serait bien. S'il n'était pas aussi déprimant, je pense que je pourrais m'y sentir mieux. J'ai un peu l'impression d'être… en prison.

Della secoue la tête :

– Et puis certains résidents sont assez bizarres.

– Y a des timbrés ?

– Ça, oui ! s'esclaffe Della. Il faut faire attention à côté de qui on s'assoit pour manger.

Lorsque Cathy s'en va, Della contemple le parking depuis son fauteuil. Des nuages s'amassent au loin. Selon Cathy, la tempête ne sera pas là avant lundi – Cathy, elle, sera repartie –, mais Della, inquiète, tend la main pour prendre la télécommande.

Elle la pointe vers le téléviseur et appuie sur le bouton. Rien ne se passe. « Cette nouvelle télé que m'a donnée Bennett ne vaut pas un clou », grommelle-t-elle, comme si Cathy, ou quelqu'un d'autre, était encore là pour l'entendre. « Il faut d'abord allumer cette satanée télé et ensuite cet autre boîtier, dessous. Mais même quand j'y arrive, je ne trouve jamais aucune de mes émissions. »

Elle vient de reposer la télécommande quand Cathy sort du bâtiment pour regagner sa voiture. Della suit sa progression avec une fascination perplexe. Si elle a tenté de dissuader Cathy de venir maintenant, ce n'est pas uniquement à cause de la météo. Elle n'est pas sûre d'être en état. Depuis sa chute et son séjour à l'hôpital, elle ne se sent pas très bien. Un peu patraque. Courir partout avec Cathy, être prise dans un tourbillon d'activité, c'est peut-être trop pour elle en ce moment.

Cela dit, l'idée d'égayer son appartement est séduisante. Della regarde ses murs tristes et essaie de les imaginer couverts de visages aimés et significatifs.

S'ensuit alors un moment où rien ne semble se passer, rien dans le présent, du moins. Ces parenthèses s'emparent de Della de plus en plus souvent ces derniers temps. Elle est là, en train de chercher son carnet d'adresses ou de se préparer du café, quand elle se retrouve brusquement ramenée en présence de gens et d'objets auxquels elle n'a pas pensé depuis des années. Ces souvenirs la déstabilisent non pas parce qu'ils font ressurgir des choses désagréables (bien que ce soit souvent le cas) mais parce qu'ils sont d'une telle vivacité que, comparé à eux, son quotidien lui paraît aussi terne qu'un vieux chemisier trop souvent passé en machine. L'un de ceux qui reviennent régulièrement en ce moment est celui de la cave à charbon où elle devait dormir, enfant. C'était après leur départ de Paducah pour Detroit, et après la fuite de son père. Della, sa mère et son frère logeaient dans une pension de famille. Sa mère et Glenn avaient des chambres normales, dans les étages, mais Della dormait au sous-sol. Sa chambre n'était même pas accessible de l'intérieur de la maison. Il fallait sortir dans la cour et soulever les portes menant à la cave. La patronne avait blanchi la pièce à la chaux et y avait installé un lit et quelques oreillers fabriqués avec des sacs à farine. Mais Della ne s'y trompait pas. La porte était en métal, et il n'y avait aucune fenêtre. Il faisait tout noir là-dedans. Oh, comme je détestais descendre dans cette cave à charbon tous les soirs ! C'était comme s'enfoncer dans une crypte !

Mais je ne me suis jamais plainte. Je faisais ce qu'on me disait.

La petite maison de Della, à Contoocook, est le seul endroit qui ait jamais été rien qu'à elle. Bien sûr, à son âge, ça devenait problématique. Grimper la côte en hiver, trouver quelqu'un pour déneiger le toit afin qu'il ne s'effondre pas sur sa tête… Le Dr Sutton, Bennett et Robbie ont peut-être raison. Elle est peut-être mieux ici.

Lorsqu'elle regarde à nouveau par la fenêtre, la voiture de Cathy a disparu. Du coup, Della prend le livre que lui a offert son amie. Les montagnes bleutées sur la couverture continuent de la dérouter. Mais le titre est le même : *Le Cadeau du froid, un conte de l'Alaska*. Elle ouvre le livre et le feuillette, en s'arrêtant de temps en temps pour admirer les dessins.

Elle revient alors à la première page. Fixe son regard sur les mots et les suit horizontalement. Une phrase. Puis deux. Un paragraphe entier. Elle a suffisamment oublié ce récit depuis sa dernière lecture pour qu'il lui semble redevenu nouveau, tout en restant familier. Accueillant. Mais c'est surtout l'acte lui-même qui lui fait du bien, l'oubli de soi, ce plongeon dans d'autres vies.

Comme beaucoup des livres qu'a lus Della au fil du temps, *Le Cadeau du froid* lui a été recommandé par Cathy. Après avoir quitté l'Institut de Formation en Soins Infirmiers, celle-ci s'est fait embaucher dans une librairie. Elle était alors remariée et s'était installée avec Clark dans une ancienne ferme qu'elle a passé les dix années suivantes à retaper.

Della mémorisait les horaires de Cathy et venait la voir pendant ses heures de travail, surtout les jeudis soirs, quand les clients étaient peu nombreux et que Cathy avait le temps de papoter.

C'est pour cette raison que Della a choisi un jeudi pour annoncer sa nouvelle à Cathy.

– Vas-y, je t'écoute, a dit Cathy.

Elle parcourait le magasin en poussant un chariot de livres – elle reconstituait le stock – tandis que Della était assise dans un fauteuil du rayon poésie. Cathy avait proposé de préparer du thé mais Della avait répliqué : « Je préférerais une bière. » Cathy en avait trouvé une dans le réfrigérateur du bureau, vestige d'une séance de dédicace. Il était plus de sept heures, ce soir d'avril, et le magasin était vide.

Della a commencé par évoquer la récente étrangeté du comportement de son mari. Elle ne comprenait pas ce qu'il avait.

– Par exemple, il y a quelques semaines, il s'est levé en pleine nuit. Tout de suite après, j'ai entendu la voiture sortir de l'allée en marche arrière. Je me suis dit : « C'est peut-être fini. Il en a peut-être eu marre et je ne le reverrai jamais. »

– Mais il est revenu, a avancé Cathy en posant un livre sur une étagère.

– Oui. Environ une heure plus tard. Je suis descendue et il était là. Il était à genoux sur la moquette, il avait plein de cartes routières dépliées autour de lui.

Quand Della a demandé à Dick quelle mouche le piquait, il a expliqué qu'il recherchait des possibilités d'investissement en Floride. Des biens en front de mer dans des zones sous-cotées, accessibles en avion par vol direct depuis les grandes villes.

– Je lui ai dit : « On a suffisamment d'argent comme ça. Tu n'as qu'à te mettre à la retraite et on s'en sortira très bien. Pourquoi vouloir prendre un tel risque maintenant ? » Eh bien, tu sais ce qu'il m'a répondu ? Il m'a répondu : « Le mot *retraite* ne fait pas partie de mon vocabulaire. »

Cathy a disparu dans le rayon développement personnel. Della était trop absorbée par son récit pour se lever et la suivre. Elle a baissé la tête d'un air abattu, le regard fixé sur le sol. Elle était ahurie et indignée par les choses pour lesquelles les hommes s'enflammaient, surtout en vieillissant. Ça s'apparentait à des crises de folie, sauf qu'ils les vivaient comme des éclairs de génie. « Je viens d'avoir une idée ! » s'écriait toujours Dick. Ça le prenait n'importe quand : au dîner, en allant au cinéma. Frappé par l'inspiration, il se figeait pour lancer : « Dis, je pense à un truc… » Il restait alors immobile, un doigt sur le menton, et il cogitait, calculait.

Sa dernière trouvaille en date concernait un club de vacances près des Everglades. Sur le polaroïd qu'il lui avait montré, elle avait vu une sorte de pavillon de chasse au milieu des chênes verts, charmant mais délabré. La différence, cette fois, c'est que Dick était déjà passé à l'acte. Sans en parler à Della, il avait pris un crédit pour acheter ce club et dépensé une bonne partie de leurs économies en guise d'apport.

« Nous sommes maintenant les heureux propriétaires de notre propre club de vacances dans les Everglades ! » avait-il annoncé.

Se confier ainsi à Cathy peinait Della, mais elle y trouvait également du plaisir. Elle tenait sa bouteille de bière à deux mains. La librairie était silencieuse, dehors le ciel était noir, les magasins environnants avaient tous fermé pour la nuit. Elle avait le sentiment que les lieux leur appartenaient.

– Bref, nous voilà coincés avec ce vieux club de malheur sur les bras, a-t-elle conclu. Dick veut le convertir en appartements. Pour ça, il faut qu'il descende en Floride, d'après ce qu'il dit. Et comme d'habitude, il veut me traîner avec lui.

Cathy a réapparu avec son chariot. Alors que Della s'attendait à trouver un air compatissant sur son visage, Cathy avait les lèvres pincées.

– Donc, tu déménages ? a-t-elle dit froidement.

– Il faut bien. Il ne me laisse pas le choix.

– On a toujours le choix.

Cette dernière affirmation a été prononcée de ce ton sentencieux récemment acquis par Cathy. Comme si elle avait lu tout le rayon développement personnel et pouvait désormais dispenser sagesse psychologique et conseils conjugaux.

– Comment ça, on a toujours le choix ? Dick ne me le laisse pas.

– Et ton travail ?

– Il va falloir que je démissionne. Ça ne m'enchante pas, j'aime travailler. Mais…

– Mais tu vas céder, comme d'habitude.

Ça, c'était non seulement méchant, mais injuste aussi. Que Cathy voulait-elle qu'elle fasse ? Divorcer après quarante ans de mariage ? S'installer toute seule dans un appartement et se mettre à sortir avec des hommes bizarres, comme Cathy lorsqu'elles s'étaient connues ?

– Tu veux démissionner et partir en Floride ? Très bien, a dit Cathy. Mais moi, j'ai un travail. Si ça ne te dérange pas, j'ai des choses à faire avant la fermeture.

Elles ne s'étaient encore jamais disputées. Dans les semaines qui ont suivi, chaque fois que Della a envisagé d'appeler Cathy, elle s'est aperçue qu'elle était trop en colère pour le faire. Qui était Cathy pour lui dire comment gérer son couple ? Clark et elle s'entredéchiraient la moitié du temps.

Un mois plus tard, alors que Della préparait les derniers cartons pour les déménageurs, Cathy a débarqué chez elle.

– Tu m'en veux ? a-t-elle dit quand Della a ouvert la porte.

– Eh bien, il y a quand même des fois où tu crois tout savoir.

Peut-être était-ce trop brutal, car Cathy a éclaté en sanglots. Elle s'est voûtée et a bredouillé d'une petite voix :

– Tu vas me manquer, Della !

Les larmes ruisselaient sur son visage. Elle a ouvert les bras comme pour l'étreindre. La première de ces réactions n'a pas plu à Della, et elle était réservée quant à la seconde.

– Allez, arrête, a-t-elle dit. Tu vas me faire pleurer, moi aussi.

Les sanglots de Cathy n'ont fait que redoubler. Prenant peur, Della a poursuivi :

– On pourra toujours parler au téléphone, Cathy. Et s'écrire. Et venir se voir. Tu pourras séjourner dans notre « club de vacances ». C'est sûrement infesté de serpents et d'alligators, mais tu y seras la bienvenue.

Cathy n'a pas ri. Toujours en sanglotant, elle a rétorqué :

– Dick ne voudra jamais que je vienne te voir. Il me déteste.

– Mais non.

– Eh bien, moi, je le déteste ! Il te traite comme une merde, Della. Je suis désolée mais c'est la vérité. Et maintenant, il t'oblige à démissionner et à partir en Floride ? Pour faire quoi ?

– Ça suffit.

– D'accord ! D'accord ! Mais c'est tellement frustrant !

Malgré tout, Cathy commençait à se calmer. Au bout d'un moment, elle a dit :

– Je t'ai apporté quelque chose.

Puis, ouvrant son sac :

– C'est arrivé l'autre jour au magasin. Ça vient d'un petit éditeur en Alaska. On ne l'a pas commandé, mais j'ai commencé à le lire et je n'ai plus pu le poser. Je ne veux pas te dévoiler l'histoire, mais bon… ça rappelle vraiment des choses ! Tu comprendras en le lisant.

Son regard était plongé dans celui de Della.

– Parfois, les livres n'entrent pas dans la vie des gens par hasard, a-t-elle ajouté. C'est troublant.

Della ne savait jamais comment se comporter quand Cathy jouait les mystiques avec elle. Elle prétendait parfois que la lune influait sur son humeur, et elle donnait aux coïncidences des significations particulières. Ce jour-là, Della l'a remerciée pour le livre et a réussi à ne pas pleurer lorsqu'elles ont fini par se serrer dans les bras pour se dire au revoir.

Il y avait une illustration sur la couverture du livre. Deux Indiennes assises dans un tipi. Cathy était également très portée sur ces sujets-là ces derniers temps, les histoires d'Amérindiens et d'esclaves rebelles en Haïti, des histoires où il était question de fantômes et de phénomènes magiques. Della en aimait certaines plus que d'autres.

Elle a rangé le livre dans un carton d'objets divers qui n'était pas encore fermé.

Ce qu'il est devenu ensuite ? Elle a envoyé le carton en Floride avec les autres. Il s'est avéré qu'il n'y avait pas assez de place pour toutes leurs affaires dans leur deux-pièces, au pavillon de chasse, ils ont donc dû les mettre dans un box de stockage. Le club de vacances a fait faillite un an plus tard. Rapidement, Dick a entraîné Della à Miami, puis à Daytona, et enfin à Hilton Head, au gré de ses autres projets. Ce n'est qu'après sa mort, pour éponger les dettes, qu'elle a été contrainte de vider le box et de vendre leurs meubles. En inspectant le contenu des cartons qu'elle avait envoyés en Floride près de dix ans plus tôt, elle a ouvert celui d'objets divers, et *Le Cadeau du froid* en est tombé.

Le livre revisitait une vieille légende athabascane qui avait bercé l'enfance de l'auteur, Velma Wallis. Une légende transmise « de mère en fille » et qui racontait l'histoire de deux anciennes, Ch'idzigyaak et Sa', abandonnées par leur tribu lors d'une famine.

Abandonnées et donc condamnées à une mort certaine. Comme le voulait la coutume.

Sauf que les deux anciennes ne meurent pas. Dans les bois, elles se mettent à discuter. Ne savaient-elles pas chasser, pêcher et trouver de la nourriture autrefois ? Ne pouvaient-elles pas recommencer ? Et c'est donc ce qu'elles font, elles réapprennent tout ce qu'elles ont su plus jeunes, elles traquent le gibier et pêchent sous la glace, à un moment elles se cachent pour échapper aux cannibales qui passent dans la région. Toutes sortes d'aventures.

L'un des dessins illustrant l'histoire montrait les deux femmes avançant dans la toundra de l'Alaska. Vêtues de parkas à capuche et de bottes en peau de phoque, elles tiraient des traîneaux, celle de devant légèrement moins voûtée que l'autre. La légende disait : *Les nôtres sont partis en quête de nourriture, sur la terre dont nous ont parlé nos ancêtres, tout là-bas, de l'autre côté des montagnes. Mais nous, on a estimé que nous ne pouvions pas les suivre, parce que nous marchons en nous appuyant sur des cannes, et que nous sommes lentes.*

Certains passages étaient frappants, comme celui où Ch'idzigyaak parlait ainsi : *« Je sais que tu es sûre de notre survie. Tu es plus jeune. » Et elle ne put s'empêcher de sourire de sa propre remarque, car la veille encore, on les avait jugées trop vieilles pour accompagner les jeunes.*

– C'est exactement comme nous deux, a souligné Della lorsqu'elle a fini par lire le livre et appeler Cathy. L'une est plus jeune que l'autre, mais elles sont toutes les deux dans le même pétrin.

Ça a commencé comme une blague. C'était amusant de comparer leur propre situation, dans la banlieue de Detroit et la campagne du New Hampshire, avec le sort des deux Indiennes. Mais les similitudes étaient bien réelles à leurs yeux. Della s'est installée à Contoocook pour se rapprocher de Robbie, or, deux ans plus tard, Robbie est parti pour New York, l'abandonnant seule dans les bois. La librairie de Cathy a fermé. Elle s'est lancée dans la vente de gâteaux faits maison. Clark a pris sa retraite et s'est mis à passer ses journées devant la télévision, hypnotisé par les belles miss météo des JT. Plantureuses, moulées dans des robes de couleurs vives, elles ondulaient devant les cartes, comme pour mimer les fronts orageux. Les quatre fils de Cathy avaient quitté Detroit. Ils vivaient loin, de l'autre côté des montagnes.

Le livre contenait une illustration que Della et Cathy aimaient tout particulièrement. On y voyait Ch'idzigyaak lançant une hachette, sous le regard de Sa'. La légende disait : *Si nous voyons un écureuil, nous pourrons peut-être le tuer avec notre hachette, comme dans notre jeunesse.*

Elles en ont fait leur expression fétiche. Chaque fois que l'une d'elles était déprimée, ou devait faire face à un obstacle, l'autre l'appelait et disait : « Là, il va falloir sortir les hachettes. »

Prends les choses en main, voulaient-elles dire. Ne t'appesantis pas sur ton sort.

C'était là un autre élément qu'elles avaient en commun avec les deux Indiennes. La tribu n'avait pas abandonné Ch'idzigyaak et Sa' uniquement parce qu'elles étaient vieilles, mais aussi parce que c'étaient des râleuses. Toujours à se plaindre de leurs maux.

Les hommes disaient souvent que les femmes se plaignaient trop. Ce qui, en soi, était une manière de se plaindre, et de faire taire les femmes. Cependant, Della et Cathy se savaient responsables d'une partie de leur malheur. Elles laissaient les problèmes s'installer, se complaisaient dans la mélancolie, boudaient. Même lorsque leur mari leur demandait ce qu'elles avaient, elles ne le disaient pas. Leur victimisation était trop jouissive. Pour qu'elles soient soulagées, il aurait fallu qu'elles cessent d'être elles-mêmes.

À quoi tenait ce plaisir de râler ? Après une bonne séance de jérémiades avec sa compagne de souffrance, on avait l'impression de sortir d'un bain à remous : la peau picotait, on se sentait revigorée.

Au fil des ans, Della et Cathy ont régulièrement oublié *Le Cadeau du froid* pendant de longues périodes. Et puis l'une le relisait, retrouvait son enthousiasme et le faisait relire à l'autre. Ce livre n'appartient pas à la même catégorie que les polars et les thrillers qu'elles dévorent. Ce serait plutôt une sorte de guide existentiel. Il les *inspire*. Elles ne supportent pas de l'entendre dénigré par leurs fils prétentieux. Mais à présent, plus besoin de le défendre. Deux millions d'exemplaires vendus ! Des éditions anniversaires ! Ça montre bien la qualité de leur jugement.

Quand Cathy arrive à Wyndham Falls le lendemain matin, elle sent la neige dans l'air. La température a chuté et tout est comme figé, il n'y a pas de vent, les oiseaux se cachent.

Enfant, dans le Michigan, elle adorait ce calme étrange. Il était prometteur de cours annulés, de journées à rester à la maison avec sa mère ou à construire des châteaux de neige sur la pelouse. Aujourd'hui encore, à soixante-dix ans, la perspective des tempêtes la réjouit. Mais ses attentes ont désormais au fond d'elles quelque chose de sombre, c'est presque un désir d'autodestruction, de purification. Parfois, à l'idée du changement climatique, d'une fin du monde déclenchée par des cataclysmes, elle se dit : « Oh, qu'on en finisse. On le mérite. Qu'on efface tout et qu'on recommence. »

Della est habillée, prête à partir. Cathy lui fait des compliments sur sa toilette mais ne peut s'empêcher d'ajouter :

– Il faut que tu dises à la coiffeuse de ne pas utiliser d'après-shampoing, Della. Tes cheveux sont trop fins. L'après-shampoing, ça les aplatit.

– Va dire quelque chose à cette femme, toi, rétorque Della en poussant son déambulateur dans le couloir. Elle n'écoute rien.

– Demande à Bennett de t'emmener dans un salon, alors.

– Oh oui, tu parles. Je peux toujours courir.

En sortant du bâtiment, Cathy note dans sa tête d'envoyer un e-mail à Bennett. Il ne mesure peut-être pas l'influence d'une petite chose comme celle-là – se faire coiffer – sur le moral d'une femme.

Se déplacer avec le déambulateur de Della est contraignant. Elle doit suivre le trottoir et en descendre pour aller sur le parking. À la voiture, Cathy l'aide à s'installer sur le siège passager, puis fait le tour pour ranger l'appareil dans le coffre. Elle met un certain temps à comprendre comment le plier.

Quelques instants plus tard, elles sont en route. Penchée en avant sur son siège, Della surveille la route d'un œil alerte et indique à Cathy où aller.

– Tu arrives déjà à te repérer, la complimente Cathy.

– Oui. Elles sont peut-être efficaces, ces pilules.

Cathy préférerait aller acheter les cadres dans un magasin correct, un Pottery Barn ou un Crate & Barrel, mais Della la conduit à un magasin d'articles d'occasion géré par l'organisation caritative Goodwill, dans un centre commercial en plein air des environs. Sur le parking, Cathy exécute l'opération inverse, elle déplie le déambulateur et l'approche de la portière passager pour que Della se hisse en position debout. Une fois lancée, elle avance assez rapidement.

À partir du moment où elles sont à l'intérieur du magasin, c'est comme autrefois. Elles parcourent l'espace au lino brillant dans la lumière des néons comme si elles participaient à une chasse au trésor. Rien n'échappe à leur regard d'aigle. Avisant un rayon verrerie, Della s'écrie : « Tiens, je n'ai plus de beaux verres à eau », et elles ajournent leur mission.

Le rayon encadrement se trouve tout au fond du magasin. Un peu avant, le lino laisse place à du ciment brut.

– Il faut que je me méfie du sol, ici, observe Della. Il est un peu cahoteux.

Cathy la prend par le bras. En arrivant dans le rayon, elle lui dit :

– Reste ici. Je vais jeter un coup d'œil.

Comme d'habitude dans ce genre de magasin, la difficulté est de trouver des choses assorties.

Rien n'est organisé. Cathy fait défiler cadre après cadre, tous de taille et de style différents. Elle finit par en trouver un lot assorti – noirs, simples, en bois. Alors qu'elle les sort du rayonnage, elle entend un bruit derrière elle. Pas vraiment un cri. Quelqu'un retenant brusquement sa respiration, plutôt. Elle se retourne et découvre Della, l'air surpris. Elle a voulu attraper quelque chose – Cathy ignore quoi – et a lâché la poignée de son déambulateur.

Une fois, il y a longtemps, quand Della et Dick avaient le voilier, Della a failli se noyer. Le bateau était au mouillage, Elle a glissé en essayant de grimper à bord et a coulé dans l'eau verdâtre de la marina. « Je n'ai jamais appris à nager, tu sais, a-t-elle dit à Cathy. Mais je n'ai pas eu peur. Tout était si calme, là-dessous. Je ne sais trop comment, j'ai réussi à remonter à la surface. Dick appelait le garçon de quai en hurlant. Il a fini par arriver, et il m'a repêchée. »

Le visage de Della est tel que Cathy l'a imaginé alors, sous l'eau. Un peu étonné. Serein. Comme si des forces échappant à son contrôle s'étaient emparées d'elle et qu'il était inutile de résister.

Cette fois, l'étonnement ne peut rien pour elle. Della tombe sur le côté, contre le rayonnage. Le bord métallique lui érafle le bras avec un bruit de trancheuse à jambon. Elle s'y cogne ensuite la tempe. Cathy crie. Du verre se brise en morceaux.

À l'hôpital, on fait passer à Della une IRM pour vérifier l'absence d'hémorragie cérébrale, une radio de la hanche, et on met un pansement humide sur sa plaie au bras, qu'elle devra garder une semaine avant qu'on le lui retire pour voir si la peau se répare ou non. À son âge, il y a une chance sur deux.

Ces explications leur sont fournies par un certain Dr Mehta, une jeune femme d'une beauté si spectaculaire qu'elle pourrait jouer le rôle d'un médecin dans une série médicale à la télévision. Deux rangs de perles entourent sa gorge gracile. Sa robe de tricot gris épouse discrètement sa silhouette bien dessinée. Son seul défaut : ses mollets de coq, qu'elle camoufle cependant au moyen d'audacieux collants à losanges et d'escarpins gris parfaitement assortis à sa robe. Le Dr Mehta appartient à une nouvelle génération de femmes pour laquelle Cathy n'est pas tout à fait prête, et qui surpasse la sienne non seulement sur le plan de la réussite professionnelle mais aussi sur celui, autrefois rétrograde, de l'autoembellissement. Le Dr Mehta porte en outre une bague de fiançailles ornée d'un diamant de belle taille. Elle doit épouser un autre médecin, sans doute, dont le gros salaire s'ajoutera au sien.

– Et si la peau ne se répare pas ? demande Cathy.

– Dans ce cas, il faudra garder le pansement.

– Pour toujours ?

– Attendons de voir comment c'est dans une semaine.

Tout cela a pris des heures. Il est sept heures du soir. En plus de son pansement au bras, Della commence à avoir un œil au beurre noir.

À huit heures et demie, décision est prise de la garder en observation pour la nuit.

– Vous voulez dire que je ne peux pas rentrer chez moi ? demande-t-elle, désemparée, au Dr Mehta.

– Pas encore. On doit vous surveiller.

Cathy choisit de passer la nuit dans la chambre avec Della. Le canapé vert pomme se convertit en lit. L'infirmière promet de lui apporter un drap et une couverture.

Cathy se trouve dans la cafétéria, elle mange un gâteau au chocolat pour se réconforter, quand elle voit apparaître les fils de Della.

Il y a longtemps, son fils Mike lui a fait regarder un film de science-fiction sur des assassins revenus du futur. De la violence gratuite et ridicule comme d'habitude, mais selon Mike, étudiant à l'époque, les scènes de combat acrobatiques en question étaient profondément philosophiques. Il a parlé de « cartésianisme ».

Cathy n'a pas compris. C'est pourtant à ce film-là qu'elle pense à ce moment, en voyant Bennett et Robbie entrer dans la salle. Avec leur visage pâle et sérieux, et leur costume sombre, ils sont à la fois discrets et inquiétants, comme des agents d'une conspiration universelle.

Dont elle serait la cible.

– Tout est ma faute, avoue Cathy lorsqu'ils arrivent à sa table. Je regardais ailleurs.

– Ne culpabilisez pas, dit Bennett.

On pourrait croire à une marque de gentillesse, jusqu'à ce qu'il ajoute :

– Elle est vieille. Elle tombe. C'est normal.

– C'est l'ataxie, précise Robbie.

Cathy ne veut pas savoir ce que signifie « ataxie ». Un terme médical de plus.

– Elle allait très bien avant de tomber, plaide-t-elle. On passait un bon moment. Et puis j'ai tourné le dos une seconde et… vlan.

– Il n'en faut pas plus, confirme Bennett. C'est inévitable.

– Le médicament qu'elle prend, l'Aricept… commence Robbie. Ce n'est guère plus qu'un palliatif. Les effets, s'il y en a, s'atténuent après un an ou deux.

– Votre mère a quatre-vingt-huit ans. Deux ans, ce sera peut-être suffisant.

Ce que cette phrase implique reste suspendu dans l'air jusqu'à ce que Bennett rétorque :

– Sauf qu'elle n'arrête pas de tomber. Et de se retrouver à l'hôpital.

– Il va falloir qu'on la change d'endroit, enchaîne Robbie en haussant légèrement la voix, d'un ton tendu. Elle n'est pas en sécurité à Wyndham. Elle a besoin d'être mieux surveillée.

Robbie et Bennett ne sont pas les enfants de Cathy. Ils sont plus âgés, et moins séduisants. Elle ne ressent rien pour eux, ni chaleur maternelle ni amour. Pourtant, ils lui rappellent ses fils par des aspects auxquels elle préfère ne pas penser.

Ni l'un ni l'autre n'a proposé de prendre Della chez lui. Robbie voyage trop, dit-il. La maison de Bennett a trop d'escaliers. Mais ce n'est pas leur égoïsme qui dérange le plus Cathy. C'est la façon dont ils se tiennent à présent devant elle, pénétrés – gonflés – de rationalité. Ils entendent résoudre ce problème rapidement et une bonne fois pour toutes, avec un minimum d'effort. En retirant l'affect de la balance, ils se sont convaincus qu'ils agissaient prudemment, alors que leur volonté de régler la situation n'est guidée que par les émotions : la peur, principalement, mais aussi le sentiment de culpabilité, et l'agacement.

Et qui est Cathy pour eux ? La vieille copine de leur mère. Celle qui travaillait à la librairie. Celle qui lui a fait fumer des pétards.

Cathy se tourne vers l'autre côté de la cafétéria, en train de se remplir de personnel médical en pause dîner. Elle se sent lasse.

– Bon, dit-elle. Mais ne lui parlez pas de ça maintenant. Attendons.

Les machines claquent et ronronnent toute la nuit. De temps en temps, une alarme se déclenche sur les moniteurs et réveille Cathy. Chaque fois, une infirmière arrive, jamais la même, et appuie sur un bouton pour la couper. Ça ne veut rien dire, apparemment.

Il fait un froid glacial dans la chambre. Le système de ventilation souffle en plein sur elle. La couverture qu'on lui a donnée est aussi fine qu'une serviette en papier.

Une amie de Cathy à Detroit, en analyse depuis trente ans, lui a récemment transmis un conseil de son psy. Ne pas faire attention aux terreurs qui viennent vous tourmenter la nuit. La psyché, alors affaiblie, est incapable de se défendre. Le désenchantement qui vous gagne vous semble commandé par la réalité, mais ce n'est que de la fatigue mentale déguisée en perspicacité.

Cathy se raccroche à cela, allongée sur le bloc de mousse, incapable de dormir. Son impuissance à aider Della l'a envahie de pensées négatives. Des prises de conscience claires et implacables. Elle n'a jamais su qui était Clark. Leur couple est vide de toute complicité. Si Mike, John, Chris et Palmer n'étaient pas ses enfants, ce seraient des individus qu'elle désapprouverait. Elle a passé sa vie à s'occuper de gens qui disparaissent, comme la librairie où elle travaillait.

Le sommeil finit par arriver. Lorsqu'elle se réveille, courbaturée, le lendemain matin, elle constate avec soulagement que le psy avait raison. Le soleil est levé et l'univers n'est plus si sombre. Il doit tout de même rester une part d'obscurité. Car sa décision est prise. L'idée la consume intérieurement. Ce n'est pas de la gentillesse. C'est un sentiment si nouveau qu'elle ignore comment l'appeler.

Cathy est assise au chevet de Della lorsque celle-ci ouvre les yeux. Elle ne lui parle pas du changement de maison de retraite. Elle se contente de dire :

– Bonjour, Della. Alors, prête ?

Della cligne des yeux, encore embrumée par le sommeil. Et Cathy d'ajouter :

– Prête à sortir les hachettes ?

Elles franchissent la frontière du Massachusetts lorsqu'il se met à neiger. Elles sont encore à deux heures de Contoocook, le GPS est un phare devant le manque soudain de visibilité.

Clark découvrira ça sur la chaîne météo. Il l'appellera ou lui enverra un texto, craignant l'annulation de son vol.

Le malheureux ne se doute de rien.

À présent qu'elles sont dans la voiture, essuie-glaces et dégivrage en marche, il semble que Della peine à comprendre la situation. Elle ne cesse de poser à Cathy les mêmes questions.

– Comment on va entrer dans la maison ?

– Tu as dit que Gertie avait une clef.

– Ah, oui. J'avais oublié. On ira chercher la clef chez Gertie. Il va faire un froid de canard, là-dedans. On maintient une température d'une dizaine de degrés pour économiser le fioul. Juste assez pour que les canalisations ne gèlent pas.

– On montera le chauffage en arrivant.

– Et ensuite, je vais rester là-bas ?

– On y restera toutes les deux. Le temps de s'organiser. On pourra prendre une aide à domicile. Et te faire livrer tes repas.

– Ça va coûter cher.

– Pas forcément. On va se renseigner.

Répéter cette information aide Cathy à s'en convaincre. Demain, elle appellera Clark pour lui annoncer qu'elle va rester avec Della un mois, peut-être plus, peut-être moins. Ça ne va pas lui plaire, mais il s'en accommodera. Elle se fera pardonner d'une manière ou d'une autre.

Bennett et Robbie posent un plus grand problème. Elle a déjà reçu trois textos de Bennett et un de Robbie, plus des messages vocaux lui demandant où elles sont passées.

Sortir Della de l'hôpital sans se faire repérer s'est avéré plus facile qu'elle ne l'aurait cru. Heureusement, on lui avait retiré sa perfusion. Cathy l'a emmenée marcher dans le couloir, comme pour lui faire faire de l'exercice, puis elle s'est dirigée vers l'ascenseur. Pendant tout le chemin jusqu'à la voiture, elle s'est attendue à entendre une alarme se déclencher, à voir des vigiles rappliquer en courant. Mais rien.

La neige tient sur les arbres mais pas encore sur l'autoroute. Cathy quitte la voie de droite lorsque la circulation se fluidifie. Elle excède la vitesse autorisée, pressée d'arriver avant la nuit.

– Bennett et Robbie ne vont pas être contents, dit Della en observant la neige qui tourbillonne. Ils pensent que je perds trop la boule pour vivre toute seule, maintenant. Ils ont sûrement raison.

– Tu ne seras pas toute seule, rappelle Cathy. Je vais rester avec toi le temps qu'on s'organise.

– Je ne sais pas si on peut s'organiser face à la démence sénile.

Comme ça : la maladie nommée et identifiée. Cathy regarde Della pour voir si elle est consciente de ce changement, mais son visage ne montre que de la résignation.

Lorsqu'elles arrivent à Contoocook, la couche de neige est assez épaisse pour qu'elles craignent de ne pas pouvoir monter l'allée. Cathy se lance dans la côte avec un peu de vitesse et, après un petit dérapage, parvient au sommet. Della pousse des acclamations. Leur retour commence sur une note victorieuse.

– Il faudra aller faire les courses demain matin, dit Cathy. Il neige trop pour y aller maintenant.

Mais le lendemain, il neige toujours. Ça continue toute la journée, tandis que la boîte vocale de Cathy se remplit de nouveaux messages de Robbie et de Bennett. Elle n'ose pas les rappeler.

Un soir, au début de son amitié avec Della, elle a oublié de laisser à Clark un plat au réfrigérateur à réchauffer pour le dîner. Lorsqu'elle est rentrée cette nuit-là, il lui est tout de suite tombé sur le râble. « Qu'est-ce que vous foutez, toutes les deux ? a-t-il dit. Merde… On dirait deux gouines. »

Il ne s'agissait pas de ça. Nul débordement de désir interdit. Ce n'était qu'une manière de compenser des domaines de la vie qui apportaient moins de satisfaction qu'on ne leur en avait promis. Le couple, assurément. La maternité, plus souvent qu'elles n'aimaient le reconnaître.

Il existe une association au sujet de laquelle Cathy a lu des articles dans les journaux, un genre de mouvement féministe pour femmes mûres. Âgées de cinquante ans et plus, elles se mettent sur leur trente-et-un et se coiffent d'un grand chapeau de couleur vive – rose ou violet, elle ne sait plus. Ainsi reconnaissables, elles font des descentes dans les restaurants où elles occupent des salles entières. Les hommes y sont bannis. Elles s'habillent les unes pour les autres – le reste, elles s'en moquent. Cathy se dit que ça peut être amusant. Lorsqu'elle a demandé à Della ce qu'elle en pensait, celle-ci a répondu : « Je refuse de me pomponner et de porter un chapeau ridicule pour dîner avec des bonnes femmes à qui je n'aurais sûrement même pas envie de parler. De toute façon, je n'ai plus rien de bien à me mettre. »

Cathy ira peut-être toute seule. Après avoir installé Della. Une fois rentrée à Detroit.

Dans le congélateur, elle trouve des bagels qu'elle décongèle au micro-ondes. Il y a aussi des plats tout prêts, et du café. Elles pourront le boire sans lait.

Son visage est encore tuméfié, mais à part ça, Della se sent bien. Elle est contente d'être sortie de l'hôpital. Il était impossible de dormir dans cet endroit, avec tout ce bruit, toute cette agitation, ces gens qui n'arrêtaient pas d'entrer pour s'assurer que tout allait bien ou vous emmener sur un fauteuil roulant passer tel ou tel examen.

Soit ça, soit personne ne venait du tout, même si vous sonniez comme une forcenée.

C'était de la folie d'avoir pris la route en allant droit vers une tempête de neige, heureusement qu'elles sont parties au bon moment. Un jour de plus, et elles ne seraient jamais arrivées à Contoocook. À leur arrivée, sa côte était déjà glissante, la neige recouvrait le trottoir et les marches de derrière. Mais depuis qu'elles sont entrées et ont monté le chauffage, elles sont bien. C'est agréable d'être au chaud à l'intérieur et de voir la neige tomber aux fenêtres, on dirait des confettis.

À la télévision, les présentateurs météo sont dans tous leurs états, ils ne parlent que de la tempête. Boston et Providence sont coupées du monde. Des vagues ont gelé en déferlant sur la côte, elles ont englouti des maisons sous la glace.

Elles restent bloquées pendant une semaine. Les congères montent jusqu'à mi-hauteur de la porte de derrière. Même si elles pouvaient atteindre la voiture, il leur serait impossible de descendre l'allée. Cathy a dû appeler l'agence et prolonger la durée de location, chose dont Della se sent coupable. Elle a proposé de payer mais Cathy ne veut pas.

Le troisième jour de leur réclusion, Cathy se lève d'un bond du canapé et s'écrie : « La tequila ! Il ne nous en reste pas ? » Dans le placard au-dessus de la cuisinière, elle trouve une bouteille de tequila et une autre, à moitié pleine, de préparation pour margarita.

« Maintenant, on est sûres de pouvoir survivre », déclare-t-elle en les brandissant. Toutes deux éclatent de rire.

Chaque soir vers six heures, juste avant de regarder le journal sur NBC, elles se font des margaritas glacées au mixer. Della se demande si boire de l'alcool est une bonne idée avec sa maladie. Mais bon, qui va la dénoncer ?

« Pas moi, assure Cathy. Je suis celle qui te pousse au vice. »

Certains jours, il se remet à neiger et Della perd la notion du temps. Elle croit que la tempête est toujours en cours et qu'elle vient de sortir de l'hôpital.

Un jour, elle regarde son calendrier et s'aperçoit qu'on est en février. Un mois a passé. Dans la glace de la salle de bains, son œil au beurre noir a disparu, il n'en reste qu'un coin de jaune.

Chaque jour, elle lit quelques pages de son livre, tâche qu'elle a l'impression d'accomplir à peu près correctement. Ses yeux parcourent les mots, qui sonnent alors dans sa tête et évoquent des images. L'histoire est aussi captivante et enlevée que dans ses souvenirs. Parfois, elle ignore si elle est bien en train de la relire ou si elle s'en rappelle simplement des passages pour les avoir lus si souvent. Mais elle décide que la différence n'a pas beaucoup d'importance.

– On est *vraiment* comme ces deux vieilles femmes, maintenant, dit-elle un jour à Cathy.

– Je reste la plus jeune, quand même. Ne l'oublie pas.

– C'est vrai. Tu es une jeune vieille et moi une vieille tout court.

Elles n'ont pas besoin de chasser ou de fouiller les bois en quête de nourriture. Gertie, la voisine de Della, qui a été femme de pasteur, grimpe depuis chez elle pour leur apporter du pain, du lait et des œufs achetés au Market Basket. Lyle, qui habite derrière chez Della, traverse le jardin enneigé pour apporter d'autres provisions. Il n'y a pas de coupure de courant. Ça, c'est le principal.

À un moment donné, Lyle, qui dépanne les gens l'hiver, en guise de travail d'appoint, finit par trouver le temps de déneiger l'allée de Della, ce qui permet désormais à Cathy d'aller faire les courses avec la voiture de location.

Les gens commencent à venir. Un kiné, très strict avec Della à qui il fait faire des exercices d'équilibre. Une infirmière qui passe pour des visites de contrôle. Une fille du coin qui lui prépare des repas simples les soirs où elle n'utilise pas le micro-ondes.

Cathy n'est alors plus là. Bennett la remplace. Il vient le week-end et reprend la rout[illegible]urores le lundi pour aller travailler. Quelques mo[illegible]and Della, atteinte d'une bronchite, se [illegible]r et est à nouveau transportée d'urge[illegible]ie qui arrive, de New York, pour pas[illegible] en attendant qu'elle aille mieux.

Parfois, il vien[illegible], une Montréalaise éleveuse de chiens. [illegible] présence de cette femme, pose peu d[illegible] sujet. La vie personnelle de Robbie n'est plus [illegible] problème. Elle ne sera plus là assez longtemps pour s'en soucier.

De temps en temps, elle reprend *Le Cadeau du froid* pour en lire quelques pages de plus, mais quelque chose semble l'empêcher d'arriver au bout. Ça non plus, elle ne s'en soucie pas. Elle connaît la fin. Les deux anciennes survivent aux rigueurs de l'hiver, et lorsqu'elles retrouvent les leurs, toujours aussi affamés, elles leur enseignent ce qu'elles ont appris. Et dès lors, ce groupe-là d'Indiens n'abandonne plus jamais ses anciens.

Souvent, Della est seule dans la maison. Ceux qui viennent l'aider sont passés puis repartis pour la journée, ou alors c'est leur jour de congé, et Bennett est occupé. L'hiver est revenu. Deux ans se sont écoulés. Elle a presque quatre-vingt-dix ans. Elle ne semble pas plus sénile, du moins pas beaucoup plus. Pas suffisamment pour s'en rendre compte.

Un jour, il neige à nouveau. En s'arrêtant devant la fenêtre, Della est prise d'une envie de sortir et de marcher. Aussi loin que ses vieux pieds voudront bien l'emmener. Elle n'aurait même pas besoin de son déambulateur. Elle n'aurait besoin de rien. En regardant la neige tourbillonner derrière la vitre, elle a l'impression de contempler l'intérieur de son propre cerveau. Ses pensées sont comme ça en ce moment, elles ne cessent de circuler, de se déplacer d'un point à un autre au milieu de la purée de pois de sa tête. Sortir sous la neige, y disparaître, cela n'aurait rien de nouveau pour elle. L'extérieur rejoindrait l'intérieur. Les deux fusionneraient. Tout deviendrait blanc. Il suffirait d'avancer. Sans s'arrêter. Peut-être rencontrerait-elle quelqu'un, là-dehors, peut-être pas. Une amie.

2017

Par avion

À travers le bambou, Mitchell regarda l'Allemande, sa sœur d'infortune, faire un nouveau voyage aux toilettes. Elle sortit sur la véranda de sa case, une main en visière – il faisait un soleil de plomb –, l'autre tâtonnant, somnambule, à la recherche de la serviette de plage étendue sur la balustrade. La trouvant, elle la drapa négligemment, d'une manière qui l'amincit encore, sur son corps par ailleurs dévêtu, et s'avança d'un pas titubant sous le soleil. Elle passa juste à côté de la case de Mitchell. À travers les lattes, sa peau semblait d'une couleur maladive, tel un bouillon de poule. Elle ne portait qu'une tong. Tous les quelques pas, elle devait s'arrêter et lever son pied nu hors du sable brûlant. Elle se tenait ainsi un moment, dans une position de flamant rose, en respirant fort. On eût dit qu'elle allait tomber. Mais non. Elle réussit à traverser le sable et à gagner la lisière de la jungle rabougrie. Lorsqu'elle eut atteint le cabanon des toilettes, elle en ouvrit la porte et plongea son regard dans l'obscurité régnant à l'intérieur. Puis elle s'y enferma.

Mitchell laissa retomber sa tête sur le sol. Il était étendu sur une natte de paille, un caleçon de bain écossais de chez L.L. Bean en guise d'oreiller. Il faisait frais dans la case et il n'avait pas envie de se lever. Malheureusement, il avait les entrailles en éruption. Son ventre était resté calme toute la nuit, mais ce matin-là, Larry l'avait persuadé de manger un œuf, et les amibes avaient à présent de quoi s'alimenter. « Je t'avais dit que je ne voulais pas d'œuf », déclara-t-il soudain, avant de se rappeler que Larry n'était pas là. Larry était sur la plage, il faisait la fête avec les Australiens.

Afin de ne pas s'énerver, Mitchell ferma les yeux et respira plusieurs fois profondément. Très vite, le tintement s'installa. Il écouta en s'efforçant de focaliser son attention sur son souffle. Lorsque le tintement s'intensifia, il se hissa sur un coude et chercha la lettre qu'il était en train d'écrire à ses parents. La dernière en date. Il la trouva glissée entre les pages de l'Épître aux Éphésiens, dans son Nouveau Testament de poche. Le devant de l'aérogramme était déjà recouvert d'écriture manuscrite. Sans prendre la peine de relire ce qu'il avait écrit, il prit le stylo bille – prêt à l'emploi, fiché entre les lattes de bambou – et commença :

Vous vous souvenez de M. Dudar, mon ancien prof d'anglais ? Quand j'étais en seconde, il a eu un cancer de l'œsophage. Il s'est avéré que c'était un adepte de la Science chrétienne, ce que nous n'avons jamais su. Il a même refusé de subir une chimiothérapie. Eh bien, devinez ce qui s'est passé. Rémission totale et absolue.

Les toilettes se refermèrent dans un bruit de tôle et l'Allemande réapparut sous le soleil. Sa serviette était maculée d'une tache humide. Mitchell posa sa lettre et rampa jusqu'à la porte de sa case. Dès qu'il sortit la tête, il sentit la chaleur. Le ciel était de ce bleu pur de carte postale, la mer un ton plus foncé. Le sable blanc était comme un réflecteur de bronzage. Les yeux plissés, il regarda la silhouette approcher en clopinant.

– Comment tu te sens ?

L'Allemande ne répondit pas avant d'avoir atteint une bande d'ombre entre les cases. Elle leva son pied, qu'elle examina d'un air renfrogné.

– Quand je vais à la selle, il ne sort que de l'eau brune.

– Ça va passer. Continue de jeûner.

– Ça fait trois jours que je jeûne.

– Il faut affamer les amibes.

– *Ja*, mais je me demande si ce ne sont pas les amibes qui m'affament.

À l'exception de sa serviette, elle était toujours nue, mais d'une nudité de malade qui ne produisait aucun effet sur Mitchell. Elle lui fit un signe de la main et s'éloigna.

Lorsqu'elle fut partie, il rentra dans sa case en rampant et retourna s'étendre sur la natte. Il reprit le stylo et écrivit : *Mohandas K. Gandhi avait pour habitude de dormir avec ses petites-nièces, une de chaque côté, pour mettre à l'épreuve son vœu de chasteté – autrement dit, les saints sont tous des fanatiques.*

Il posa sa tête sur le caleçon de bain et ferma les yeux. Le tintement ne tarda pas à reprendre.

Il fut interrompu un peu plus tard par les tremblements du plancher. La tête secouée par le bambou, Mitchell se redressa. Dans l'encadrement de la porte, le visage de son compagnon de voyage flottait comme une pleine lune. Larry portait un longyi birman et un foulard indien en soie. Son torse, étonnamment poilu pour son petit gabarit, était nu et aussi rose que son visage sous l'effet des coups de soleil. Son foulard, lamé d'or et d'argent, était jeté de manière théâtrale sur une épaule. Penché en avant, il regardait Mitchell en fumant une bidi.

– Alors, cette diarrhée ? demanda-t-il.

– Ça va.

– Ça va ?

– À peu près.

Larry semblait déçu. La peau rosée de son front se plissa. Il montra un petit flacon en verre.

– Je t'ai apporté des pilules, dit-il. Des anti-chiasse.

– Les pilules, ça fait bouchon. Du coup, ça retient les amibes à l'intérieur.

– C'est Gwendolyn qui me les a données. Tu devrais les essayer. Le jeûne aurait dû marcher, depuis le temps. T'en es à combien ? Presque une semaine ?

– Le jeûne n'inclut pas les œufs qu'on vous force à avaler.

– *Un* œuf, corrigea Larry avec un geste dédaigneux.

– J'allais très bien avant de le manger. Maintenant, j'ai mal au ventre.

– Tu disais que ça allait.

– Ça va, confirma Mitchell, mais son ventre protesta.

Il sentit une série de petites explosions dans le bas de son abdomen, suivies d'un relâchement, comme si on siphonnait un liquide ; puis il reconnut une pression insistante dans son intestin. Il détourna la tête en fermant les yeux et se remit à respirer profondément.

Larry tira quelques bouffées de sa bidi.

– Moi je ne te trouve pas très en forme.

– Toi, rétorqua Mitchell, les yeux toujours fermés, tu es défoncé.

– Ça, c'est vrai. À propos. On n'a plus de papier.

Larry enjamba Mitchell, sa masse d'aérogrammes – achevés ou non – et son mini-Nouveau Testament, pour gagner sa moitié de la case. Il s'accroupit et commença à fourrager dans son sac. Un sac de toile aux couleurs de l'arc-en-ciel. Jusqu'ici, il n'avait encore jamais franchi une douane sans être minutieusement fouillé. C'était le genre de sac qui proclamait : « Je transporte de la drogue. » Larry trouva son chillum, en retira le fourneau de pierre et le tapota contre le plancher pour le vider de ses cendres.

– Fais pas ça par terre.

– Détends-toi. Ça tombe entre les lattes.

Il balaya les cendres de ses doigts, dans un sens puis dans l'autre, et dit :

– T'as vu ? Tout propre.

Il porta le chillum à sa bouche pour s'assurer que l'air circulait. Tout en faisant cela, il regarda Mitchell de côté.

– Tu penses que tu vas bientôt pouvoir voyager ?

– Oui.

– Parce qu'il va falloir rentrer à Bangkok, à un moment ou à un autre. Moi, je suis partant pour Bali. Ça te dit ?

– Dès que ça dira à mes jambes, répliqua Mitchell.

Larry hocha la tête, une fois, l'air satisfait. Il retira le chillum de sa bouche et réinséra la bidi entre ses lèvres. Il se releva, voûté sous le toit, et fixa le sol.

– Le bateau postal passe demain.

– Quoi ?

– Le bateau postal. Pour tes lettres, dit Larry en en poussant quelques-unes du pied. Tu veux que je te les poste ? Il faut descendre au bord de l'eau.

– Je le ferai. Je serai sur pied demain.

Larry haussa un sourcil mais resta silencieux. Puis il se dirigea vers la porte.

– Je te laisse ces pilules au cas où tu changerais d'avis.

Dès qu'il fut parti, Mitchell se leva. Inutile de se retenir plus longtemps. Il rattacha son longyi et sortit sur la véranda en se couvrant les yeux. Il chercha ses tongs à tâtons. Devant, il avait conscience de la plage léchée par les vagues. Il descendit les marches et se mit en route. En gardant la tête baissée. Il ne voyait que ses pieds et le sable qui défilait en ondulant. Les empreintes de l'Allemande étaient encore apparentes au milieu des détritus, sachets de Nescafé déchirés et serviettes en papier roulées en boules, emportés par le vent depuis la tente réfectoire. Une odeur de poisson grillé parvenait à Mitchell. Elle ne lui donnait pas faim.

Les toilettes étaient aménagées dans un cabanon de tôle ondulée. Devant, il y avait un fût rouillé servant de réservoir d'eau et un petit seau en plastique. Mitchell remplit le seau et entra avec. Avant de fermer la porte, pendant qu'il y avait encore de la lumière, il positionna ses pieds sur la plateforme, de chaque côté du trou. Alors il ferma la porte et tout devint noir. Il défit son longyi et le releva pour le suspendre à son cou. L'utilisation des toilettes à l'indienne l'avait rendu souple : il était capable de rester accroupi pendant dix minutes sans souffrir. Quant à l'odeur, il ne la remarquait presque plus. Il bloquait la porte de la main pour parer à une éventuelle intrusion.

Le volume de liquide qui s'échappait de lui continuait de le surprendre mais restait un soulagement. Il imaginait les amibes happées par un tourbillon intérieur et éjectées hors de son corps. La dysenterie l'avait beaucoup rapproché de son appareil digestif ; il percevait nettement son estomac, son côlon, l'ensemble des conduits musculeux et lisses qui le constituaient. La combustion commença haut dans son intestin. Puis elle progressa peu à peu, comme un œuf avalé par un serpent, en étirant les tissus jusqu'au moment où, avec une série de frémissements, elle chuta, alors Mitchell explosa dans l'eau.

Il était malade non pas depuis une semaine mais depuis treize jours. Il n'avait rien dit à Larry au début. Un matin, dans une auberge de Bangkok, il s'était réveillé nauséeux. Puis il s'était levé, était sorti de sa moustiquaire, et la nausée l'avait quitté. Mais ce soir-là, après le dîner, il avait ressenti des tapotements, comme des doigts tambourinant contre l'intérieur de son abdomen. Le lendemain matin, la diarrhée avait commencé. Pas de quoi s'affoler. Il l'avait déjà eue en Inde, et elle avait passé en quelques jours. Pas cette fois-ci. En l'occurrence, elle avait empiré, l'envoyant aux toilettes à plusieurs reprises après chaque repas. Il n'avait pas tardé à se sentir las. Il avait des vertiges lorsqu'il se levait. L'estomac le brûlait lorsqu'il mangeait. Mais il avait continué son voyage. Rien de grave, pensait-il. De Bangkok, Larry et lui avaient gagné la côte en car, puis l'île en ferry. Le bateau était entré doucement dans l'anse, avait coupé son moteur à l'approche du rivage. Ils avaient dû sauter dans l'eau peu profonde et marcher jusqu'à la plage. Là, il avait compris. Les bruits de mer brassée se fondaient avec ceux de son ventre. Sitôt installé, il avait commencé à jeûner. Depuis une semaine à présent, il n'avalait que du thé noir et ne quittait la case que pour aller aux toilettes. Un jour, en sortant, il était tombé sur l'Allemande et l'avait convaincue de se mettre à jeûner, elle aussi. Le reste du temps, il demeurait allongé sur sa natte, à réfléchir et à écrire aux siens.

Petit bonjour du paradis. Larry et moi nous trouvons actuellement sur une île tropicale du golfe de Thaïlande (allez voir sur l'atlas). Nous avons notre propre case sur la plage, pour laquelle nous payons la coquette somme de cinq dollars la nuit. Cette île est encore peu connue et il n'y a presque personne. Il poursuivait par une description de l'île (du moins ce qu'il en apercevait à travers le bambou), mais revenait vite à des préoccupations plus importantes. *Les religions orientales nous enseignent que tout ce qui est matière est illusoire. C'est-à-dire notre maison, tous les costumes de papa, même les pots de fleurs suspendus de maman – tout ça, de la* maya, *selon Bouddha. Cette catégorie inclut également, bien sûr, le corps. L'une des raisons pour lesquelles j'ai décidé de faire ce grand voyage est que notre cadre de référence à Detroit me paraissait un peu étriqué. Et j'en suis venu à adopter – et à tester – certaines croyances. L'une d'elles est que nous pouvons contrôler le corps par l'esprit. Il existe des moines au Tibet capables de réguler mentalement leur organisme. Ils ont un jeu avec des boules de neige. Ils en prennent une dans une main, puis, en méditant, ils envoient toute leur chaleur interne dans cette main. Celui qui fait fondre sa boule de neige le plus vite a gagné.*

De temps en temps, il s'arrêtait d'écrire et restait assis, les yeux fermés, comme s'il attendait l'inspiration. C'est précisément ainsi qu'il se trouvait deux mois plus tôt – les yeux fermés, le dos droit, le menton relevé, le nez comme aux aguets – lorsque le tintement avait commencé. C'était arrivé dans une chambre d'hôtel vert pâle de Mahabalipuram. Mitchell était assis sur son lit, en demi-lotus, son genou gauche d'Occidental peu souple pointant vers le haut. Larry était sorti explorer les rues. Mitchell était seul. Il ne s'attendait à rien de particulier. Il essayait seulement de méditer, et son esprit vagabondait. Par exemple, il pensait à Christine Woodhouse, son ex-copine, et à son incroyable toison pubienne rousse, qu'il ne reverrait jamais. Il pensait à la nourriture : servait-on autre chose dans cette ville que de l'*idli sambar* ? Prenant par instants conscience de la volatilité de ses pensées, il tentait de se reconcentrer sur sa respiration. Puis, au moment où il s'y attendait le moins, alors qu'il avait abandonné ses efforts et s'était résigné à ce qu'il ne se passe rien (tous les mystiques le disent, c'est à ce moment-là qu'il se passe quelque chose), les oreilles de Mitchell s'étaient mises à tinter. Très légèrement. En réalité, ce tintement ne lui était pas inconnu. Il se rappelait l'avoir soudain entendu, un jour où il se trouvait dans le jardin devant chez lui, petit. Il avait demandé à ses frères aînés : « Vous entendez ce bruit de clochette ? » Ils avaient répondu que non mais qu'ils voyaient ce qu'il voulait dire. Dans cette chambre d'hôtel vert pâle, près de vingt ans plus tard, Mitchell l'avait entendu à nouveau. Il s'était dit que c'était peut-être cela qu'on appelait le Om cosmique. Ou la musique des sphères. Depuis, c'était devenu pour lui l'objet d'une quête. Partout où il allait, il le guettait, tâche pour laquelle il avait vite montré des facilités. Il l'avait entendu dans Sudder Street à Calcutta, au milieu des coups de klaxon des taxis et des cris des gamins demandant l'aumône. Il l'avait entendu dans le train pour Chiang Mai. C'était le son de l'énergie universelle, de tous les atomes s'associant pour créer les couleurs devant ses yeux. Il était là depuis toujours. Il lui suffisait de s'éveiller et de l'écouter.

Hésitant au début, puis de plus en plus confiant, il avait décrit dans ses lettres ce qui lui arrivait. *Le flux énergétique de l'univers est une chose que nous sommes capables de percevoir. Chacun de nous est une radio finement réglée. À nous de dépoussiérer nos tubes.* Il envoyait à ses parents plusieurs lettres par semaine. Il en envoyait à ses frères, aussi. Et à ses amis. Tout ce qu'il pensait, il le couchait sur le papier sans se préoccuper des réactions des uns et des autres. Il ressentait le besoin d'analyser ses intuitions, de rendre compte de ce qu'il voyait et ressentait. *Chers parents, j'ai assisté à la crémation d'une femme cet après-midi. On sait qu'il s'agit d'une femme à la couleur du linceul. Le sien était rouge. Il a brûlé en premier. Ensuite, sa peau. Sous mes yeux, ses intestins se sont gonflés d'air chaud, comme une baudruche. Ils sont devenus de plus en plus gros, jusqu'à ce qu'ils éclatent. Et là, une déferlante de liquide. J'ai essayé de vous trouver une carte postale où on voit quelque chose comme ça, mais sans succès.*

Ou alors : *Cher Petie, il ne t'arrive jamais de te dire qu'il y a peut-être plus que ce monde de bouchons de cérumen et de gênantes mycoses de l'aine ? À moi, si. Blake croyait dans la récitation angélique. Qui sait ? Ses poèmes parlent pour lui. Parfois, la nuit, en tout cas, quand la lune prend cette pâleur extrême, je jure que je sens un frôlement d'ailes contre ma barbe de trois jours.*

Mitchell n'avait appelé chez lui qu'une fois, de Calcutta. La liaison était mauvaise. Ses parents et lui avaient découvert à cette occasion le délai transatlantique. C'était son père qui avait répondu. Après le « Bonjour » de Mitchell s'était ensuivi un silence, jusqu'à ce que le *our* de sa dernière syllabe lui revienne en écho dans l'oreille. Les parasites avaient alors changé de registre et la voix de son père s'était fait entendre. Traverser la moitié du globe lui ôtait un peu de sa force caractéristique.

– Écoute-moi bien : ta mère et moi, on veut que tu montes dans un avion et que tu rentres à la maison.

– Je viens d'arriver en Inde.

– Ça fait six mois que tu es parti. Ça suffit. Peu importe combien ça coûte. Utilise la carte de crédit qu'on t'a donnée et achète-toi un billet de retour.

– Je compte rentrer dans à peu près deux mois.

– Qu'est-ce que tu fabriques là-bas ? avait crié son père, du mieux qu'il avait pu, malgré le satellite. C'est quoi cette histoire de cadavres dans le Gange ? Tu vas attraper des maladies.

– Mais non. Je me sens très bien.

– Toi, peut-être, mais pas ta mère. Elle est morte d'inquiétude.

– Papa, pour l'instant c'est la meilleure partie du voyage. L'Europe, c'était super et tout, mais ça reste l'Occident.

– Et qu'est-ce que tu lui reproches, à l'Occident ?

– Rien. Mais c'est plus intéressant de s'éloigner de sa propre culture.

– Je te passe ta mère, avait dit son père.

La voix de celle-ci, presque gémissante, s'était alors fait entendre à l'autre bout de la ligne.

– Mitchell, est-ce que ça va ?

– Oui.

– On s'inquiète pour toi.

– Il ne faut pas. Ça va, je vous assure.

– Ce n'est pas l'impression que tu donnes dans tes lettres. Qu'est-ce qui t'arrive ?

Mitchell se demanda s'il pouvait répondre honnêtement à cette question. Mais c'était impossible. On ne peut pas dire : « J'ai découvert la vérité. » Les gens n'aiment pas ça.

– Tu parles comme ces Hare Krishna.

– Je n'ai pas encore rejoint la communauté, maman. Pour l'instant, je me suis contenté de me raser la tête.

– Mitchell, tu t'es rasé la tête ?!

– Non, dit-il.

C'était pourtant le cas : il s'était bel et bien rasé la tête.

Retour de son père au téléphone. Sa voix était à présent purement pragmatique, une voix d'une rudesse que Mitchell ne lui connaissait pas.

– Bon, maintenant tu vas arrêter de glander en Inde et tu vas ramener ton cul ici. Six mois, ça suffit, tu as assez voyagé. On t'a donné une carte de crédit à utiliser en cas d'urgence, alors tu vas…

Et là, intervention divine : coupure de la ligne. Mitchell s'était retrouvé le combiné à la main, face à une file de Bengalis attendant leur tour. Il avait décidé de leur laisser la place. Il avait raccroché en se disant qu'il valait mieux qu'il n'appelle plus ses parents. Ils ne pouvaient pas comprendre ce qu'il était en train de vivre ni ce que cet endroit merveilleux lui avait appris. Il lui faudrait également édulcorer ses lettres. Dorénavant, il s'en tiendrait à la description des paysages.

Mais, bien sûr, il n'en avait rien fait. Il ne s'était pas passé plus de cinq jours avant qu'il ne récrive à ses parents, pour leur parler de la dépouille imputrescible de saint François Xavier et leur raconter comment on l'avait transportée dans les rues de Goa pendant quatre cents ans, jusqu'au jour où un pèlerin trop zélé avait arraché un doigt du saint avec les dents. Mitchell ne pouvait pas s'en empêcher. Tout ce qu'il voyait – les fantastiques figuiers banians, les vaches peintes – lui donnait envie de prendre la plume, et, une fois tel ou tel spectacle décrit, il évoquait son effet sur lui, passant alors directement des couleurs du monde visible à l'obscurité et aux vibrations de l'invisible. La contraction de sa maladie avait elle aussi fait l'objet d'une lettre. *Chers parents, je crois que j'ai attrapé une petite dysenterie amibienne.* S'ensuivait une description des symptômes, des remèdes utilisés par les autres voyageurs. *Tout le monde y a droit tôt ou tard. Je vais simplement jeûner et méditer en attendant que ça passe. J'ai perdu un peu de poids, mais pas trop. Dès que ça ira mieux, Larry et moi partirons pour Bali.*

Il avait raison sur un point : tôt ou tard, tout le monde y avait droit. Outre sa voisine allemande, deux autres voyageurs sur l'île avaient souffert de troubles intestinaux. L'un d'eux, un Français, rendu malade par une salade, s'était retiré dans sa case, où il avait gémi et appelé à l'aide comme un empereur mourant. Mais pas plus tard que la veille, Mitchell l'avait vu, rétabli, sortir de l'eau avec un poisson perroquet embroché au bout de son harpon. L'autre victime était une Suédoise. La dernière fois que Mitchell l'avait vue, on la portait, à bout de forces, jusqu'au ferry. Les passeurs thaïs l'avaient chargée à bord avec les bouteilles de soda et jerrycans vides. Ils étaient habitués à la vue des étrangers ainsi épuisés. Sitôt la femme installée sur le pont, ils s'étaient mis à sourire et à faire des signes de la main. Le bateau était alors parti en marche arrière pour conduire la femme à l'hôpital du continent.

Si son état dégénérait à ce point, Mitchell savait qu'il pourrait toujours être évacué. Mais il ne pensait pas en arriver là. Une fois l'œuf éliminé de son organisme, il se sentit mieux. Ses maux de ventre disparurent. Quatre ou cinq fois par jour, il se faisait apporter du thé noir par Larry. Il refusait de nourrir les amibes ne serait-ce que d'une goutte de lait. Contrairement à ce qu'il aurait cru, son énergie mentale ne diminua pas mais, au contraire, s'accrut. *On n'imagine pas la quantité d'énergie consommée par le processus de digestion. Pénitence mystérieuse, le jeûne ? C'est en réalité une méthode scientifique très saine de mettre le corps en sommeil, de le* déconnecter. *Et quand le corps se déconnecte, l'esprit, lui se connecte. Le terme sanskrit qui exprime ce concept est* moksha, *c'est-à-dire la libération totale de l'âme.*

Paradoxalement, ici, à l'intérieur de la case, alors qu'il était très clairement malade, Mitchell ne s'était jamais senti aussi bien, aussi serein, aussi lucide de sa vie. Il se sentait en sécurité, comme protégé d'une manière indéfinissable. Il se sentait *heureux*. Ce n'était pas le cas de l'Allemande, dont l'état semblait empirer. Elle lui parlait à peine lorsqu'ils se croisaient, à présent. Son teint était plus pâle, plus marbré. Mitchell finit par cesser de l'encourager à continuer de jeûner. Étendu sur le dos, le caleçon de bain désormais sur les yeux, il ne faisait plus attention à ses voyages aux toilettes. Il préférait écouter les sons de l'île, les gens qui nageaient et chahutaient dans l'eau, quelqu'un qui apprenait à jouer d'une flûte en bois à quelques cases de là. La vagues clapotaient ; de temps en temps, une feuille de palmier morte ou une noix de coco tombait sur le sable. La nuit, les chiens sauvages se mettaient à hurler dans la jungle. Lorsqu'il était aux toilettes, Mitchell les entendait rôder à l'extérieur du cabanon ; ils venaient le renifler, lui et le flot de ses déjections, à travers les trous dans les murs. La plupart des gens cognaient leur lampe électrique contre la porte de tôle pour les faire fuir. Mitchell ne prenait même pas de lampe électrique. Il se tenait immobile et les écoutait se rassembler dans la végétation. De leur museau pointu, ils écartaient les herbes jusqu'à ce que leurs yeux rouges apparaissent dans le clair de lune. Mitchell leur faisait face, serein. Il ouvrait grands les bras comme pour s'offrir à eux, puis, voyant qu'ils n'attaquaient pas, il regagnait sa case.

Un soir, en revenant, il entendit une voix féminine dire, avec un accent australien : « Voilà notre patient. » Levant les yeux, il vit Larry et une femme plus âgée assis sur la véranda de la case. Larry roulait un joint sur son *Let's Go : Asie*. La femme fumait une cigarette, elle regardait fixement Mitchell.

– Salut, Mitchell, dit-elle. Moi, c'est Gwendolyn. Il paraît que tu es malade.

– Un peu.

– Larry dit que tu ne prends pas les pilules que je t'ai fait passer.

Mitchell ne répondit pas tout de suite. Il n'avait parlé à aucun être humain de la journée. Ou depuis deux jours. Il lui fallait un temps de réacclimatation. La solitude l'avait rendu sensible à la brusquerie des autres. La grosse voix de buveuse de whisky de Gwendolyn, par exemple, lui donnait l'impression de lui griffer le torse. Elle portait une sorte de turban batik qui ressemblait à un bandage. Beaucoup de bijoux tribaux, également, des os et des coquilles suspendus à son cou et à ses poignets. Planté au milieu de tout cela, son visage émacié et trop bronzé, avec en son centre le rougeoiement intermittent de sa cigarette. Larry n'était qu'un halo de cheveux blonds dans le clair de lune.

– Moi-même, j'ai eu une courante carabinée, poursuivit Gwendolyn. Un truc épique. En Irian Jaya. Ces pilules m'ont sauvé la vie.

Larry passa un dernier coup de langue sur le joint et l'alluma. Puis, levant les yeux vers Mitchell, la gorge serrée par la fumée qu'il venait d'avaler, il dit :

– On est là pour te faire prendre ton médicament.

– Absolument, confirma Gwendolyn. C'est bien beau de jeûner, mais au-delà de… ça fait combien de temps ?

– Près de deux semaines.

– Au-delà de deux semaines, il est temps d'arrêter.

L'air sévère de Gwendolyn s'évanouit lorsque Larry lui tendit le joint.

– Ah, formidable, dit-elle.

Elle tira une taffe et retint la fumée en leur souriant à tous les deux, avant d'être prise d'une quinte de toux qui dura une trentaine de secondes. Elle but une gorgée de bière, une main plaquée sur la poitrine, puis reprit sa cigarette.

Mitchell contemplait une large bande de lune sur la mer. Tout à coup, il déclara :

– Tu viens de divorcer. C'est pour ça que tu fais ce voyage.

Gwendolyn se raidit.

– Presque. Pas un divorce, une séparation. Ça se voit tant que ça ?

– Tu es coiffeuse, ajouta Mitchell, toujours tourné vers la mer.

– Tu ne m'avais pas dit que ton ami était voyant, Larry.

– J'ai dû le lui dire. Je te l'ai dit ?

Mitchell ne répondit pas.

– Eh bien, Nostradamus, j'ai une prédiction pour toi. Si tu ne prends pas ces pilules immédiatement, tu vas repartir *très malade* sur le ferry. Ce n'est pas ce que tu veux, n'est-ce pas ?

Pour la première fois, Mitchell regarda Gwendolyn dans les yeux. Il était frappé par l'ironie de la situation : elle pensait que c'était lui le malade. Alors que pour lui, c'était plutôt l'inverse. Elle était déjà en train d'allumer une nouvelle cigarette. Âgée de quarante-trois ans, elle se défonçait sur une île au large de la côte thaïlandaise, un morceau de corail dans le lobe de chaque oreille. La tristesse émanait d'elle comme une odeur. Il ne s'agissait pas de voyance. C'était évident, voilà tout.

Elle détourna les yeux.

– Larry, où sont mes pilules ?

– À l'intérieur.

– Tu veux bien aller me les chercher, s'il te plaît ?

Larry alluma sa lampe électrique et se baissa pour entrer dans la case. Le faisceau de lumière balaya le sol.

– Tu n'as toujours pas posté tes lettres, remarqua-t-il.

– J'ai oublié, dit Mitchell. Dès que je les termine, j'ai l'impression de les avoir déjà envoyées.

Larry réapparut, le flacon de pilules à la main, et annonça :

– Ça commence à schlinguer, là-dedans.

Il donna le flacon à Gwendolyn, qui approcha une pilule de la bouche de Mitchell.

– Très bien, monsieur Tête-de-mule, dit-elle. Ouvre.

– C'est bon. Ça va, je t'assure.

– Prends ton médicament.

– Allez, Mitch, t'as vraiment une sale gueule. Vas-y. Prends cette foutue pilule.

Un silence s'installa tandis que Larry et Gwendolyn dévisageaient Mitchell. Il aurait voulu leur expliquer sa position, mais il était clair que toutes les explications du monde ne parviendraient pas à les convaincre du bien-fondé de son action. Il ne trouvait pas les mots. Rien de ce qui lui venait à l'esprit n'était à la hauteur de ce qu'il ressentait. Il choisit donc la facilité : il ouvrit la bouche.

– Tu as la langue jaune vif, souligna Gwendolyn. Je n'ai jamais vu un jaune pareil ailleurs que sur un oiseau. Vas-y. Bois un peu de bière pour faire glisser.

Elle lui tendit la bouteille.

– Bravo ! Prends-en quatre par jour pendant une semaine. Larry, je compte sur toi pour veiller à ce qu'il le fasse.

– Je crois que j'ai besoin de dormir, maintenant, dit Mitchell.

– Très bien, dit Gwendolyn. On va poursuivre les festivités dans ma case.

Lorsqu'ils furent partis, Mitchell retourna s'allonger sur sa natte. Sans autre mouvement, il cracha la pilule, qu'il avait gardée sous la langue. Elle claqua contre le bambou, puis tomba dans le sable sous le plancher. Comme Jack Nicholson dans *Vol au-dessus d'un nid de coucou*, songea-t-il en souriant intérieurement. Mais, trop exténué, il s'abstint de le noter.

Le caleçon de bain sur les yeux, les journées s'effaçaient, elles devenaient parfaites. Mitchell dormait par courts intervalles, quand il en avait envie, et il ne faisait plus attention au passage du temps. Il ne percevait plus que les rythmes de l'île : les voix endormies des gens qui mangeaient des crêpes à la banane et buvaient du café au petit déjeuner, plus tard les cris sur la plage, puis, le soir, le gril qui fumait et la cuisinière chinoise qui raclait son wok avec sa longue spatule métallique. Alors les bouteilles de bière s'ouvraient, la tente réfectoire se remplissait d'un brouhaha et diverses petites fêtes s'installaient dans les cases voisines. À un moment, Larry rentrait accompagné d'une odeur de bière, de tabac et de crème solaire. Mitchell faisait semblant de dormir. Il lui arrivait de veiller toute la nuit pendant que Larry dormait. À travers son dos, il sentait le plancher, puis l'île elle-même, puis les mouvements de la mer. La lune devenait pleine et, en montant, éclairait la case. Mitchell se levait et descendait jusqu'au bord argenté de l'eau. Il y entrait et flottait sur le dos en regardant la lune et les étoiles. La baie était un bain chaud ; l'île y flottait, elle aussi. Il fermait les yeux et se concentrait sur sa respiration. Au bout d'un moment, il sentait toute notion d'intérieur et d'extérieur disparaître. Il ne respirait pas, il *était respiré*. Cet état ne durait que quelques secondes, puis il le quittait, puis le retrouvait.

Sa peau était imprégnée de sel. Le vent l'en recouvrait en s'engouffrant à travers le bambou, ou le déposait sur lui lorsqu'il allait aux toilettes. Accroupi, il le suçait sur ses épaules nues. C'était sa seule nourriture. Parfois l'envie le prenait d'entrer dans la tente réfectoire et de commander un poisson entier grillé ou une assiette de crêpes. Mais ces fringales étaient rares, et le sentiment de paix qui leur succédait n'en était que plus profond et plus complet. Le jaillissement de ses déjections, bien qu'à présent moins violent, devenait cuisant, comme s'il provenait d'une plaie. Il ouvrait le fût et remplissait le seau d'eau, se lavait de la main gauche. Plusieurs fois, il s'endormit au-dessus du trou et ne se réveilla que lorsque quelqu'un frappa à la porte métallique.

Il écrivit d'autres lettres. *Je vous ai parlé des deux lépreux, une mère et son fils, que j'ai vus à Bangalore ? Je marchais dans une rue et je suis tombé sur eux, ils étaient assis sur le bord du trottoir. Je commençais à avoir l'habitude de voir des lépreux, mais pas comme ceux-là. Ils étaient presque entièrement rongés. Il ne leur restait même pas la naissance des doigts, leurs mains n'étaient plus que des boules au bout de leurs bras. Et leur visage était complètement déformé, comme de la cire en train de fondre. La mère avait l'œil gauche tourné vers le ciel, il était opaque et tout gris. Mais quand j'ai sorti 50 paise, elle m'a regardé de son bon œil, et il étincelait d'intelligence. Elle a joint ses moignons en signe de remerciement. Là, ma pièce est tombée dans la coupe, et son fils, qui ne voyait pas, a dit « Atcha ». Il a souri, enfin, je crois (c'était difficile à dire tellement il était défiguré). En tout cas, à cet instant, j'ai compris une chose : j'ai compris que c'étaient des êtres humains, pas des mendiants ou des malheureux – simplement une mère et son fils. Je les imaginais avant qu'ils aient la lèpre, à l'époque où ils allaient se promener. Et puis j'ai eu une deuxième révélation : j'ai deviné que ce gamin adorait le lassi à la mangue. Cette révélation m'a semblé infiniment profonde sur le moment. Je n'en connaîtrai sans doute jamais de plus grande, je ne le mérite pas. Quand ma pièce est tombée dans la coupe et que le petit a dit « Atcha », j'ai compris qu'il pensait à un bon lassi à la mangue, bien frais.* Mitchell posa son stylo en se remémorant tout cela. Puis il sortit admirer le coucher de soleil. Il s'assit en tailleur sur la véranda. Son genou gauche ne pointait plus vers le haut. Lorsqu'il ferma les yeux, le tintement commença aussitôt, plus puissant, plus intime, plus enivrant que jamais.

Tant de choses semblaient risibles avec cette distance. Son inquiétude sur le choix de sa spécialisation. Son refus de quitter sa chambre, à la résidence universitaire, lorsque son visage était affligé de boutons trop voyants. Même le désespoir déchirant qu'il avait éprouvé, la fois où il avait appelé la chambre de Christine Woodhouse et avait appris qu'elle n'était pas rentrée de la nuit, était presque amusant aujourd'hui. Il était possible de gâcher sa vie. C'était ce qu'il avait fait, en grande partie, jusqu'au jour où il était monté dans cet avion avec Larry, vacciné contre le typhus et le choléra, et s'était enfui. Ce n'était qu'à présent, sans personne pour l'observer, que Mitchell pouvait découvrir qui il était. Comme si tous ces kilomètres en car, tous ces cahots, avaient peu à peu délogé l'ancien Mitchell, jusqu'à ce qu'il s'élève dans l'air indien et s'y volatilise. Il n'avait pas envie de retrouver le monde de l'université et des cigarettes aux clous de girofle. Étendu sur le dos, il attendait que son corps s'ouvre à l'éveil, ou que rien ne se passe du tout, ce qui revenait au même.

Pendant ce temps, à côté, l'Allemande s'apprêtait à faire une nouvelle sortie. Mitchell l'entendait s'agiter. Elle descendit ses marches, mais au lieu de se diriger vers les toilettes, elle monta les marches de la case de Mitchell. Il retira le caleçon de bain de ses yeux.

– Je vais à l'hôpital. Avec le bateau.

– Je m'y attendais.

– Je vais me faire faire une piqûre. Je passerai la nuit là-bas, et ensuite je reviendrai.

Elle marqua un temps.

– Tu ne veux pas venir avec moi ? Tu ne veux pas te faire faire une piqûre ?

– Non, merci.

– Pourquoi ?

– Parce que ça va mieux. Je me sens beaucoup mieux.

– Viens. Par sécurité. Viens à l'hôpital avec moi.

– Ça va aller.

Il se leva en souriant pour le prouver. Dans la baie, le ferry fit retentir sa corne de brume.

Mitchell sortit sur la véranda pour dire au revoir à l'Allemande.

– On se verra à ton retour, lui dit-il.

Elle avança dans l'eau jusqu'au bateau et grimpa à bord. Debout sur le pont, elle ne lui fit pas signe de la main mais resta tournée dans sa direction. Mitchell la regarda devenir de plus en plus petite en s'éloignant. Lorsqu'elle finit par disparaître, il s'aperçut qu'il avait dit la vérité : effectivement, il allait mieux.

Son ventre était calme. Il y posa une main, comme pour mieux en percevoir l'intérieur. Il le sentait vidé. Et il n'avait plus de vertiges. Sur un aérogramme vierge, à la lumière du coucher de soleil, il écrivit : *En ce jour (si je ne m'abuse) de novembre, j'ai le plaisir d'annoncer que le système gastro-intestinal de Mitchell B. Grammaticus est désormais guéri, sans avoir été soigné par d'autres moyens que spirituels. Je tiens à remercier tout particulièrement ma plus grande supportrice, qui est restée à mes côtés durant toute cette épreuve, Mary Baker Eddy. Mes prochaines selles solides lui sont dédiées.* Il écrivait encore quand Larry entra.

– Ouah ! T'es réveillé.

– Ça va mieux.

– Vraiment ?

– Et devine…

– Quoi ?

Mitchell posa son stylo et regarda Larry avec un grand sourire.

– Je crève de faim.

Tout le monde sur l'île avait à présent entendu parler du jeûne gandhien de Mitchell. Son arrivée dans la tente réfectoire fut acclamée et applaudie. Sa maigreur provoqua également des hoquets de stupeur chez quelques femmes. Très maternelles, elles le firent asseoir et lui touchèrent le front pour vérifier qu'il n'avait plus de fièvre. Il y avait des tables de camping partout, des comptoirs chargés d'ananas et de pastèques, de haricots, d'oignons, de pommes de terre et de salade. De longs poissons bleus recouvraient des planches à découper. Des thermos étaient alignés le long d'un mur, remplis d'eau chaude ou de thé, et au fond, dans une pièce séparée, se trouvait un lit d'enfant occupé par le bébé de la cuisinière chinoise. Mitchell parcourut du regard les nombreux nouveaux visages. La terre sous la table de camping était d'une fraîcheur surprenante contre ses pieds nus.

Les conseils médicaux fusèrent d'emblée. La plupart des gens qui étaient là avaient jeûné un jour ou deux durant leurs voyages en Asie, après quoi ils avaient directement repris une alimentation normale. Mais le jeûne de Mitchell avait duré si longtemps qu'un voyageur américain, ancien étudiant en médecine, déclara dangereux qu'il mange trop d'un coup. Dans un premier temps, selon lui, il fallait qu'il s'en tienne aux liquides. La cuisinière chinoise jugea cette idée ridicule. Après avoir jeté un coup d'œil à Mitchell, elle lui servit un loup de mer, une assiette de riz pilaf et une omelette à l'oignon. Tous ou presque recommandaient eux aussi la goinfrerie. Mitchell opta pour un compromis. D'abord, il but un verre de jus de papaye. Il attendit quelques instants, puis commença, lentement, à manger le riz. Ensuite, se sentant toujours bien, il passa prudemment au loup de mer. Toutes les deux ou trois bouchées, l'étudiant en médecine intervenait pour dire : « C'est bon, ça suffit », suscitant chaque fois un chœur de protestations. « Regardez-le ! s'indignait-on. C'est un squelette ! Vas-y, mange. Mange ! »

C'était agréable d'avoir à nouveau du monde autour de soi. Mitchell n'était pas devenu aussi ascète qu'il le croyait. La compagnie de ses semblables lui avait manqué. Toutes les filles étaient en sarong. Toutes bien bronzées et dotées d'accents charmants. Elles ne cessaient de le tripoter, pour lui tâter les côtes ou cercler ses poignets de leurs doigts. « Je tuerais pour avoir des pommettes comme les tiennes », dit l'une d'elles. Elles lui firent manger des beignets de banane.

La nuit tomba. Quelqu'un annonça une fête dans la case n° 6. Avant que Mitchell ne comprenne ce qui lui arrivait, deux

Hollandaises l'escortaient sur la plage. Elles étaient serveuses à Amsterdam cinq mois de l'année et passaient les sept autres à voyager. Apparemment, Mitchell était le portrait craché d'un Christ de Van Honthorst exposé au Rijksmuseum. Les Hollandaises trouvaient la ressemblance à la fois intimidante et hilarante. Mitchell se demanda s'il n'avait pas commis une erreur en restant cloîtré si longtemps dans sa case. Un genre de vie tribale s'était mis en place, ici, sur l'île. Voilà pourquoi Larry s'y plaisait tant. La cordialité régnait. Et rien de vraiment sexuel : les rapports entre les individus étaient avant tout chaleureux et intimes. L'une des Hollandaises avait une vilaine plaque d'urticaire sur le dos. Elle se retourna pour la lui montrer.

La lune se levait au-dessus de la baie, elle projetait sur le rivage une longue bande de lumière qui éclairait le tronc des palmiers et donnait au sable un peu de sa phosphorescence. Tout avait une teinte bleutée à l'exception des cases, d'un orange flamboyant. En marchant derrière Larry, Mitchell sentait l'air lui rincer le visage et s'écouler entre ses jambes. Il avait une légèreté en lui, un ballon d'hélium autour du cœur. Personne n'avait besoin de plus que de cette plage.

– Eh, Larry, lança-t-il.

– Quoi ?

– On est allés partout, mon gars.

– Pas partout. Prochain arrêt, Bali.

– Mais ensuite, on rentre. Après Bali, on rentre. Avant que mes parents fassent une dépression nerveuse.

Il s'arrêta et retint les Hollandaises. Il lui semblait entendre le tintement – plus fort que jamais –, mais il s'aperçut que ce n'était que la musique provenant de la case n° 6. Juste devant lui, un groupe était assis en rond dans le sable. On fit de la place pour Mitchell et ses compagnons.

– Qu'en dites-vous, docteur ? On peut lui donner une bière ?

– Très drôle, répondit l'étudiant en médecine. Une, alors. Pas plus.

Sans délai, les bons Samaritains firent passer une bière à Mitchell. La personne à sa droite lui posa alors une main sur le genou. C'était Gwendolyn. Il ne l'avait pas reconnue dans l'obscurité. Elle tira longuement sur sa cigarette et, détournant le visage – avant tout pour souffler la fumée mais d'une manière qui laissait entendre qu'elle était vexée –, elle dit :

– Tu ne m'as pas remerciée.

– À quel sujet ?

– Pour les pilules.

– Ah, oui. C'était très gentil de ta part.

Elle sourit quelques secondes, puis se mit à tousser. C'était une toux de fumeuse, profonde et gutturale. Elle tenta de la contenir en se penchant en avant et en se couvrant la bouche, mais elle n'en devint que plus violente, comme si elle lui déchirait les poumons. Lorsqu'elle finit pas se calmer, Gwendolyn s'essuya les yeux.

– La vache, dit-elle, je suis en train de crever.

Elle parcourut du regard le cercle de fêtards. Ça riait, ça discutait.

– Et tout le monde s'en fout, ajouta-t-elle.

Pendant tout ce temps, Mitchell avait observé Gwendolyn attentivement. Il lui paraissait clair que si elle n'avait pas déjà un cancer, cela ne tarderait pas.

– Tu veux savoir comment j'ai deviné que tu étais séparée ? dit-il.

– Oui, tiens, ça m'intéresse.

– C'est à cause de ce rayonnement que tu as. Les femmes qui divorcent ou se séparent ont toutes ce rayonnement. J'ai remarqué ça. C'est comme si elles rajeunissaient.

– Vraiment ?

– Oui, je t'assure, dit Mitchell.

Gwendolyn sourit.

– J'avoue que je me sens assez revigorée.

Mitchell tendit sa bouteille et ils trinquèrent.

– Santé, dit-elle.

– Santé.

Il avala un peu de bière. En avait-il jamais bu de meilleure ? Il ressentait soudain un bonheur extatique. Le groupe n'était pas assis autour d'un feu de camp, mais c'était l'impression qu'il avait, comme si chacun luisait, chauffé par une source de chaleur centrale. Mitchell passa en revue les différents visages du cercle, puis contempla la baie. Il songeait à son voyage. Il tenta de se rappeler tous les endroits où Larry et lui étaient allés, les pensions malodorantes, les villes baroques, les stations de montagne. S'il ne pensait pas à un lieu en particulier, il était capable de les percevoir tous à la fois, une sorte de kaléidoscope tournant dans sa tête. Il se sentait comblé. Entre-temps, le tintement avait repris ; concentré là-dessus également, il ne remarqua pas tout de suite les tiraillements de son intestin. Le premier, lointain, qui perça sa conscience, était encore si léger qu'il aurait pu être le fruit de son imagination. Mais bientôt en vint un autre, plus insistant. Une vanne sembla s'ouvrir en lui et un filet de liquide brûlant, comme de l'acide, commencer à progresser vers l'extérieur. Il ne s'alarma pas. Il se sentait trop bien. Il se contenta de se lever et de dire :

– Je descends à l'eau une minute.

– Je t'accompagne, dit Larry.

La lune était plus haute à présent. À leur approche, elle illumina la baie tel un miroir. Loin de la musique, Mitchell entendait les chiens sauvages aboyer dans la jungle. Il conduisit Larry droit vers le bord de l'eau. Puis, sans s'arrêter, il laissa tomber son longyi au sol et s'en dégagea. Il entra dans la mer.

– Un petit bain de minuit ?

Mitchell ne répondit pas.

– Comment est l'eau ?

– Froide, dit Mitchell.

C'était un mensonge : l'eau était chaude, mais il voulait y être seul. Il s'y enfonça jusqu'à la taille. Mettant ses deux mains en coupe, il s'aspergea le visage avant de basculer à l'horizontale et de se laisser flotter sur le dos.

Ses oreilles se bouchèrent. Il entendit l'eau bouillonner, puis le silence de la mer, puis le tintement à nouveau. Plus net que jamais. Moins un tintement qu'un signal radio lui pénétrant le corps.

Il releva la tête et dit :

– Larry.

– Quoi ?

– Merci de t'être occupé de moi.

– Pas de problème.

À présent qu'il était dans l'eau, ça allait mieux à nouveau. Il sentait la force de la mer qui se retirait vers le large, sous l'effet du vent nocturne et de la lune montante. Un petit torrent chaud jaillit hors de lui, et il agita les bras pour s'en éloigner tout en continuant de flotter. Il contempla le ciel. N'ayant ni son stylo ni ses aérogrammes sur lui, il se mit à dicter en silence : *Chers parents, la terre en soi est la seule preuve dont nous ayons besoin. Ses rythmes, sa régénération perpétuelle, les cycles de la lune, le flux et le reflux des marées, tout ça est une leçon pour cet élève si lent qu'est l'homme. La terre ne cesse de répéter l'exercice, encore et encore, jusqu'à ce que nous comprenions.*

– Personne ne croirait qu'un tel endroit existe, dit Larry sur la plage. C'est un vrai paradis, putain.

Le tintement se renforça. Une minute passa, peut-être plusieurs. Mitchell finit par entendre Larry dire :

– Eh, Mitch, je retourne à la fête. Ça va ?

Il semblait très loin.

Mitchell étendit les bras, ce qui lui permit de flotter un peu plus haut dans l'eau. Il ne sut si Larry était parti ou non. Il regardait la lune. Un détail auquel il n'avait encore jamais fait attention, à propos de sa lumière, venait de le frapper : il percevait ses ondes. Il s'en était aperçu en ralentissant son esprit. Au gré de leur fréquence, elle devenait tour à tour plus ou moins vive. Elle *palpitait.* En ce sens, elle se rapprochait du tintement. Ondulant dans l'eau chaude, il observa la correspondance entre les deux, comment ils s'intensifiaient ensemble, faiblissaient ensemble. Au bout d'un moment, il prit conscience que ces variations s'appliquaient également à lui. Son sang palpitait au rythme de la lumière de la lune, au rythme du tintement. Loin, quelque chose sortait de lui. Il sentait ses entrailles se vider. La sensation de liquide quittant son corps n'était plus ni douloureuse ni explosive ; c'était devenu un flot régulier de son essence se déversant dans la nature. Dans la seconde qui suivit, Mitchell eut l'impression de tomber au fond de l'eau, après quoi il perdit toute sensation physique. Ce n'était plus lui qui regardait la lune ou écoutait le tintement, et pourtant il restait conscient de leur existence. Un instant, il songea à écrire à ses parents, à leur dire de ne pas s'inquiéter. Il avait découvert le paradis au-delà de l'île. Il tentait de se ressaisir pour dicter ce dernier message, mais rapidement il s'aperçut qu'il ne restait plus rien de lui pour le faire, plus rien du tout : plus personne pour tenir un stylo ou s'adresser à ceux qu'il aimait, et qui ne comprendraient jamais.

1996

Mauvaise poire

La recette était arrivée par la poste :

Mélanger la semence de trois hommes.
Bien remuer.
Transvaser dans une poire à jus.
S'allonger.
Insérer l'extrémité de la poire à jus.
Presser.

INGRÉDIENTS :
1 pincée de Stu Wadsworth
1 pincée de Jim Freeson
1 pincée de Wally Mars

L'adresse de l'expéditeur ne figurait pas sur l'enveloppe, mais Tomasina connaissait son identité : c'était Diane, sa meilleure amie, récemment devenue sa consultante personnelle en fertilité. Depuis la dernière rupture catastrophique de Tomasina, Diane préconisait ce qu'elles appelaient le plan B. Le plan A, elles y avaient déjà consacré pas mal de temps. Il impliquait de l'amour et un mariage. Huit bonnes années qu'elles étaient dessus. Mais en dernière analyse – ça, c'était tout le discours de Diane –, ce plan-là s'était avéré beaucoup trop idéaliste. Désormais, elles envisageaient donc de passer au B.

Le plan B était plus retors et inspiré, moins romantique, plus solitaire, plus triste, mais également plus courageux. Il s'agissait de trouver un homme doté d'une dentition, d'un corps et d'un cerveau corrects, vierge de toute maladie grave et qui soit prêt à recourir à ses fantasmes (sans qu'ils incluent nécessairement Tomasina) afin de produire la petite giclée indispensable au prodige de l'enfantement. Telles des jumelles Schwarzkopf, les deux amies observaient les dernières évolutions du champ de bataille : la réduction de leur artillerie (toutes deux venaient d'avoir quarante ans), la tactique de guérilla de plus en plus utilisée par l'ennemi (les hommes n'agissaient même plus à découvert) et la disparition totale du code de l'honneur. Le dernier qui avait mis Tomasina enceinte – pas le banquier d'affaires, celui d'avant, le prof de technique Alexander – n'avait même pas fait semblant de proposer le mariage. Son idée de l'honneur se limitait au partage du coût de l'avortement. Il fallait voir les choses en face : les meilleurs soldats avaient quitté le terrain au profit de la paix maritale. Ne restait qu'un ramassis d'amants infidèles et de paumés, des attaquants éclair, des brûleurs de villages. Tomasina devait abandonner l'idée de rencontrer quelqu'un avec qui passer sa vie. Au lieu de cela, il lui fallait donner naissance à quelqu'un qui passerait la sienne avec elle.

Mais ce n'est qu'en recevant cette recette qu'elle a compris qu'elle était suffisamment désespérée pour passer à l'acte. Elle l'a su avant même d'arrêter de rire. Elle l'a su lorsqu'elle s'est surprise à se dire : Stu Wadsworth, ça se discute. Mais Wally Mars ?

Tomasina – je le répète, comme le tic-tac d'une horloge – avait quarante ans. Elle avait beaucoup de choses pour elle. Un super boulot d'assistante de production pour le JT de Dan Rather sur CBS. Un appart magnifique, d'une superficie honorable, dans

Hudson Street. Un physique avantageux, plutôt bien préservé. Ses seins n'avaient pas été totalement épargnés par les effets du temps, mais ils restaient vaillants. Et elle avait de nouvelles dents. Elle s'était fait poser des facettes et arborait un nouveau sourire d'une blancheur éclatante. Elle avait zozoté au début, le temps de s'y habituer, puis c'était rentré dans l'ordre. Elle avait des bras musclés. Elle avait cent soixante-quinze mille dollars sur son compte épargne retraite. Mais elle n'avait pas d'enfant. Ne pas avoir de mari, elle pouvait l'accepter. À certains égards, c'était même préférable. Mais il lui fallait un enfant.

« Passé l'âge de trente-cinq ans, expliquait le magazine, procréer devient difficile pour les femmes. » Tomasina n'en revenait pas. Juste au moment où elle commençait à avoir un peu de plomb dans la cervelle, son corps la lâchait. La nature se foutait complètement de son niveau de maturité. Ce que la nature voulait, c'était qu'elle épouse son petit ami de la fac, ou mieux (d'un point de vue purement reproductif), du lycée. Trop occupée à tracer sa route, elle n'avait rien remarqué : tous les mois, ses ovules se jetaient dans le néant. Elle voyait clair à présent. Pendant qu'elle faisait des enquêtes pour un organisme de défense des consommateurs à la fac, sa paroi utérine s'était amincie. Pendant qu'elle passait son diplôme de journalisme, ses ovaires avaient diminué leur production d'œstrogènes. Et pendant qu'elle couchait avec autant d'hommes qu'elle le souhaitait, ses trompes de Fallope avaient commencé à rétrécir, à se boucher. Tout cela quand elle était dans la vingtaine. Pendant cette période d'extension de l'adolescence américaine. Quand, ses études terminées et ayant trouvé un emploi, elle pouvait enfin se payer du bon temps. Une fois, elle avait eu cinq orgasmes avec un chauffeur de taxi du nom d'Ignacio Veranes, alors qu'ils stationnaient dans Gansevoort Street. Il avait un pénis recourbé à l'européenne et sentait l'huile de vidange. Elle avait vingt-cinq ans à l'époque. Elle n'aurait pas recommencé, mais elle était contente d'avoir profité de l'occasion. Pour ne pas avoir de regrets. Cependant, en éliminant certains regrets, on s'en crée d'autres. À cet âge-là, on joue, c'est tout. Puis la vingtaine laisse place à la trentaine, quelques relations ratées vous amènent à trente-cinq ans, et un jour vous prenez *Mirabella* et y apprenez ceci : « À partir de trente-cinq ans, la fertilité féminine commence à diminuer. Chaque année qui passe, le risque de fausse couche et de malformation congénitale augmente. »

Pour Tomasina, ce risque augmentait depuis maintenant cinq ans. Elle était âgée de quarante ans, un mois et quatorze jours. Parfois paniquée, parfois pas. Parfois tout à fait calme et résignée par rapport à tout ça.

Elle pensait aux enfants qu'elle n'avait pas eus. Elle les imaginait alignés derrière les vitres d'un bus scolaire fantôme, le visage écrasé contre le verre, avec leurs yeux énormes et leurs cils mouillés. Ils lui disaient : « Nous comprenons. Ce n'était pas le bon moment. Nous comprenons. Vraiment. »

Puis le bus s'ébranlait en démarrant, et elle découvrait le chauffeur. Sa main osseuse empoignait le levier de vitesses et il se tournait vers Tomasina, le visage ouvert en deux par un sourire.

Le magazine précisait que les femmes étaient fréquemment victimes de fausses couches, parfois même sans s'en apercevoir. Les minuscules blastocystes effleuraient l'endomètre et, n'y trouvant pas de prise, disparaissaient dans les tuyaux, humains et autres. Peut-être restaient-ils en vie quelques secondes dans la cuvette des toilettes, comme des poissons rouges. Tomasina l'ignorait. Mais avec trois avortements, une fausse couche officielle et allez savoir combien d'officieuses, son bus scolaire était plein. Lorsqu'elle se réveillait la nuit, elle le voyait s'éloigner lentement du trottoir, et elle entendait le bruit des enfants serrés sur leurs sièges, cet indescriptible cri d'enfant, entre rire et hurlement.

Chacun le sait, les hommes objectifient les femmes. Mais toutes nos appréciations de leurs seins et de leurs jambes ne sont rien comparées aux calculs froids d'une femme en quête de semence. Tomasina en avait été elle-même un peu troublée, et pourtant elle n'avait pas pu s'en empêcher : une fois sa décision prise, elle s'était mise à voir les hommes comme des spermatozoïdes ambulants. Aux soirées, son verre de barolo à la main (ça, elle allait bientôt devoir arrêter, elle buvait comme un trou), elle examinait les spécimens qui sortaient de la cuisine, traînaient dans les couloirs ou péroraient dans les fauteuils. Et parfois, les yeux humides, elle avait l'impression de pouvoir discerner la qualité du matériel génétique de chacun d'eux. Certaines auras séminales irradiaient de bienveillance, d'autres présentaient de séduisantes aspérités brutales, d'autres encore étaient faibles et vacillantes, pas assez alimentées. Tomasina pouvait juger de la fécondité d'un homme à son odeur et à son teint. Une fois, pour amuser Diane, elle avait ordonné à tous les invités de sexe masculin de tirer la langue. Ceux-ci s'étaient exécutés sans poser de question. Comme toujours. Les hommes *aiment* être objectifiés. Ils avaient cru que le but était de tester l'agilité de leur langue afin d'évaluer leurs aptitudes de cunnilincteur. « Ouvre et dis ah », avait répété Tomasina tout au long de la soirée. Et les langues s'étaient déroulées pour se prêter à l'examen. Certaines laissaient voir des taches jaunes ou des papilles gustatives irritées, d'autres étaient bleues comme des steaks avariés. Certaines se livraient à des acrobaties obscènes, frétillant ou se recourbant pour révéler une face inférieure hérissée de piquants telle une armure de poisson abyssal. Et puis il y en avait deux ou trois à l'aspect parfait, bien charnues, d'une opalescence d'huître. Ces langues-là étaient celles des hommes mariés, lesquels avaient déjà fait don de leur semence – abondamment – aux femmes chanceuses monopolisant les coussins du canapé, de l'autre côté de la pièce. Des épouses et des mères qui se plaignaient désormais d'autres tourments – manque de sommeil, enlisement de leur carrière professionnelle –, tourments que Tomasina rêvait de connaître.

Il est temps que je me présente. Je suis Wally Mars. Un vieil ami de Tomasina. Ancien petit ami, pour être exact. Nous sommes sortis ensemble durant trois mois et sept jours, au printemps 1985. À l'époque, cette relation a surpris la plupart de ses amis. Ils ont réagi comme elle lorsqu'elle a découvert mon nom sur la liste des ingrédients. « Wally Mars ? » ont-ils fait. D'après eux j'étais trop petit (je ne mesure qu'un mètre soixante-trois) et pas suffisamment athlétique. Tomasina m'aimait, pourtant. Elle était dingue de moi pendant cette période-là. Une part obscure de notre personnalité, que personne ne voyait, nous rapprochait. Elle s'asseyait en face de moi, tapotait sur la table et disait : « Quoi d'autre ? » Elle adorait m'écouter parler.

Ça, ça avait continué. Toutes les deux ou trois semaines, elle m'appelait pour me proposer d'aller déjeuner. Et j'acceptais chaque fois. À l'époque des événements en question, nous nous étions donné rendez-vous un vendredi. À mon arrivée au restaurant, elle était déjà sur place. Je me suis attardé derrière le comptoir d'accueil un moment, histoire de me préparer en l'observant de loin. Paresseusement renversée dans son fauteuil, elle tirait goulûment sur la première des trois cigarettes qu'elle s'autorisait au déjeuner. Au-dessus de sa tête, sur un rebord, une énorme composition florale explosait de couleurs. Vous avez remarqué ? Les fleurs aussi sont devenues multiculturelles. Ni rose, ni tulipe, ni jonquille ne dressait sa tête hors du vase. À la place, c'était une éruption de flore tropicale : orchidées d'Amazonie, dionées attrape-mouches. Les mâchoires de l'une de celles-ci tremblaient, stimulées par le parfum de Tomasina. Ses cheveux étaient rejetés en arrière sur ses épaules nues. Elle ne portait pas de haut – enfin, si. Un haut couleur chair et moulant. Le look femme d'affaires, ce n'est pas trop pour Tomasina, à moins de considérer les prostituées comme des femmes d'affaires. Elle n'hésitait pas à montrer ses atouts. (Elle les montrait chaque matin à Dan Rather, qui lui donnait divers surnoms, tous s'appliquant à une sauce pimentée.) Mais elle pouvait se les permettre, ces tenues de danseuse de music-hall. Elle les compensait par son côté maternel : ses lasagnes maison, sa façon de vous prendre dans ses bras et de vous faire la bise, ses remèdes contre le rhume.

À la table, j'ai eu droit à sa fameuse étreinte et à une bise.

– Salut, mon chou ! m'a-t-elle dit en se pressant contre moi.

Elle était radieuse. Son oreille gauche, à quelques centimètres de ma joue, était d'un rose flamboyant. J'en sentais la chaleur. Elle s'est écartée et nous nous sommes regardés.

– Alors ? ai-je dit. Grande nouvelle ?

– Je me lance, Wally. Je vais le faire, cet enfant.

Nous nous sommes assis. Tomasina a tiré une bouffée de sa cigarette puis, mettant ses lèvres en cheminée sur le côté, a expulsé la fumée.

– Je me suis dit : Et merde. J'ai quarante balais. Je suis une adulte. Je fais ce que je veux.

Je n'étais pas habitué à ses nouvelles dents. Chaque fois qu'elle ouvrait la bouche, c'était comme un flash qui se déclenchait. Mais elles étaient belles, ses nouvelles dents.

– Je me moque de ce que penseront les gens. Comprendra qui voudra. Je ne vais pas l'élever toute seule : ma sœur va m'aider. Ma sœur et Diane. Toi aussi, Wally, tu pourras le garder si tu veux.

– Moi ?

– Tu pourras être un oncle.

Elle a pris ma main sur la table et l'a serrée. J'ai serré la sienne.

– Il paraît que tu as une recette avec une liste de candidats, ai-je dit.

– Quoi ?

– Diane m'a parlé d'une recette qu'elle t'avait envoyée.

– Ah, ça…

Elle a aspiré la fumée. Ses joues se sont creusées.

– Apparemment, je serais dessus ?

– Oui, a-t-elle confirmé en crachant la fumée vers le haut. Comme tous mes ex.

À ce moment-là, le serveur est arrivé pour prendre notre commande de boissons.

– Un martini glacé, bien sec, avec deux olives, a dit Tomasina en regardant sa fumée se répandre au-dessus d'elle.

Puis elle a baissé les yeux vers le serveur. Les a gardés fixés sur lui.

– C'est vendredi, a-t-elle expliqué.

Elle s'est passé la main dans les cheveux, les a rejetés en arrière. Le serveur a souri.

– Pour moi aussi, un martini, ai-je dit.

Le serveur s'est tourné vers moi. Il a haussé les sourcils avant de pivoter à nouveau vers Tomasina. Il l'a gratifiée d'un autre sourire, puis il est parti.

Dès son départ, Tomasina s'est penchée vers moi pour me chuchoter quelque chose à l'oreille. Je me suis penché vers elle. Nos fronts se touchaient. Et là, elle m'a fait :

– Et lui ?

– Qui ça ?

– *Lui…*

D'un signe de tête, elle a désigné le serveur, dont les fesses musclées s'éloignaient dans la salle en chaloupant.

– C'est un serveur.

– Je n'ai pas l'intention de l'épouser, Wally. Tout ce que je veux, c'est son sperme.

– Il va peut-être nous en apporter en accompagnement.

Tomasina s'est rassise au fond de son fauteuil et a écrasé son mégot. Elle m'a scruté, puis a tendu la main vers son paquet pour y prendre sa cigarette numéro deux.

– Tu vas recommencer ? Tu vas être agressif ?

– Je ne suis pas agressif.

– Si. Tu l'as été quand je t'ai parlé de ce projet et là, tu recommences.

– Je ne comprends pas pourquoi tu veux choisir un serveur, c'est tout.

Elle a haussé les épaules.

– Il est mignon.

– Tu peux trouver mieux.

– Où ?

– Je ne sais pas. Ce ne sont pas les endroits qui manquent.

J'ai pris ma cuiller à soupe. J'y ai vu mon visage, minuscule et déformé.

– Va dans une banque de sperme. Prends-toi un Prix Nobel.

– Je ne cherche pas qu'un cerveau. L'intelligence, ce n'est pas tout.

Elle a plissé les yeux en aspirant la fumée, puis a perdu rêveusement son regard dans le vague.

– Je veux quelqu'un de complet.

Je n'ai rien dit pendant un moment. J'ai pris ma carte. J'y ai lu les mots *Fricassée de lapereau*[1] neuf fois de suite. Un truc me turlupinait : ma place dans la hiérarchie naturelle. Il m'apparaissait clairement – plus clairement que jamais – qu'elle était peu élevée. Proche de celle de la hyène. Ce qui n'était pas du tout le cas, me semblait-il, dans le monde civilisé. Je suis un bon parti, d'un point de vue matériel. Je gagne beaucoup d'argent. J'ai deux cent cinquante-quatre mille dollars sur mon compte épargne retraite. Mais l'argent ne joue pas, manifestement, dans la sélection du sperme. Moins que les fesses musclées d'un serveur.

– Tu es contre, hein ? a dit Tomasina.

– Non. Je me dis juste que si tu dois avoir un enfant, autant que tu l'aies avec quelqu'un d'autre. Quelqu'un que tu aimes.

J'ai levé les yeux vers elle.

– Et qui t'aime, ai-je ajouté.

– Je ne demande pas mieux. Mais cette personne-là n'existe pas.

– Qu'est-ce que tu en sais ? Tu peux tomber amoureuse demain. Ou dans six mois.

J'ai regardé ailleurs en me grattant la joue.

– Tu as peut-être déjà rencontré l'homme de ta vie sans le savoir.

1. En français dans le texte. *(Toutes les notes sont du traducteur.)*

Puis, la regardant à nouveau dans les yeux :

– Et quand tu t'en apercevras, ce sera trop tard. Tu auras le bébé d'un autre sur les bras.

Tomasina secouait la tête.

– J'ai quarante ans, Wally. Je n'ai pas beaucoup de temps.

– Moi aussi, j'ai quarante ans. Et moi, alors ?

Elle m'a observé attentivement, comme si elle avait détecté quelque chose dans le ton de ma voix, mais elle a écarté cette idée d'un geste de la main.

– Toi, tu es un homme. Tu as le temps.

Après le déjeuner, j'ai flâné dans les rues. La porte vitrée du restaurant m'a propulsé dans les prémices de la soirée du vendredi. Il était quatre heures et demie et il commençait déjà à faire nuit dans les cavernes de Manhattan. D'une cheminée rayée plantée dans l'asphalte, de la vapeur montait dans l'air. Quelques touristes scandinaves étaient rassemblés autour, ils s'extasiaient dans leur langue à voix basse, fascinés par nos rues volcaniques. Je me suis arrêté pour regarder la vapeur, moi aussi. La fumée était en fait déjà présente dans mon esprit, la fumée et les gaz d'échappement. Ce bus scolaire de Tomasina ? À l'une des vitres, il y avait le visage de mon enfant. Notre enfant. Nous étions ensemble depuis trois mois quand Tomasina est tombée enceinte. Elle est rentrée chez elle dans le New Jersey pour en discuter avec ses parents et elle est revenue trois jours plus tard ; elle s'était fait avorter. Nous nous sommes séparés peu de temps après. Il m'arrivait de penser à lui, ou à elle, ma seule réelle progéniture tuée dans l'œuf. J'y pensais à cet instant précis. À qui cet enfant aurait-il ressemblé ? À moi, avec mes yeux globuleux et mon nez en patate ? Ou à Tomasina ? À Tomasina, ai-je décidé. Avec un peu de chance, il aurait ressemblé à Tomasina.

Les semaines suivantes, je n'en ai plus entendu parler. J'ai tenté de chasser toute cette affaire de mon esprit, mais la ville m'en a empêché : elle s'est mise à se remplir de bébés. Je les voyais dans les ascenseurs, dans les halls d'immeubles, sur les trottoirs. Je les voyais sanglés dans leurs sièges auto, bavant et protestant. Je les voyais dans le parc, tenus en laisse. Je les voyais dans le métro, leurs yeux doux et larmoyants fixés sur moi au-dessus des épaules de leur nounou dominicaine. New York n'était pas un endroit pour faire des enfants. Alors pourquoi tout le monde en faisait ? Dans la rue, une personne sur cinq était harnachée d'une poche contenant une larve embonnetée, comme attendant d'être remise en place à l'intérieur d'un utérus.

La plupart, on les voyait avec leur mère. Je me demandais toujours qui était le père. À quoi ressemblait-il ? Était-il grand ? Pourquoi avait-il un enfant et pas moi ? Un soir, j'ai vu toute une famille mexicaine installée dans une rame de métro. La mère, deux enfants en bas âge accrochés à sa jambe de jogging, donnait le sein au petit dernier, emmailloté telle une chenille enroulée dans une feuille. En face, les bras chargés du matériel de couchage et d'un paquet de couches, était assis le géniteur, jambes écartées. Pas plus de trente ans, petit, trapu, éclaboussé de peinture, un visage large et aplati d'Aztèque. Un visage ancien, un visage de pierre, qui avait voyagé à travers les siècles pour se retrouver là, au-dessus de cette salopette, dans ce métro bringuebalant.

L'invitation est arrivée cinq jours plus tard. Elle était là, l'air de rien, dans ma boîte aux lettres, au milieu des factures et des prospectus. J'ai avisé l'adresse de l'expéditeur, c'était celle de Tomasina, et j'ai ouvert l'enveloppe. Au recto de la carte, les mots suivants jaillissaient d'une bouteille de champagne :

bé !

bé

un

fais

Je

À l'intérieur, de joyeuses lettres vertes annonçaient : « Samedi 13 avril, venez fêter la vie ! »

La date, je l'ai appris plus tard, avait été choisie avec précision. À l'aide d'un thermomètre basal, Tomasina avait déterminé sa période d'ovulation. Chaque matin avant de se lever, elle prenait sa température au repos et reportait les résultats sur un graphique. À cela s'ajoutait une inspection quotidienne de ses culottes. Des sécrétions transparentes et gluantes signifiaient qu'un ovocyte avait été expulsé. Sur son réfrigérateur était fixé un calendrier constellé d'étoiles rouges. Elle ne laissait rien au hasard.

J'ai envisagé d'annuler. J'étais tenté d'inventer un déplacement professionnel, des risques de maladies tropicales. Je n'avais pas envie d'y aller. Que ce genre de fête puisse exister me déplaisait. Était-ce de la jalousie ou du conservatisme ? Sans doute les deux. Mais bon, j'ai fini par y aller, bien sûr. Ne serait-ce que pour éviter de passer la soirée chez moi à ruminer.

Tomasina habitait le même appartement depuis onze ans. Mais en arrivant là-bas ce soir-là, j'ai trouvé les lieux métamorphosés. L'escalier était toujours habillé de la même moquette rose mouchetée, tel un chemin de mortadelle, qui se poursuivait dans le couloir – toujours la même plante mourante sur le palier – jusqu'à la porte jaune que ma clef ouvrait autrefois. Toujours la même mezouzah, oubliée par les anciens occupants, clouée au chambranle. Selon la plaque de cuivre, 2-A, il s'agissait bien du luxueux deux-pièces où j'avais passé quatre-vingt-dix-huit nuits consécutives près de dix ans plus tôt. Mais lorsque j'ai frappé puis poussé la porte, je n'ai plus rien reconnu. La seule lumière provenait de bougies éparpillées dans le salon. Pendant que ma vue s'adaptait à la pénombre, j'ai longé le mur à tâtons jusqu'à la penderie – elle était toujours à la même place – et y ai accroché mon manteau. Une bougie brûlait sur la commode voisine, et, en y regardant de plus près, j'ai commencé à avoir une idée du style de décoration que Tomasina et Diane avaient choisi pour la fête. Bien que d'une grosseur inhumaine, la bougie n'en demeurait pas moins la réplique exacte d'un membre viril fièrement dressé. Veinules, plis du scrotum – les détails étaient d'un réalisme extrême. La flamme à la pointe de ce phallus éclairait deux autres objets sur la commode : une de ces déesses cananéennes de la fertilité en terre cuite, au ventre rond et aux seins gonflés, que vendent les librairies féministes et les magasins New Age, et un paquet de bâtons d'encens aphrodisiaque, orné de deux silhouettes entrelacées.

Peu à peu, tandis que mes pupilles se dilataient, la pièce a pris forme. Il y avait beaucoup de monde, entre soixante-dix et quatre-vingts personnes, peut-être. On aurait dit une fête de Halloween. Les femmes qui toute l'année rêvaient en secret de s'habiller sexy *s'étaient* habillées sexy. Elles portaient des bustiers décolletés de playmate ou des robes de sorcière fendues sur les côtés. Bon nombre d'entre elles caressaient les bougies de manière provocante ou jouaient avec la cire fondue. Elles n'étaient cependant pas jeunes. Personne ne l'était. Les hommes affichaient quant à eux cet air qu'affichent la plupart des hommes depuis vingt ans : menacé mais aimable. Le même air que moi.

Les bouchons de champagne sautaient, comme sur le carton d'invitation. Chaque fois, une femme s'écriait : « Mince, me voilà enceinte ! » et tout le monde riait. J'ai alors reconnu un élément familier : la musique. C'était Jackson Browne. Ça faisait partie des choses que je trouvais autrefois touchantes chez Tomasina, sa collection de disques sentimentaux et vieillots. Elle l'avait toujours. Je nous revoyais tous les deux en train de danser sur ce même album. Tard un soir, nous nous étions déshabillés et mis à danser, comme ça, tout seuls. Une de ces danses qu'on improvise dans un salon au début d'une relation. Sur un tapis de chanvre, nous nous étions fait virevolter, nus et sans grâce, en secret, et ça ne s'était jamais reproduit. J'étais planté là, je me remémorais ce moment, quand quelqu'un s'est approché de moi par-derrière.

– Salut, Wally.

Je me suis retourné, intrigué. C'était Diane.

– Rassure-moi, ai-je dit. On n'est pas obligés de regarder ?

– Sois tranquille. Rien de choquant au programme. Tomasina le fera après. Quand tout le monde sera parti.

– Je ne peux pas rester longtemps, ai-je précisé en regardant autour de moi.

– Tu verrais la poire qu'on a trouvée… Quatre dollars quatre-vingt-quinze, en solde au sous-sol de chez Macy's.

– Je dois rejoindre quelqu'un pour boire un verre.

– On a aussi le récipient du donneur. Impossible de trouver quelque chose avec un couvercle. Du coup, on a fini par prendre une tasse à bec pour bébé. Roland l'a déjà remplie.

Ma gorge s'est serrée. J'ai dégluti.

– Roland ?

– Il est venu de bonne heure. On lui a donné le choix entre un *Hustler* et un *Penthouse*.

– Je vais faire attention à ce que je prends dans le frigo.

– C'est pas dans le frigo. C'est sous le lavabo, dans la salle de bains. J'avais peur que quelqu'un le boive pour de bon.

– Il ne faut pas le congeler ?

– On va l'utiliser dans une heure. Ça se garde.

J'ai hoché la tête, machinalement. Je commençais à y voir plus clair. Je distinguais les photos de famille sur le rebord de la cheminée. Tomasina et son père. Tomasina et sa mère. Tout le clan Genovese perché dans un chêne. J'ai dit alors :

– Je suis peut-être vieux jeu, mais…

Ma voix s'est étranglée.

– Détends-toi, Wally. Bois du champagne. C'est une *fête*.

Le bar était tenu par une barmaid. Déclinant de la main le champagne qu'elle m'offrait, j'ai demandé un whisky sec. En attendant, j'ai cherché Tomasina du regard. Tout haut, bien qu'assez doucement, j'ai prononcé avec un sarcasme vivifiant : « Roland. » Il fallait que ce soit un nom comme ça. Un nom de héros d'épopée médiévale. « Le Sperme de Roland. » J'en retirais tout le plaisir que je pouvais quand soudain, quelque part au-dessus de moi, j'ai entendu une voix grave demander : « C'est à moi que tu parlais ? » J'ai levé la tête et me suis retrouvé face, sinon au soleil, du moins à sa représentation anthropomorphique. Il était à la fois blond et orange, balaise aussi, et la bougie derrière lui, sur la bibliothèque, donnait à sa crinière l'aspect d'une auréole.

– On se connaît ? Je suis Roland DeMarchelier.

– Moi, c'est Wally Mars, ai-je répondu. Je pensais que ça pouvait être toi. Diane t'a montré du doigt, tout à l'heure.

– Tout le monde me montre du doigt, j'ai l'impression d'être une bête de foire, a-t-il dit en souriant. Ma femme vient de m'informer qu'on partait. J'ai réussi à négocier un dernier verre.

– Tu es marié ?

– Depuis sept ans.

– Et ça ne la gêne pas ?

– Jusqu'ici, non. Mais là, tout de suite, je n'en suis plus si sûr.

Comment décrire son visage ? C'était un visage ouvert. Un visage habitué à être observé, scruté, et à ne pas s'en émouvoir. Sa peau était d'une saine couleur abricot. Ses sourcils, abricot eux aussi, étaient broussailleux comme ceux d'un vieux poète. Ça lui évitait de faire trop gamin. C'était ce visage que Tomasina avait examiné. Elle l'avait examiné et avait décrété : « Bon pour le service. »

– On a deux enfants, a poursuivi Roland. Mais ma femme a eu du mal à tomber enceinte la première fois, alors on sait ce que c'est. L'angoisse, l'obsession du calendrier, tout ça.

– Elle doit être très large d'esprit, ta femme, ai-je souligné.

Roland a plissé les yeux, sceptique sur ma sincérité – il n'était manifestement pas stupide (Tomasina s'était sans doute procuré ses résultats à son examen d'entrée à l'université). Puis, m'accordant le bénéfice du doute :

– Elle se prétend flattée. En tout cas, moi, je le suis.

– J'étais avec Tomasina, avant, ai-je expliqué. On a habité ensemble.

– Vraiment ?

– Maintenant, on est amis.

– C'est bien quand ça arrive.

– Elle ne pensait pas aux enfants quand j'étais avec elle.

– C'est classique. On croit qu'on a tout le temps devant soi, et puis un jour, boum ! on s'aperçoit que non.

– Ça aurait pu se passer autrement, ai-je dit.

Roland a appuyé à nouveau son regard sur moi, ne sachant comment interpréter ma remarque, puis il a jeté un coup d'œil vers l'autre côté de la pièce. Il a souri à quelqu'un et a levé son verre. Puis, revenant sur moi :

– Ça n'a pas marché. Ma femme veut y aller.

Il a posé son verre et s'est tourné pour partir.

– Content de te connaître, Wally.

– Bonne continuation, ai-je répondu, mais il ne m'a pas entendu, ou a fait semblant de ne pas m'entendre.

Ayant déjà terminé mon verre, je suis allé me le faire remplir à nouveau. Puis je suis parti à la recherche de Tomasina. Je me suis frayé un chemin à travers la pièce et me suis faufilé dans le couloir. Je me tenais droit, je mettais en valeur mon costume. Quelques femmes m'ont regardé, puis se sont détournées. La porte de la chambre de Tomasina était fermée, mais je me sentais encore en droit de l'ouvrir.

Elle se tenait près de la fenêtre, elle fumait en contemplant le paysage. Elle ne m'a pas entendu entrer, et je ne me suis pas manifesté. Je suis resté là, à la regarder. Quel genre de robe une fille doit-elle porter à sa fête d'insémination ? Réponse : celle que portait Tomasina. On ne pouvait pas lui reprocher de trop en montrer. Elle montait jusqu'au cou et descendait jusqu'aux chevilles. Entre ces deux points, en revanche, un assortiment d'ouvertures taillées dans le tissu révélaient ici un morceau de cuisse, là une hanche satinée ; plus haut, le renflement laiteux d'un sein. Elle vous évoquait des orifices secrets et des canaux obscurs. J'ai compté les zones dénudées. J'avais deux cœurs, un en haut, un en bas, les deux battant à tout rompre.

Enfin, j'ai dit :

– Je viens de voir le grand alezan.

Elle s'est retournée. Elle a souri, sans grande conviction.

– Il est magnifique, hein ?

– Je continue de penser que tu aurais dû choisir Isaac Asimov.

Elle s'est approchée et nous nous sommes fait la bise. Enfin, moi, je lui ai fait la bise. Tomasina a embrassé surtout de l'air. Elle a embrassé mon aura séminale.

– Diane dit que je devrais laisser tomber la poire et coucher avec lui.

– Il est marié.

– Ils le sont tous.

Un temps, puis :

– Tu m'as comprise.

Je n'ai montré aucun signe en ce sens.

– Qu'est-ce que tu fais, enfermée ici ?

Elle a tiré deux fois de suite sur sa cigarette, comme pour se donner de la force. Puis elle a répondu :

– Je suis en train de flipper.

– Qu'est-ce qui t'arrive ?

Elle s'est couvert le visage de la main.

– C'est *déprimant*, Wally. C'est pas comme ça que je voulais faire un bébé, moi. Je pensais qu'avec cette fête ce serait rigolo, mais c'est juste déprimant.

Elle a baissé la main et m'a regardé dans les yeux.

– Tu me prends pour une folle, hein ?

Ses sourcils se sont haussés, implorants. Je vous ai parlé de la tache de rousseur de Tomasina ? Elle a cette tache de rousseur sur la lèvre inférieure, on dirait une pépite de chocolat. Tout le monde essaie de frotter pour l'enlever.

– Je ne te prends pas pour une folle, Tom, ai-je dit.

– Non ?

– Non.

– Parce que j'ai confiance en toi, Wally. Tu es méchant, donc j'ai confiance en toi.

– Comment ça, je suis méchant ?

– Pas méchant en mal. Méchant en bien. Je ne suis pas folle ?

– Tu veux avoir un enfant. C'est naturel.

Tout à coup, elle s'est penchée vers moi et a appuyé sa tête contre ma poitrine. Il a fallu qu'elle se baisse pour faire ça. Elle a fermé les yeux et poussé un long soupir. J'ai posé une main sur son dos. Mes doigts ont trouvé une ouverture et j'ai caressé sa peau nue. D'une voix chaude, remplie d'une vive reconnaissance, elle a dit :

– Tu me comprends, toi, Wally. Tu me comprends parfaitement.

Elle s'est redressée et a souri. Elle a regardé sa robe, l'a rajustée pour qu'on voie son nombril, puis elle m'a pris par le bras.

– Allez, viens, a-t-elle dit. Retournons à la fête.

Je ne m'attendais pas à ce qui s'est passé ensuite. Quand nous sommes sortis, tout le monde a poussé des acclamations. Tomasina a continué de me tenir le bras et nous nous sommes mis à saluer la foule comme un couple royal. Un instant, j'ai oublié l'objet de la fête. Bras dessus bras dessous avec Tomasina, j'ai accepté les hourras. Lorsque ceux-ci se sont calmés, j'ai remarqué qu'on entendait toujours Jackson Browne. Je me suis penché vers Tomasina et lui ai chuchoté :

– Tu te souviens, quand on a dansé sur cette chanson ?

– On a dansé là-dessus ?

– Tu ne te souviens pas ?

– J'ai cet album depuis toujours. J'ai dû danser dessus mille fois.

Elle s'est interrompue. M'a lâché le bras. Mon verre était vide à nouveau.

– Je peux te poser une question, Tomasina ?

– Quoi ?

– Il ne t'arrive jamais de penser à nous deux ?

– Wally, je t'en prie.

Elle s'est détournée et a baissé les yeux. Au bout d'un moment, d'une voix aiguë et nerveuse, elle a dit :

– J'étais vraiment paumée, à l'époque. Je ne vois pas comment j'aurais pu rester avec quelqu'un.

J'ai hoché la tête. J'ai dégluti. J'ai tenté de ne pas prononcer la phrase d'après. Je me suis tourné vers la cheminée, comme si je m'y intéressais, et puis je l'ai dit :

– Et notre enfant, tu n'y penses jamais ?

N'eût été une petite contraction près de l'œil gauche, on aurait pu croire qu'elle ne m'avait pas entendu. Elle a inspiré profondément, a expiré.

– C'était il y a longtemps.

– Je sais. Mais par moments, quand je vois tout le mal que tu te donnes, je me dis que ça pourrait être différent.

– Pas moi, Wally.

Elle a prélevé une peluche sur l'épaule de ma veste en fronçant les sourcils. L'a jetée.

– Bon Dieu ! Il y a des fois, je regrette de ne pas être Benazir Bhutto ou quelqu'un comme ça.

– Tu voudrais être Premier ministre du Pakistan ?

– Un bon petit mariage arrangé, un truc bien simple, voilà ce que je voudrais. Mon mari coucherait avec moi, et ensuite il se tirerait pour aller jouer au polo.

– Ça te plairait, ça ?

– Mais non, bien sûr. Ce serait affreux.

Une mèche est tombée devant ses yeux et elle l'a remise en place du revers de la main. Elle a jeté un coup d'œil circulaire. Puis, se redressant :

– Il faut que je parle un peu avec les autres invités.

J'ai levé mon verre.

– Sois féconde et multiplie, ai-je dit.

Tomasina m'a serré le bras, et elle est partie.

Je suis resté où j'étais, à siroter mon verre vide pour me donner une contenance. J'ai parcouru la pièce du regard, à la recherche de femmes que je ne connaîtrais pas. En vain. Au bar, je suis passé au champagne. Je me suis fait resservir par la barmaid trois fois. Elle s'appelait Julie et étudiait l'histoire de l'art à l'université de Columbia. Pendant que j'étais au bar, Diane s'est avancée au milieu de la pièce et a fait tinter son verre. D'autres l'ont imitée et tout le monde s'est tu.

– Tout d'abord, a commencé Diane, avant que nous ne vous mettions tous dehors, je voudrais porter un toast à notre ô combien généreux donneur de ce soir, Roland. Nous avons mené des recherches dans tout le pays et, croyez-moi, les essais ont été *éreintants*.

Éclat de rire général.

– Roland est parti ! a lancé quelqu'un.

– Il est parti ? Eh bien, nous boirons à sa semence. Ça, il nous l'a laissé.

À nouveau des rires, quelques acclamations avinées. Certains, y compris des hommes à présent, prenaient les bougies et les agitaient en l'air.

– Et enfin, a poursuivi Diane, enfin, je voudrais porter un toast à notre future femme enceinte – je touche du bois. Le courage avec lequel elle s'est emparée des moyens de production est un exemple pour nous tous.

On attirait à présent Tomasina au centre de la pièce. Les gens sifflaient. Tomasina souriait, toute rouge, les cheveux tombants. J'ai tapoté le bras de Julie et ai tendu mon verre. Tous les regards étaient braqués sur Tomasina quand je me suis éclipsé dans la salle de bains.

Après avoir fermé la porte, j'ai fait une chose que je ne fais pas d'habitude. Je me suis regardé dans la glace. J'ai cessé de faire ça, plus de quelques secondes, il y a au moins vingt ans. Se contempler dans la glace, c'est un truc d'adolescent. Mais ce soir-là, je l'ai fait à nouveau. Dans la salle de bains de Tomasina où, ensemble, nous nous étions jadis douchés et nettoyé les dents au fil dentaire, dans cet antre joyeux au carrelage coloré, je me suis montré à moi-même. Vous savez à quoi je pensais ? Je pensais à ma place dans la hiérarchie naturelle. Je pensais aux hyènes. Des prédateurs féroces, me suis-je rappelé. Il leur arrive même d'attaquer des lions. Elles ne paient pas de mine, mais elles savent tirer leur épingle du jeu. Et j'ai donc levé mon verre. J'ai levé mon verre et me suis porté un toast : « Sois fécond et multiplie. »

La tasse à bec était bien à l'endroit indiqué par Diane. Roland l'avait déposée, avec un soin sacerdotal, sur un paquet de boules de coton. Elle y trônait comme sur un nuage blanc. Je l'ai ouverte et ai examiné son contenu. Une crème jaunâtre, à peine de quoi en recouvrir le fond. On aurait dit de la colle à rustine. C'est terrible, quand on y pense. Que les femmes aient besoin d'un truc si dérisoire. Ça doit les rendre dingues d'avoir tout ce dont elle ont besoin pour procréer sauf ce maigre levain. J'ai rincé celui de Roland sous le robinet. Puis j'ai vérifié que la porte était bien verrouillée. Je ne voulais pas qu'on me surprenne.

C'était il y a dix mois. Peu de temps après, Tomasina est tombée enceinte. Elle est devenue énorme. J'étais en déplacement quand elle a accouché des mains d'une sage-femme, à St. Vincent's. Mais je suis rentré à temps pour recevoir le faire-part :

Tomasina Genovese est fière de vous annoncer
la naissance de son fils,
Joseph Mario Genovese,
qui nous a rejoints le 15 janvier 1996
et pèse 2,350 kg.

Le petit gabarit suffisait à ôter tout doute. Cependant, venu apporter une cuiller Tiffany au jeune héritier l'autre jour, j'en ai eu le cœur net en me penchant au-dessus de son berceau. Le nez en patate. Les yeux globuleux. J'avais attendu dix ans pour voir ce visage apparaître à la vitre du bus scolaire. Et maintenant que je le voyais, je ne pouvais qu'agiter la main en signe d'adieu.

1995

Musique ancienne

Sitôt rentré, Rodney fila directement dans la salle de musique. Il l'appelait ainsi, ironiquement mais non sans un réel espoir : la salle de musique. C'était une petite quatrième chambre, en L, créée lors du découpage du bâtiment en appartements. On pouvait l'appeler salle de musique car elle contenait un clavicorde.

Il était là, sur le parquet poussiéreux : le clavicorde de Rodney. Vert pomme, avec une bordure dorée, une peinture de jardins géométriques ornant l'envers de son couvercle relevé. Réalisé sur le modèle des clavicordes fabriqués par Bodechtel dans les années 1790, celui de Rodney provenait du Early Music Shop d'Édimbourg, d'où il était arrivé trois ans plus tôt. Pourtant, à le voir trôner là, majestueux, dans la faible clarté – c'était l'hiver à Chicago –, on aurait dit qu'il attendait Rodney non pas depuis son départ pour le bureau, il y avait de cela neuf heures trente, mais depuis plusieurs siècles.

Un clavicorde requiert assez peu d'espace. Ce n'est pas un piano. Les épinettes, les virginals, les pianoforte, les clavicordes, les clavecins, même, sont des instruments relativement petits. Les musiciens du XVIIIe siècle qui les utilisaient étaient de petite taille. Rodney, lui, était grand – il mesurait un mètre quatre-vingt-onze. Il s'assit doucement sur le banc étroit, glissa ses genoux sous le clavier et, fermant les yeux, commença à jouer de mémoire un prélude de Sweelinck.

La musique ancienne est rationnelle, mathématique, un peu rigide, et Rodney l'était aussi. Il était comme ça bien avant d'avoir vu son premier clavicorde ou rédigé sa thèse de doctorat (inachevée) sur les systèmes de tempéraments durant la Réforme allemande. Son immersion dans les œuvres de Bach père et fils n'avait fait que renforcer ses tendances naturelles. Le seul autre meuble de la salle de musique était un petit bureau en teck. Rangés dans ses tiroirs et ses casiers, se trouvaient les dossiers ultra organisés tenus par Rodney : relevés d'assurance maladie, notices d'utilisation classées par ordre alphabétique et accompagnées des garanties des appareils correspondants, les papiers des jumelles (carnets de vaccination, certificats de naissance, cartes de Sécurité sociale), ainsi que trois ans de budgets mensuels précisant les dépenses du ménage jusqu'au maximum alloué au chauffage (Rodney maintenait l'appartement à une température vivifiante de quinze degrés). Un peu de fraîcheur, ça fait le plus grand bien. C'est comme Bach : ça met de l'ordre dans les idées. Sur le bureau était posée la chemise du mois en cours ; « 02/2005 », y était-il écrit. Elle contenait trois relevés de carte de crédit au solde épouvantable, et les courriers répétés de la société de recouvrement qui harcelait Rodney pour le non-paiement des mensualités dues au Early Music Shop.

Il jouait le dos droit, le visage contracté de tics nerveux. Sous ses paupières fermées, ses globes oculaires frémissaient au rythme des notes rapides.

La porte s'ouvrit alors brusquement et Imogene, âgée de six ans, lança de sa voix de docker :

– Papa ! À table !

Cette tâche accomplie, elle referma la porte en la claquant. Rodney s'interrompit. Consultant sa montre, il constata qu'il avait joué – travaillé – exactement quatre minutes.

Rodney avait grandi dans une maison propre et bien rangée. C'était comme ça, en ce temps-là. On faisait le ménage. « On », c'est-à-dire les mères. Toutes ces années de moquettes aspirées et de cuisines impeccables, de chemises qui disparaissaient miraculeusement du sol pour réapparaître fraîchement lavées et repassées dans le tiroir de la commode – toute cette mécanique bien huilée qui régissait autrefois une maison n'existait plus. Les femmes avaient laissé tomber tout cela lorsqu'elles s'étaient mises à travailler.

Et même lorsque leur emploi ne les contraignait pas à quitter la maison. Rebecca, la femme de Rodney, travaillait à domicile, dans une chambre du fond, qu'elle n'appelait d'ailleurs pas chambre mais bureau. Elle y était aussi peu productive que Rodney dans sa salle de musique. Elle y passait beaucoup de temps, pourtant, toute la journée, pendant que Rodney travaillait en ville dans un vrai bureau.

Sortant du sanctuaire de la salle de musique, Rodney se faufila entre les cartons, les rouleaux de papier bulle et les jouets épars qui encombraient le couloir. Il se mit de profil pour franchir l'escouade de manteaux d'hiver accrochés au mur, au-dessus des godillots craquelés et des moufles orphelines. En entrant dans le séjour, il marcha sur ce qui lui sembla être une moufle. Mais non. C'était une souris en peluche. Rodney poussa un soupir et la ramassa. Légèrement plus grosse qu'une vraie, cette souris-là était bleu layette et portait un béret noir. On l'aurait crue affligée d'un bec-de-lièvre.

– Tu es censée être mignonne, rappela Rodney à la souris. Fais un effort.

C'était ça, l'activité professionnelle de Rebecca : ces souris. Elles constituaient une gamme commercialisée sous le nom de Chauff'Souris™, laquelle comptait, à ce jour, quatre « personnages » : Souris Moderniste, Souris Bohème, Souris Surfeur Réaliste et Souris Flower Power. Chacun de ces rongeurs artistiques était rempli de granules aromatiques et donnait irrésistiblement envie de le malaxer. L'argument de vente (encore très théorique) était qu'après un passage au micro-ondes, ces souris devenaient chaudes comme des petits pains sortant du four et dégageaient un parfum de pot-pourri.

Rodney entra dans la cuisine en tenant la souris dans ses mains en coupe, à la manière d'un animal blessé.

– Une évadée, annonça-t-il, en guise de salut.

Rebecca leva les yeux de l'évier, où elle égouttait des pâtes, et fronça les sourcils.

– Mets-la à la poubelle, dit-elle. Elle est ratée.

Les jumelles attablées poussèrent un cri d'alarme. Elles n'aimaient pas que les souris connaissent une fin prématurée. Se levant d'un bond, elles se jetèrent sur leur père, les mains tendues.

Rodney leva plus haut Souris Bohème.

Immy, qui avait le menton pointu et l'œil clair et déterminé de Rebecca, monta sur une chaise. Tallulah, toujours la plus instinctive et sauvage des deux, se contenta de saisir le bras de Rodney et de se mettre à grimper le long de sa jambe.

Pendant que cet assaut était en cours, Rodney dit à Rebecca :

– Laisse-moi deviner. C'est la bouche.

– La bouche, oui, confirma Rebecca. Et l'odeur. Sens-la.

Pour ce faire, Rodney dut pivoter, fourrer la souris dans le micro-ondes et appuyer sur le bouton de réchauffage.

Au bout de vingt secondes, il retira la souris chaude et l'approcha de son nez.

– C'est pas si terrible, dit-il. Mais je vois le problème. Ça sent un peu plus le dessous-de-bras qu'il ne faudrait.

– C'est censé être du musc.

– D'un autre côté, les odeurs corporelles, c'est parfait pour une souris bohème.

– J'ai cinq kilos de granules au musc, gémit Rebecca. Cinq kilos bons à jeter.

Rodney traversa la cuisine et actionna la pédale de la poubelle avec le pied. Le couvercle se souleva. Il jeta la souris et laissa la poubelle se refermer. Le plaisir que cela lui procura lui donna envie de recommencer.

Acheter ce clavicorde n'avait sans doute pas été très avisé. Déjà, parce qu'il coûtait une petite fortune, et qu'ils n'avaient aucune fortune, de quelque taille que ce soit, à dépenser. Ensuite, parce que Rodney ne jouait plus professionnellement depuis dix ans. Après la naissance des jumelles, il avait totalement cessé de jouer. Aller jusqu'à Hyde Park en voiture depuis Logan Square, tourner ensuite en rond pour chercher une place de stationnement (à Hyde Park, disait la blague, on ne pouvait ni se cacher ni se garer[1]), puis sortir de son portefeuille sa carte de l'université de Chicago et l'agiter à l'attention de l'agent de sécurité, le pouce sur la photo antédiluvienne, afin d'accéder à la salle de répétition numéro 113 où, durant une heure, sur le clavicorde délabré mais assez mélodieux de l'université, il travaillait quelques bourrées et rondeaux, histoire de ne pas perdre la main – tout ça était devenu trop difficile après la naissance des filles. À l'époque où Rebecca et lui étaient tous les deux en doctorat (alors sans enfants, tout entiers dévoués à leurs passions respectives et ne se nourrissant que de yaourt et de levure de bière), il passait trois à quatre heures par jour sur le clavicorde du département. Contrairement au clavecin d'à côté, très demandé, le clavicorde, lui, était toujours libre. Personne n'aimait l'utiliser. Réplique supposée d'un instrument du début du XVIIIe siècle, c'était un clavicorde à pédalier, cette bête rare, et son pédalier (qu'un étudiant aux pieds de plomb n'avait pas ménagé) était un peu récalcitrant. Mais Rodney s'y était habitué, et ce clavicorde avait un peu été son instrument personnel, jusqu'à ce qu'il mette fin à ses études, devienne père et aille donner des cours de piano dans le North Side, à la Old Town School of Folk Music.

1. En anglais, *Hyde* se prononce comme *hide*, qui signifie « se cacher » ; *park* signifie « se garer ».

Le problème de la musique ancienne était que personne n'en connaissait vraiment le son. Les débats sur la manière d'accorder un clavecin ou un clavicorde constituaient une bonne part de la discipline. Comment Bach, lui, accordait-il son clavecin ? se demandait-on. Et personne ne le savait. Les avis divergeaient sur ce que Johann Sebastian entendait par *wohltemperiert*. On accordait les instruments d'une manière historiquement probable, et on étudiait les schémas tracés à la main sur les pages de titre de diverses compositions de Bach.

Rodney avait eu l'intention de trancher cette question dans sa thèse. Il était bien décidé à découvrir une bonne fois pour toutes comment Bach accordait son clavecin, quel était le son de sa musique à l'époque et, par conséquent, *comment il convenait de la jouer aujourd'hui*. Pour cela, il lui fallait se rendre en Allemagne. Plus exactement en Allemagne de l'Est (à Leipzig), afin d'examiner le véritable clavecin sur lequel Bach lui-même avait composé et sur le clavier duquel (disait la rumeur) le Maître avait noté ses repères de prédilection. À l'automne 1987, avec l'aide d'une bourse de doctorant – Rebecca bénéficiant elle-même d'une *Stiftung* de la Freie Universität –, Rodney était parti pour Berlin-Ouest. Ils avaient habité un deux-pièces en sous-location près de Savignyplatz, doté d'une minuscule baignoire sabot et d'une cuvette de toilettes à plateau. Le locataire officiel était un dénommé Frank, originaire du Montana, venu à Berlin fabriquer des décors de théâtre expérimental. Un prof d'université marié avait lui aussi utilisé l'appartement pour y recevoir ses petites amies. Dans le lit aux draps de flanelle où Rodney et Rebecca faisaient l'amour, ils trouvaient divers poils pubiens. Le matériel de rasage du prof était encore là, dans la petite salle de bains malodorante. Dans la cuvette des toilettes, les excréments tombaient au sec sur le haut plateau, prêts pour une inspection. Il fallait avoir vingt-six ans, être pauvre et amoureux pour supporter tout cela. Ils s'étaient habitués à la baignoire exiguë mais avaient continué de se plaindre des toilettes, horrifiés par le plateau.

Berlin-Ouest ne correspondait en rien aux attentes de Rodney. C'était très différent de la musique ancienne. Totalement irrationnel et antimathématique, Berlin-Ouest était tout sauf rigide. Ça grouillait de veuves de guerre, de déserteurs, de squatteurs, d'anarchistes. Rodney était gêné par la fumée de cigarette. La bière lui donnait des ballonnements. Alors il s'échappait en allant le plus souvent possible à la Philharmonie ou au Deutsche Oper.

Rebecca s'était mieux adaptée. Elle avait sympathisé avec les membres de la *Wohngemeinschaft* du dessus. Arborant chaussures maoïstes à semelles de corde, bracelets de chevilles et monocles ironiques, les six jeunes Allemands faisaient pot commun, s'échangeaient leurs partenaires amoureux et débattaient de leur voix gutturale sur la morale kantienne appliquée aux conflits entre automobilistes. Régulièrement, l'un d'entre eux disparaissait en Tunisie ou en Inde, ou bien rentrait à Hambourg pour intégrer la société d'exportation familiale. Sur l'insistance de Rebecca, Rodney participait poliment à leurs soirées, mais il se sentait toujours trop propret en leur compagnie, trop apolitique, trop joyeusement américain.

En octobre, lorsqu'il se rendit à l'ambassade est-allemande pour récupérer son visa universitaire, Rodney apprit que sa demande avait été rejetée. Le diplomate de second rang qui lui transmit cette information n'était pas un austère fonctionnaire du bloc de l'Est mais un homme aimable et nerveux, atteint d'une calvitie naissante, qui paraissait sincèrement désolé. Lui-même était originaire de Leipzig, expliqua-t-il, et avait fréquenté, enfant, la Thomaskirche où Bach avait été maître de chapelle. Rodney s'adressa à l'ambassade américaine de Bonn, qui se révéla impuissante. Il appela, paniqué, son directeur de thèse, le professeur Breskin, à Chicago. Alors en plein divorce, celui-ci ne lui montra aucune compassion. D'un ton sardonique, il lui lança : « Vous avez d'autres idées de thèse ? »

Les tilleuls bordant le Ku'damm perdirent leurs feuilles. Pour Rodney, ces feuilles n'avaient jamais été assez orange, assez rouges, pour mourir. Mais c'était ça, l'automne en Prusse. L'hiver non plus ne devenait jamais vraiment l'hiver : de la pluie, de la grisaille, de rares chutes de neige – guère plus qu'une humidité qui s'infiltrait dans les os de Rodney tandis qu'il marchait d'église en église, de concert en concert. Il lui restait six mois à passer à Berlin, et il se demandait bien comment les occuper.

Puis, au début du printemps, un événement formidable se produisit. Lisa Turner, l'attachée culturelle de l'ambassade américaine, invita Rodney à partir en tournée pour jouer Bach dans le cadre d'un programme de *Deutsche-Amerikanische Freundschaft*. Durant un mois et demi, parcourant principalement de petites villes de Souabe, de Rhénanie-du-Nord-Westphalie et de Bavière, il donna des concerts dans les salles locales. Il logea dans des chambres d'hôtel grandes comme des maisons de poupée et remplies du même genre de bibelots ; il dormit dans des lits une place, sous des couettes merveilleusement moelleuses. Lisa Turner ne le quittait pas d'une semelle, aux petits soins pour lui et plus encore pour son compagnon de voyage. Il ne s'agissait pas de Rebecca. Rebecca était restée à Berlin pour rédiger un premier jet de sa thèse. Le compagnon de Rodney était un clavicorde fabriqué par Hass en 1761, par moments le plus fabuleux, le plus expressif et le plus exigeant que les mains tremblantes et ravies de Rodney aient jamais touchées.

Contrairement à Rodney, ce clavicorde de Hass était célèbre. À Munich, trois photographes pour des journaux différents se déplacèrent avant le concert au Rathaus afin de le photographier. Rodney posa derrière, simple serviteur.

Que le public qui venait voir Rodney soit peu nombreux, que ces gens, tous retraités, affichent en permanence un visage de marbre après des années de confrontation dévouée à la grande culture, qu'au bout de quinze minutes d'un morceau de Scheidemann un tiers de la salle dorme, la bouche ouverte comme pour chanter sur la musique ou pousser un long râle – rien de tout cela ne gênait Rodney. Il était payé, chose qui ne lui était encore jamais arrivée. Les salles que Lisa Turner louait avec optimisme comptaient deux ou trois cents places assises. Devant un public de vingt-cinq, seize, voire (à Heidelberg) trois personnes, Rodney avait l'impression d'être seul et de ne jouer que pour lui. Il tentait d'entendre les notes produites par le Maître plus de deux siècles auparavant, de les saisir dans la magie de l'instant et de les reproduire. C'était comme ramener Bach à la vie et remonter le temps simultanément. Voilà à quoi pensait Rodney en jouant dans ces vastes salles qui résonnaient.

Le clavicorde de Hass était moins emballé que Rodney. Il se plaignait beaucoup. Il ne voulait pas retourner en 1761. Il avait assez travaillé et aspirait au repos, à la retraite, comme le public. Les tangentes cassaient et devaient être réparées. Chaque soir, une nouvelle touche devenait muette.

Malgré tout, la musique ancienne se faisait entendre – fière, heurtée, indéniablement d'un autre âge – et Rodney, son véhicule, tel un homme chevauchant un cheval volant, se maintenait en équilibre sur son tabouret. Le clavier s'élevait et retombait, claquait, et la musique filait.

À son retour à Berlin, fin mai, Rodney s'aperçut qu'il avait perdu de son engouement pour la musicologie pure. Il n'était même plus certain de vouloir persévérer dans la voie universitaire. Au lieu de décrocher un doctorat, il caressait désormais l'idée de s'inscrire à la Royal Academy of Music de Londres et d'entamer une carrière d'interprète.

Entre-temps, Berlin-Ouest avait remodelé Rebecca. Dans cette demi-ville cloisonnée et subventionnée, personne ne semblait travailler. Les camarades de la *Wohngemeinschaft* passaient leur temps à s'occuper de leurs tristes orangers sur leur balcon de béton. Bénévole au Schwarzfahrer Theater, Rebecca jouait de la musique électronique, mi-Kraftwerk, mi-Kurt Weill, pour accompagner les bouffonneries antinucléaires sur scène. Se couchant tard le soir et se levant de plus en plus tard le matin, elle progressait peu dans son analyse de l'*Allgemeine Theorie der schönen Künste* de Johann Georg Sulzer, et des concepts théoriques qui y étaient développés sur l'écoute musicale dans l'Allemagne du XVIIIe siècle. Plus précisément, pendant l'absence de Rodney, Rebecca réussit à rédiger cinq pages.

Ils passèrent une année formidable à Berlin, Rodney et Rebecca. Mais leurs recherches pour leur doctorat les conduisirent à l'inéluctable conclusion qu'ils ne voulaient être docteurs en rien.

Ils rentrèrent à Chicago et se laissèrent aller. Rodney intégra un groupe de claviers anciens qui donnait des concerts de temps en temps. Rebecca se mit à la peinture. Ils s'installèrent à Bucktown puis, un an plus tard, à Logan Square. Ils dépensaient trois fois rien. Ils vivaient comme Souris Bohème.

Pour son quarantième anniversaire, Rodney se réveilla grippé. Il se leva avec une température de 39,5, appela l'école pour annuler ses cours et retourna se coucher.

Dans l'après-midi, Rebecca et les filles lui apportèrent un étrange gâteau d'anniversaire. Entre ses paupières collées, Rodney discerna la table d'harmonie en génoise au citron, le clavier en pâte d'amande, et le couvercle en chocolat, soutenu par un bâtonnet de sucre d'orge.

Le cadeau de Rebecca était un billet d'avion pour Édimbourg et un acompte versé au Early Music Shop. « Lance-toi, lui dit-elle. Ne réfléchis pas. Tu en as besoin. On se débrouillera. Les souris commencent à se vendre. »

C'était il y avait trois ans. Ils étaient à présent rassemblés dans la cuisine, autour de la table d'occasion bancale, et Rebecca mit Rodney en garde :

– Ne réponds pas au téléphone.

Les jumelles mangeaient leurs habituelles pâtes au beurre. Les adultes, ces fins gourmets, des pâtes avec de la sauce.

– Ils ont appelé six fois, aujourd'hui.

– Qui ça ? demanda Immy.

– Personne, dit Rebecca.

– La femme ? s'enquit Rodney. Darlene ?

– Non. Quelqu'un de nouveau. Un homme.

Ce n'était pas bon signe. Darlene faisait quasiment partie de la famille, désormais. Avec tous les courriers qu'elle avait envoyés, en caractères toujours plus gras, et tous les appels téléphoniques qu'elle avait passés pour réclamer poliment, puis exiger, de l'argent, avant de finir par formuler des menaces – avec ces revendications persistantes, elle était devenue comme une sœur alcoolique ou une cousine accro au jeu. Sauf qu'en l'occurrence, c'était elle qui avait l'ascendant moral. Ce n'était pas Darlene qui devait vingt-sept mille dollars avec un taux d'intérêt de dix-huit pour cent.

Ses appels, Darlene les passait depuis son alvéole, au centre d'appels téléphoniques ; en fond sonore, on entendait le bourdonnement d'innombrables autres abeilles ouvrières. Leur travail consistait à récolter du pollen. Dans cet effort, elles battaient des ailes et, au besoin, montraient leur dard. En tant que musicien, Rodney était très sensible à ce déploiement d'énergie. Parfois, son esprit s'égarait et il oubliait complètement l'abeille en colère qui était après lui.

Darlene savait capter à nouveau son attention. Contrairement à un téléprospecteur ordinaire, elle ne se trompait sur rien. Ni sur la prononciation du nom de Rodney, ni sur son adresse : elle connaissait tout cela par cœur. Parce qu'il est plus facile de résister à un inconnu, Darlene s'était présentée dès son premier appel. Elle avait expliqué sa mission et avait bien fait comprendre qu'elle ne partirait pas tant qu'elle ne l'aurait pas accomplie.

Et voilà qu'elle était partie.

– Un homme ? dit Rodney.

Rebecca hocha la tête.

– Et pas très agréable.

Immy brandit sa fourchette.

– T'as dit que personne n'avait appelé. C'est pas personne, un homme.

– J'ai voulu dire, personne que tu connaisses, ma chérie. Personne dont tu doives t'inquiéter.

Juste à ce moment-là, le téléphone sans fil sonna.

– Ne réponds pas, dit Rebecca.

Rodney prit sa serviette (une serviette en papier) et la plia sur ses genoux. D'un ton grandiloquent, il déclara à l'attention des filles :

– On n'appelle pas les gens à l'heure du dîner. C'est impoli.

Les deux premières années, Rodney avait honoré les échéances. Puis il avait démissionné de la Old Town School of Folk Music et avait tenté de se mettre à son compte. Les étudiants venaient directement chez lui, où il leur donnait leurs cours sur le clavicorde (un parfait entraînement pour le piano, expliquait-il aux parents). Pendant un temps, il avait gagné environ deux fois plus qu'avant, puis les élèves avaient commencé à abandonner. Aucun n'aimait le clavicorde. Le son était bizarre, se plaignaient-ils. Un instrument de fille, avait prétendu un garçon. Affolé, Rodney s'était mis à louer une salle de répétition dotée d'un piano et à donner ses cours là-bas, mais il avait vite gagné moins qu'à Old Town. C'était à ce moment-là qu'il avait troqué son activité de prof de musique contre celle qu'il exerçait aujourd'hui, à savoir gestionnaire santé dans un organisme médical privé.

Entre-temps, cependant, les sommes dues au Early Music Shop s'étaient accumulées, et le taux d'intérêt (ça, c'était marqué en tout petit sur la convention de prêt) était monté en flèche. Le retard était devenu irrattrapable.

Darlene avait menacé Rodney de lui saisir son clavicorde, mais jusqu'ici, il l'avait conservé. Il continuait donc d'en jouer quinze minutes le matin et quinze minutes le soir.

– J'ai quand même une bonne nouvelle, dit Rebecca, une fois que le téléphone eut cessé de sonner. Aujourd'hui, j'ai décroché un nouveau client.

– Super. Qui ?

– Une papeterie, à Des Plaines.

– Ils veulent combien de souris ?

– Vingt. Pour commencer.

Capable de distinguer, dans la structure harmonique des partitions pour clavier de Bach, les quintes diminuées d'un sixième de comma (fa-do-sol-ré-la-mi), les quintes pures (mi-si-fa#-do#) et les diaboliques quintes diminuées d'un douzième de comma (do#-sol#-ré#-la#), Rodney n'eut aucun mal à faire le calcul suivant dans sa tête : chaque Chauff'Souris™ était vendue 15 $. La marge de Rebecca était de 40 %, soit 6 $. En retranchant à cela le coût de fabrication, environ 3,5 $, son bénéfice unitaire était de 2,5 $. Multiplié par vingt, on arrivait à 50 $.

Il fit un autre calcul : 27 000 $ divisé par 2,5 $ était égal à 10 800. La papeterie voulait vingt souris pour commencer. Il fallait que Rebecca en vende plus de dix mille pour rembourser le clavicorde.

L'œil terne, Rodney regarda sa femme de l'autre côté de la table.

Les femmes qui travaillaient vraiment ne manquaient pas. Rebecca n'était pas l'une d'elles, voilà tout. Aujourd'hui, dès qu'une femme exerçait une activité, on disait qu'elle travaillait. Un homme confectionnant des souris en peluche était considéré, au mieux, comme pourvoyant mal aux besoins de sa famille, au pire, comme un minable. Alors qu'une femme titulaire d'une maîtrise et d'un quasi-doctorat en musicologie, et qui cousait à la main des rongeurs parfumés micro-ondables, était à présent considérée (surtout par ses amies mariées) comme un entrepreneur.

Bien sûr, en raison de son « travail », Rebecca ne pouvait pas s'occuper des jumelles à plein temps. Il leur fallait faire appel à une baby-sitter, dont les émoluments excédaient ce que gagnait Rebecca en vendant ses Chauff'Souris™ (raison pour laquelle ils ne pouvaient s'acquitter chaque mois que du minimum autorisé pour rembourser les prêts relatifs à leurs cartes de crédit, ce qui accroissait encore leurs dettes). Rebecca avait maintes fois proposé de laisser tomber les souris et de trouver un travail salarié. Mais Rodney, qui savait ce que c'était que d'aimer une chose inutile, répondait toujours : « Attends encore quelques années. »

En quoi l'activité de Rodney était-elle un travail, contrairement à celle de Rebecca ? Primo, Rodney touchait un revenu. Secundo, il devait plier sa personnalité aux désirs de son employeur. Tertio, il n'aimait pas ce qu'il faisait. Ça, c'était un signe incontestable que c'était un travail.

– Cinquante dollars, dit-il.

– Quoi ?

– C'est ce que te rapportent vingt souris. Avant impôts.

– Cinquante dollars ! s'écria Tallulah. C'est beaucoup !

– J'ai d'autres clients, souligna Rebecca.

Rodney eut envie de lui demander combien elle en avait au total. Aurait-elle pu lui montrer un bilan mensuel, avec actif et passif ? Elle avait dû griffonner tout ça au dos d'une enveloppe. Mais il s'abstint, parce que les filles étaient là. Il se contenta de se lever et de commencer à débarrasser. « Je vais faire la vaisselle », dit-il, comme si c'était une nouveauté.

Rebecca emmena les filles dans le séjour et les installa devant un DVD de location. Elle avait pour habitude d'utiliser la demi-heure après le dîner pour téléphoner à ses fournisseurs en Chine, où c'était le lendemain matin, ou pour appeler sa mère, atteinte de sciatique chronique. Seul devant l'évier, Rodney récura les assiettes et rinça les verres maculés de kéfir. Il nourrit le broyeur, ce dragon dans sa grotte. Les mains d'un vrai musicien auraient été assurées. Mais quelle importance que Rodney se fasse déchiqueter les siennes ?

Pour être malin, il aurait fallu qu'il prenne une assurance d'abord, *puis* qu'il plonge sa main dans le broyeur. Ainsi, il aurait pu rembourser le clavicorde et en jouer tous les soirs avec son moignon bandé.

S'il était resté à Berlin, s'il était allé à la Royal Academy, s'il ne s'était pas marié et n'avait pas eu d'enfants, il jouerait peut-être encore de la musique. Il serait peut-être un interprète de renommée mondiale, comme Menno van Delft ou Pierre Goy.

Ouvrant le lave-vaisselle, Rodney constata qu'il était envahi d'eau stagnante. Le tuyau d'évacuation avait été mal installé ; le propriétaire avait promis de régler le problème mais ne l'avait jamais fait. Rodney observa la mare couleur rouille, comme s'il était plombier et s'apprêtait à intervenir, mais il finit par remplir le compartiment à détergent, ferma la porte et mit l'appareil en marche.

Le séjour était vide lorsqu'il ressortit de la cuisine. Le téléviseur affichait l'écran d'accueil du DVD, avec la même boucle musicale qui se répétait encore et encore. Rodney l'éteignit. Il prit le couloir en direction des chambres. L'eau coulait dans la baignoire et il entendait la voix de Rebecca tentant de convaincre les jumelles d'entrer dans le bain. Il guetta les voix de ses filles. C'était ça, sa musique, aujourd'hui, et il aurait voulu l'entendre ne serait-ce qu'un instant, mais le bruit de cascade était trop fort.

Les soirs où Rebecca baignait les filles, c'était à Rodney qu'il revenait de leur lire une histoire au lit. Il se dirigeait vers leur chambre lorsqu'il arriva à la hauteur du bureau de Rebecca. Il fit alors une chose inhabituelle. En général, lorsqu'il devait traverser cette zone-là du couloir, Rodney veillait à baisser les yeux. Il était préférable pour son équilibre psychologique de ne pas voir ce qui se passait dans cette pièce. Mais ce soir-là, il s'arrêta et regarda fixement la porte. Puis, levant sa main non assurée, il la poussa.

Sur le sol, depuis le mur du fond, massés autour des longs plans de travail et s'entassant contre la machine à coudre, des rouleaux de tissu dans les tons pastel formaient comme un immense radeau de rondins descendant une rivière. Il emportait avec lui des bobines de ruban, des sacs éventrés de granules aromatiques, des épingles, des boutons. En équilibre sur les rondins, certaines avec l'aisance crâneuse de bûcherons, d'autres, terrifiées, s'accrochant comme les victimes d'une inondation, les quatre variétés de ChauffSouris™ se dirigeaient vers les chutes du point de vente.

Rodney contempla ces petits visages tournés vers lui, implorants ou confiants. Il les contempla aussi longtemps qu'il le put, c'est-à-dire une dizaine de secondes. Puis il se retourna et rebroussa chemin dans ses raides chaussures de ville. Il passa devant la salle de bains sans s'arrêter pour écouter les voix d'Immy et de Lula, et continua jusqu'à la salle de musique, où il ferma la porte derrière lui. Une fois installé au clavicorde, il respira profondément et commença à jouer une partie d'un morceau pour deux claviers en *mi* bémol de Müthel.

C'était un morceau ardu. Johann Gottfried Müthel, le dernier élève de Bach, était un compositeur difficile. Il n'avait étudié avec Bach que trois mois, avant de partir pour Riga et de disparaître dans le crépuscule balte de son génie. Plus personne ne connaissait Müthel aujourd'hui. Sauf les clavicordistes. Pour eux, jouer Müthel était l'accomplissement suprême.

Rodney commença bien.

Alors qu'il jouait depuis dix minutes, Rebecca passa la tête par la porte.

– Les filles sont prêtes pour leur histoire, dit-elle.

Rodney continua de jouer.

Rebecca le répéta plus fort et Rodney s'arrêta.

– Vas-y, toi, dit-il.

– J'ai des coups de fil à passer.

De la main droite, Rodney joua une gamme de *mi* bémol.

– Je travaille, dit-il.

Il fixa son regard sur sa main, tel un étudiant apprenant à jouer des gammes pour la première fois, et resta ainsi jusqu'à ce que Rebecca s'en aille. Alors il se leva et referma la porte un peu violemment. Il se remit au clavicorde et reprit le morceau depuis le début.

Müthel avait peu écrit. Il ne composait que lorsque le cœur lui en disait. C'était comme Rodney. Rodney ne jouait que lorsque le cœur lui en disait.

Et c'était le cas ce soir-là. Pendant les deux heures qui suivirent, il joua et rejoua le morceau de Müthel.

Il jouait bien, avec beaucoup de sensibilité. Il commettait également des erreurs. Mais il persévéra. Puis, pour se rassurer, il termina par la *Suite française en ré mineur* de Bach, morceau qu'il travaillait depuis des années et connaissait par cœur.

Il ne tarda pas à être en nage, le visage cramoisi. Ça lui faisait du bien de jouer à nouveau avec autant de vigueur et de concentration, et, lorsqu'il finit par s'arrêter, les notes tintinnabulantes renvoyées par le plafond bas de la pièce résonnant encore dans ses oreilles, Rodney baissa la tête et ferma les yeux. Il se rappelait ces six semaines, à vingt-six ans, durant lesquelles il s'était produit, ravi et invisible, dans des salles de concert vides en Allemagne de l'Ouest. Derrière lui, sur le bureau, le téléphone sonna ; Rodney pivota et décrocha.

– Allô ?

– Bonsoir, vous êtes bien Rodney Webber ?

Rodney comprit son erreur.

– Lui-même, dit-il malgré tout.

– Je suis James Norris, de Reeves Collection. Je sais que vous connaissez notre société.

Si on raccrochait, ils rappelaient. Si on changeait de numéro, ils trouvaient le nouveau. Seul espoir : s'arranger, se dérober, faire des promesses et gagner du temps.

– Je connais bien votre société, hélas.

Rodney cherchait le ton juste, léger sans être désinvolte ni irrespectueux.

– Jusqu'ici, je crois que vous avez eu affaire à Mme Darlene Jackson. C'est elle qui était chargée de votre dossier. Maintenant c'est moi, et j'espère que nous allons pouvoir trouver un arrangement.

– Moi aussi, dit Rodney.

– Monsieur Webber, j'interviens quand les choses se compliquent, mon rôle est de les simplifier. Mme Jackson vous a proposé plusieurs échéanciers, je vois.

– J'ai envoyé mille dollars en décembre.

– En effet. C'était déjà bien. Mais, selon nos fichiers, vous vous étiez engagé à en envoyer deux mille.

– Je n'ai pas pu réunir autant. C'était Noël.

– Monsieur Webber, tâchons de raisonner simplement. Vous avez cessé de rembourser les sommes dues à notre client, le Early Music Shop, il y a plus d'un an. Noël n'a donc pas grand-chose à voir avec tout ça, n'est-ce pas ?

Rodney n'avait pas apprécié ses conversations avec Darlene. Cependant, il en prenait conscience à présent, Darlene avait fait preuve d'une compréhension et d'une flexibilité totalement étrangères à ce James. La voix de cet homme avait quelque chose de moins menaçant qu'obstiné : cette voix était un mur de pierre.

– Vos arriérés de paiement concernent un instrument de musique, je crois ? De quel genre d'instrument s'agit-il ?

– D'un clavicorde.

– Je ne connais pas cet instrument.

– Ça ne m'étonne pas.

L'homme gloussa sans se vexer.

– Heureusement pour moi, ce n'est pas mon métier, de connaître les instruments anciens.

– Le clavicorde est l'ancêtre du piano, expliqua Rodney. Sauf qu'à la place des marteaux, les cordes sont frappées par des tangentes. Mon clavicorde…

– Là, je vous arrête, monsieur Webber. Vous faites erreur. Ce n'est pas le vôtre. Cet instrument appartient encore au Early Music Shop d'Édimbourg, et ce sera le cas tant que vous n'aurez pas remboursé le crédit que vous avez souscrit pour l'acheter.

– Je pensais que ça pourrait vous intéresser d'en connaître la provenance.

Comment ce petit ton méprisant s'était-il infiltré dans la voix de Rodney ? Rien de surprenant : il voulait simplement remettre James Norris de Reeves Collection à sa place. Il s'entendit poursuivre :

– Il s'agit d'une reproduction, par Verwolf, d'un style de clavicorde fabriqué par un dénommé Bodechtel en 1790.

– Laissez-moi terminer, dit James.

Mais Rodney n'en fit rien.

– C'est mon outil de travail, dit-il, la voix trop tendue, comme mal accordée. C'est mon outil de travail. Je suis clavicordiste. J'ai besoin de cet instrument pour gagner ma vie. Si vous me le reprenez, je ne pourrai jamais vous rembourser. Ni vous ni le Early Music Shop.

– Il ne tient qu'à vous de le conserver. Je ne demande pas mieux. Il vous suffit de le régler en totalité avant dix-sept heures demain, par chèque de banque ou virement, et vous pourrez continuer à profiter de votre clavicorde aussi longtemps qu'il vous plaira.

Le rire de Rodney fut amer.

– Évidemment, c'est impossible.

– Dans ce cas, à partir de dix-sept heures demain, nous allons malheureusement devoir venir saisir l'instrument.

– Je ne peux pas réunir une somme pareille pour demain.

– Vous avez atteint la limite, Rodney.

– Il doit bien y avoir un moyen…

– Un seul moyen, Rodney. Paiement intégral.

Maladroitement, avec colère, sa main tel un pavé tentant d'en jeter un autre, Rodney abattit le combiné sur son socle.

Pendant un moment, il resta immobile. Puis il pivota à nouveau et posa les mains sur le clavicorde.

On aurait pu croire qu'il cherchait un pouls. Il passa ses doigts sur la décoration dorée et sur la partie supérieure des touches inertes. Ce n'était pas le clavicorde le plus beau ni le plus raffiné sur lequel il ait joué. Il ne pouvait être comparé au Hass, mais c'était le sien, du moins ça l'avait été, et ça restait un très bel instrument au son envoûtant. Rodney ne l'aurait jamais acquis si Rebecca ne l'avait pas envoyé à Édimbourg. Il n'aurait jamais su à quel point il était déprimé ni à quel point ce clavicorde, pendant un temps, le rendrait heureux.

Sa main droite jouait à nouveau le morceau de Müthel.

Rodney savait qu'il n'avait jamais été un musicologue de premier plan. Il n'était au mieux qu'un médiocre, quoique sincère, interprète, et ce n'était pas avec quinze minutes de travail matin et soir qu'il allait s'améliorer.

Être clavicordiste avait toujours eu quelque chose d'un peu pathétique. Rodney en était conscient. Le morceau de Müthel qu'il jouait, malgré ses erreurs, était tout de même très beau, d'autant plus, peut-être, qu'il était obsolète. Il joua encore quelques instants. Puis il posa ses mains sur le bois chaud de l'instrument et, se penchant en avant, contempla les jardins peints sur l'envers du couvercle.

Il était plus de dix heures lorsqu'il sortit de la salle de musique. L'appartement était silencieux et plongé dans le noir. En entrant dans la chambre, Rodney n'alluma pas la lumière, pour ne pas réveiller Rebecca. Il se déshabilla dans l'obscurité et, de la main, chercha un cintre à l'intérieur du placard.

En caleçon, il gagna à tâtons son côté du lit et se glissa sous les draps. Prenant appui sur un coude, il se pencha pour voir si Rebecca dormait. Il s'aperçut alors qu'elle n'était pas au lit. Elle était encore dans son bureau, en train de travailler.

Rodney se laissa retomber sur le dos et ne bougea plus. Il avait un oreiller sous lui, mal positionné, mais manquait d'énergie pour le déplacer.

Sa situation n'était au fond pas si différente de celle de n'importe qui d'autre. Il avait simplement atteint le bout de la route un peu plus tôt. Mais c'était pareil pour les rock stars et les musiciens de jazz, pour les romanciers et les poètes (pour les poètes, assurément) ; pareil pour les cadres, les biologistes, les développeurs informatiques, les comptables, les décorateurs floraux. Artiste ou non, universitaire ou non, Menno van Delft ou Rodney Webber, même pour Darlene et James de la Reeves Collection Agency : peu importait. Personne ne savait à quoi la musique originale ressemblait. Il fallait utiliser les connaissances dont on disposait et la jouer telle qu'on l'imaginait. Quoi qu'on joue, il n'existait aucun accord incontestable ni schéma manuscrit, et le visa dont on avait besoin pour aller voir le clavier du Maître nous était toujours refusé. Parfois on avait l'impression d'entendre cette musique, surtout quand on était jeune, et ensuite on passait le reste de sa vie à tenter d'en reproduire le son.

La vie de chacun était de la musique ancienne.

Rodney ne dormait toujours pas lorsque Rebecca arriva une demi-heure plus tard.

– Je peux allumer ? demanda-t-elle.

– Non.

Elle marqua un temps, puis :

– Tu as travaillé longtemps, ce soir.

– C'est en forgeant qu'on devient forgeron.

– Qui a appelé ? Quelqu'un a appelé.

Rodney resta silencieux.

– Tu n'as pas répondu, hein ? Ils appellent de plus en plus tard, en ce moment.

– Je travaillais. Je n'ai pas répondu.

Rebecca s'assit sur le bord du lit. Elle jeta un objet en direction de Rodney. Il le ramassa et l'examina en plissant les yeux. Le béret, le bec-de-lièvre. Souris Bohème.

– Je vais arrêter, dit Rebecca.

– Quoi ?

– Les souris. J'abandonne.

Elle se releva et commença à se déshabiller en laissant tomber ses vêtements sur le sol.

– J'aurais dû terminer ma thèse. J'aurais pu devenir maître de conférences en musicologie. Aujourd'hui, tout ce que je suis, c'est Maman. Maman, Maman, Maman. Une maman qui fabrique des animaux en peluche.

Elle alla dans la salle de bains. Rodney l'entendit se brosser les dents, se laver le visage. Elle ressortit et vint se coucher.

Après un long silence, Rodney dit :

– Il ne faut pas que tu abandonnes.

– Pourquoi ? C'est ce que tu as toujours voulu.

– J'ai changé d'avis.

– Pour quelle raison ?

Rodney déglutit.

– Ces souris sont notre seul espoir.

– Tu sais ce que j'ai fait, ce soir ? dit Rebecca. D'abord, j'ai récupéré la souris dans la poubelle. Ensuite, j'ai défait la couture, j'ai retiré les granules au musc, je les ai remplacés par des granules à la cannelle, et j'ai refait la couture. Voilà à quoi j'ai passé la soirée.

Rodney approcha la souris de son nez.

– Ça sent bon, dit-il. Ces souris sont promises à un brillant avenir. Tu vas nous gagner des millions.

– Au premier million, je rembourse ton clavicorde.

– Marché conclu.

– Et tu arrêtes ton boulot et tu te remets à la musique à plein temps.

Elle roula vers lui et l'embrassa sur la joue, puis se remit de son côté et ajusta ses oreillers et ses couvertures.

Rodney garda la souris en peluche contre son nez, inhalant son arome épicé. Il continua de humer la souris même après que Rebecca se fut endormie. Si le micro-ondes avait été à portée de main, il y aurait réchauffé Souris Bohème pour raviver son parfum. Mais le micro-ondes se trouvait au bout du couloir, dans la cuisine miteuse, aussi resta-t-il allongé là, à humer la souris, devenue froide et presque inodore.

2005

Multipropriété

Mon père me fait visiter son nouveau motel. Je ne devrais pas l'appeler motel après tout ce qu'il m'a expliqué, mais bon… Ce que c'est, ce que ça va être, selon mon père, c'est une résidence de vacances en multipropriété. Tandis que lui, ma mère et moi suivons le couloir mal éclairé (certaines ampoules ont grillé), il m'informe des dernières améliorations.

– On a créé une terrasse avec vue sur l'océan, dit-il. J'ai demandé un devis à un paysagiste, mais il a voulu me saigner. Du coup, je l'ai dessinée moi-même.

La plupart des studios n'ont pas encore été rénovés. Cet endroit était une ruine lorsque mon père a emprunté de quoi l'acheter, et, à en croire ma mère, c'est bien mieux maintenant. Ils ont fait refaire la peinture, déjà, la peinture et le toit. Chaque studio aura sa propre cuisine. Pour l'instant, seuls quelques-uns sont occupés. Certains n'ont même pas de porte. En passant, je vois des bâches de protection et des climatiseurs vétustes posés au sol. Les moquettes pleines de taches d'humidité rebiquent aux extrémités des pièces. Certains murs ont des trous gros comme le poing, témoins du passage des étudiants qui logeaient autrefois ici pendant le Spring Break. Mon père a l'intention de faire remplacer les moquettes, et de refuser de louer aux étudiants.

– Ou alors, précise-t-il, je leur prendrai une grosse caution, genre trois cents dollars. Et puis j'engagerai un agent de sécurité pour une quinzaine de jours. Mais l'idée, c'est de faire de cet endroit une résidence de standing. Les étudiants, qu'ils aillent se faire foutre.

Le chef de ce chantier est Buddy. Mon père l'a trouvé au bord de l'autoroute, où les ouvriers journaliers se rassemblent le matin. Un petit rougeaud, rémunéré cinq dollars de l'heure.

– Les salaires sont bien plus bas ici, en Floride, m'explique mon père.

Ma mère s'étonne de la force qu'a Buddy pour sa taille. Pas plus tard qu'hier, elle l'a vu aller à la benne avec une pile de parpaings dans les bras.

– Un vrai petit Hercule, dit-elle.

Nous arrivons au bout du couloir et nous engageons dans l'escalier. La rampe en aluminium manque de s'arracher du mur lorsque je la saisis. En Floride, tous les murs sont de ce type.

– C'est quoi, cette odeur ? demandé-je.

Au-dessus de moi, les épaules voûtées, mon père continue de monter sans rien dire. J'ajoute :

– Tu as vérifié les sols avant d'acheter ? C'est peut-être construit sur une décharge de déchets toxiques.

– Ça, c'est la Floride, dit ma mère. Ça sent comme ça, ici.

En haut de l'escalier, une fine moquette verte s'étend le long d'un autre couloir sombre. Tandis que mon père ouvre la marche, ma mère me donne un coup de coude, et je vois ce qu'elle a voulu dire : il se tient de travers à cause de ses douleurs au dos. Elle le tanne pour qu'il aille voir un médecin, mais il ne l'écoute pas. Régulièrement, son dos se bloque et il passe la journée à tremper dans la baignoire (celle du studio 308, où mes parents sont installés provisoirement). Nous passons devant le chariot d'une femme de ménage, chargé de produits d'entretien, de serpillières et de chiffons mouillés. Dans l'embrasure d'une porte, son utilisatrice nous regarde passer, une grosse Noire vêtue d'un jean et d'une blouse. Mon père ne lui adresse pas la parole. Ma mère lui dit un grand bonjour, à quoi la femme répond par un salut de la tête.

À mi-longueur, le couloir donne sur un petit balcon. Dès que nous sommes dessus, mon père annonce : « Et voilà ! » Je pense qu'il parle de l'océan, que j'aperçois pour la première fois, couleur d'orage et houleux, puis je me souviens que mon père ne montre jamais les paysages. Il parle de la terrasse. Carrelée de rouge, dotée d'une piscine bleue, de transats blancs et de deux palmiers, elle est digne d'une vraie résidence de bord de mer. Elle est déserte mais là, à cet instant, je commence à voir cet endroit avec les yeux de mon père : rénové et habité, une entreprise en activité. Buddy apparaît en bas, un pot de peinture à la main.

– Hé, Buddy ! l'interpelle mon père. Il est toujours très marron, cet arbre. Tu t'en es occupé ?

– J'ai fait venir le type.

– Faut pas qu'il meure.

– Le type est venu le voir.

Nous regardons l'arbre en question. Les grands palmiers étaient trop chers, explique mon père.

– Ça, c'est une variété différente.

– Je préfère les autres, dis-je.

– Les palmiers royaux ? Tu les trouves plus beaux ? Bon, ben, quand on aura démarré, on en achètera.

Nous nous taisons un moment, nous observons la terrasse et la mer violacée.

– On va tout remettre à neuf et on va se faire des millions ! s'exclame ma mère.

– Croisons les doigts, dit mon père.

Il y a cinq ans, mon père s'en est fait un, de million. À tout juste soixante ans, après avoir travaillé toute sa vie dans une société de prêt immobilier, il s'est mis à son compte. Il a racheté un immeuble d'appartements en copropriété à Fort Lauderdale et l'a revendu en réalisant un gros bénéfice. Puis il a fait la même chose à Miami. Il aurait eu de quoi prendre sa retraite à ce moment-là, mais il n'a pas voulu. Il s'est payé une Cadillac neuve, un hors-bord de quinze mètres et un avion bimoteur qu'il a appris à piloter et avec lequel il a parcouru le pays pour acheter des biens immobiliers – il est allé en Californie, aux Bahamas, survolant l'océan. Il était son propre patron et son caractère s'est bonifié. Et puis les choses ont commencé à se gâter. L'un de ses complexes hôteliers en Caroline du Nord, dans une station de ski, a fait faillite. Il s'est avéré que son associé avait détourné cent mille dollars. Mon père a été obligé de le poursuivre en justice, ce qui lui a coûté encore de l'argent. Au même moment, une caisse d'épargne et de crédit l'a attaqué pour lui avoir refourgué des prêts hypothécaires à risque. Les frais d'avocat se sont accumulés. Le million de dollars fondait comme neige au soleil, et, le voyant disparaître, mon père s'est lancé dans divers projets pour le reconstituer. Il a racheté une société de fabrication de « maisons usinées ». Comme des mobil-homes, m'a-t-il expliqué, en plus costaud. Préfabriquées, on pouvait les installer n'importe où, mais une fois montées, elles avaient l'air de vraies maisons. Dans la conjoncture actuelle, les gens avaient besoin de logements bon marché. Les maisons usinées se vendaient comme des petits pains.

Mon père m'a emmené voir la première en place sur sa parcelle. C'était Noël, il y a deux ans, mes parents avaient encore leur appartement. Nous venions de terminer d'ouvrir nos cadeaux quand mon père a dit qu'il voulait m'emmener faire un petit tour en voiture. Bientôt, nous nous sommes retrouvés sur l'autoroute. Nous avons quitté la Floride que je connaissais, celle des plages, des grands immeubles et des lotissements résidentiels, et pénétré dans une zone plus pauvre et plus rurale. De la mousse espagnole pendait aux arbres et les maisons étaient en bois brut. Nous avons roulé environ deux heures. Enfin, au loin, nous avons aperçu le gros oignon d'un château d'eau portant l'inscription OCALA. Nous sommes entrés dans la ville, sommes passés devant des rangées de maisons coquettes puis, arrivés à la sortie de l'agglomération, nous avons continué de rouler.

– Je croyais que c'était à Ocala, me suis-je étonné.

– On n'est plus très loin, a dit mon père.

C'est redevenu la campagne. Nous nous y sommes enfoncés. Après une bonne vingtaine de kilomètres, nous avons pris un chemin de terre qui nous a menés à un champ dégagé, sans herbe ni arbres. Au fond, dans une zone boueuse, se trouvait la maison usinée.

Il était vrai qu'elle n'avait pas l'air d'un mobil-home. Au lieu d'être étroite et tout en longueur, elle formait un rectangle assez large. Elle était constituée de trois ou quatre blocs assemblés par des vis et coiffés d'un toit d'aspect traditionnel. Nous sommes descendus de voiture et nous sommes approchés en marchant sur des briques. Le comté n'ayant commencé que récemment à raccorder cette zone au tout-à-l'égout, le terrain devant la maison – « le jardin », l'a appelé mon père – était creusé de tranchées. Juste devant la maison, trois arbustes avaient été plantés dans la boue. Mon père les a examinés puis, désignant le champ de la main, il a dit : « Tout ça va être recouvert de gazon. » La porte d'entrée était surélevée d'une cinquantaine de centimètres par rapport au sol (il n'y avait pas encore de véranda, mais il était prévu qu'on en installe une). Mon père a ouvert et nous sommes entrés. Lorsque j'ai refermé derrière moi, le mur a vibré comme un décor de théâtre. J'ai cogné dessus, pour voir en quoi il était ; j'ai entendu un son creux et métallique. Lorsque je me suis retourné, mon père se tenait au milieu du salon. Avec un grand sourire, il a pointé en l'air son index droit. « Mate un peu, a-t-il dit. On appelle ça un plafond cathédrale. Y a trois mètres, là-dessous. Ça, c'est de la hauteur sous plafond. »

Malgré la conjoncture, personne n'a voulu de ces maisons usinées, et mon père, comptabilisant ses pertes, est passé à d'autres projets. Bientôt, j'ai commencé à recevoir des papiers administratifs de sa part, me nommant vice-président de la Baron Development Corporation, de l'Atlantic Glass Company, de Fidelity Mini-Storage Inc. Les bénéfices réalisés par ces entreprises, m'assurait-il, tomberaient un jour dans mon escarcelle. La seule chose que j'ai vue venir, ç'a été un homme avec une jambe artificielle. Il a sonné à l'interphone chez moi, un matin, et je lui ai ouvert. L'instant d'après, je l'ai entendu gravir l'escalier d'un pas pesant. D'en haut, je distinguais le duvet blond sur son crâne chauve et j'entendais sa respiration laborieuse. Je l'ai pris pour un livreur. Arrivé au sommet de l'escalier, il m'a demandé si j'étais vice-président de Duke Development. Je répondu que c'était probable. Il m'a remis une assignation. Une querelle juridique dont j'ai oublié les détails.

Au même moment, j'ai appris par mon frère que mes parents vivaient grâce à leurs économies, au compte épargne retraite de mon père et aux crédits bancaires. Finalement, mon père a trouvé cet endroit, le Palm Bay Resort, une ruine au bord de la mer, et il a convaincu une autre caisse d'épargne et de crédit de lui prêter les fonds pour le remettre sur pied. Il devait fournir la main-d'œuvre et le savoir-faire, et, lorsque les clients commenceraient à arriver, il rembourserait son prêt et serait propriétaire des lieux.

Après la terrasse, mon père veut me montrer l'appartement témoin. « On a un joli petit appartement témoin, dit-il. Il a conquis tous ceux qui l'ont vu. » Nous repartons dans le couloir sombre, redescendons l'escalier et reprenons le couloir du rez-de-chaussée. Mon père, muni d'un passe, nous fait franchir une porte sur laquelle est écrit 103. L'interrupteur de l'entrée ne fonctionnant pas, nous traversons en file indienne le salon enténébré et entrons dans la chambre. Dès que mon père allume, une sensation étrange s'empare de moi. J'ai l'impression d'être déjà venu ici, dans cette chambre, puis je comprends : c'est l'ancienne chambre de mes parents. Ils y ont installé les meubles de leur ancien appartement : le lit avec sa parure à motif plumes de paon, les commodes chinoises et la tête de lit assortie, les lampes dorées. Ces meubles, qui autrefois occupaient un espace plus vaste, semblent à l'étroit dans cette petite chambre.

– Tout ça, c'est vos anciennes affaires, observé-je.

– Elles vont bien, ici, tu ne trouves pas ? demande mon père.

– Qu'est-ce que vous avez comme parure de lit, pour vous ?

– On a des lits jumeaux dans notre appartement, explique ma mère. Celle-là n'aurait pas convenu, de toute façon. On a des parures ordinaires. Comme dans les autres studios. Des parures d'hôtel. Elles sont très bien.

– Viens voir le salon, me dit mon père.

Je ressors derrière lui et, après quelques tâtonnements, il finit par trouver un interrupteur qui fonctionne. Là, les meubles sont neufs et ne me rappellent rien. Un tableau de bois flotté sur une plage est accroché au mur.

– Qu'est-ce que tu penses de ce tableau ? On en a acheté cinquante dans un magasin de gros. Cinq dollars la pièce. Et ils sont tous différents. Y en a avec des étoiles de mer, d'autres avec des coquillages. Que des marines. Signées, en plus.

Il s'approche du mur et, retirant ses lunettes, déchiffre la signature :

– Cesar Amarollo ! La vache, ça sonne encore mieux que Picasso.

Il sourit en me tournant le dos, satisfait de son acquisition.

Je suis ici pour une quinzaine de jours, un mois, peut-être. Je ne m'étendrai pas sur les raisons de ce séjour. Mon père m'a donné le studio 207, avec vue sur l'océan. Il appelle les chambres des studios pour les différencier des chambres de motel qu'elles étaient autrefois. Le mien a une petite cuisine. Et un balcon. De celui-ci, je vois les voitures rouler sur la plage, un flot assez soutenu. C'est le seul endroit de Floride, m'informe mon père, où la plage est autorisée aux voitures.

Le motel brille sous le soleil. Quelque part, quelqu'un donne des coups de masse. Il y a deux jours, mon père a commencé à offrir gracieusement de l'huile solaire pour toute nuit passée dans l'établissement. Il a fait afficher cette promotion sur la marquise, à l'entrée, mais jusqu'à présent personne ne s'est arrêté. Seules quelques familles logent ici en ce moment, principalement de vieux couples. Il y a une femme en fauteuil roulant électrique. Le matin, elle sort s'installer au bord de la piscine, puis son mari vient la rejoindre, un type blafard en maillot de bain et chemise de flanelle. « On ne bronze plus, me dit-elle. À partir d'un certain âge, c'est fini. Regardez Kurt. On a passé toute la semaine ici et vous le trouvez bronzé, vous ? » Il arrive aussi que Judy, qui travaille au bureau, sorte prendre le soleil pendant sa pause déjeuner. Mon père la loge gratuitement dans une chambre du deuxième, ça fait partie de son salaire. Elle vient de l'Ohio et porte une longue queue-de-cheval tressée, comme une gamine de dix ans.

La nuit, sous ses draps d'hôtel, ma mère fait des rêves prémonitoires. Elle a rêvé d'une fuite dans le toit deux jours avant qu'elle ne survienne. Elle a rêvé que la femme de chambre maigre allait démissionner et, le lendemain, la femme de chambre maigre a démissionné. Elle a rêvé que quelqu'un allait se casser le cou en plongeant dans la piscine vide (en réalité, c'est le filtre qui s'est cassé, et il a fallu vider la piscine pour le réparer, mais elle dit que ça compte). Elle me raconte tout ça au bord de la piscine. Je suis dans l'eau ; elle, y trempe simplement ses pieds. Ma mère ne sait pas nager. La dernière fois que je l'ai vue en maillot de bain, j'avais cinq ans. Elle a cette peau couverte de taches de rousseur et sujette aux brûlures, elle ne brave le soleil, coiffée de son chapeau de paille, que pour me parler, pour me confier cet étrange phénomène. J'ai l'impression qu'elle vient me chercher après mes cours de natation. J'ai un goût de chlore dans la gorge. Puis, en baissant les yeux, je vois les poils de mon torse, grotesquement noirs sur ma peau blanche, et je me souviens que, moi aussi, je suis vieux.

J'ignore quels travaux on effectue aujourd'hui, mais on les effectue de l'autre côté du bâtiment. En descendant à la piscine, j'ai vu Buddy entrer dans un appartement, un pied-de-biche à la main. Là-dehors, nous sommes seuls, et ma mère me dit que tout ça est dû au déracinement.

– Je ne ferais pas ces rêves si j'avais une maison correcte à moi. Je ne suis pas une espèce de romanichelle. À force d'être trimbalée d'un endroit à l'autre… D'abord, on a habité ce motel à Hilton Head. Puis ç'a été cet appartement à Vero. Puis ce studio d'enregistrement qu'a acheté ton père, sans aucune fenêtre, où j'ai cru mourir. Et maintenant, ça. Toutes mes affaires sont au garde-meuble. Ça aussi, ça me travaille. Mes canapés, ma belle vaisselle, toutes nos photos de famille. Je les vois en rêve dans leur box presque toutes les nuits.

– Qu'est-ce qui leur arrive ?

– Rien. Personne ne vient jamais les chercher, c'est tout.

Il y a un certain nombre d'interventions chirurgicales dont mes parents comptent bénéficier lorsque les choses iront mieux. Depuis déjà quelque temps, ma mère veut un lifting. Quand mes parents étaient pleins aux as, elle est même allée voir un chirurgien esthétique qui a pris des photos de son visage et tracé le schéma de sa structure osseuse. Si j'ai bien compris, il ne s'agit pas simplement de remonter la peau relâchée. Il faudrait aussi consolider certains os du visage. Avec le temps, le maxillaire supérieur de ma mère a peu à peu reculé et son occlusion dentaire s'est décalée. La chirurgie est nécessaire pour reconstituer le crâne et retendre la peau par-dessus. Elle avait planifié la première de ces interventions à peu près au moment où mon père s'est aperçu de l'escroquerie de son associé. Vu les problèmes qui ont suivi, elle a dû remettre son projet à plus tard.

Mon père a lui aussi repoussé deux opérations, l'une d'une hernie discale, pour soulager ses douleurs dans le bas du dos, l'autre de la prostate, pour diminuer l'obstruction de son urètre et augmenter son flot d'urine. Son report de la seconde n'est pas uniquement motivé par des considérations financières. « Ils entrent là-dedans avec une espèce de furet de plomberie, et ça fait un mal de chien, m'a-t-il dit. En plus, tu peux devenir incontinent. » Pour éviter ça, il préfère se rendre aux toilettes quinze à vingt fois par jour, aucun de ces voyages ne se révélant tout à fait satisfaisant. Entre deux rêves prémonitoires, ma mère l'entend se lever encore et encore. « Le jet de ton père n'a plus sa splendeur d'antan, m'a-t-elle dit. Quand on vit avec quelqu'un, on sait ces choses-là. »

Moi, j'ai besoin d'une nouvelle paire de chaussures. Des chaussures pratiques. Des chaussures adaptées aux tropiques. Comme un idiot, je suis venu avec de vieux richelieux noirs, le droit ayant un trou dans la semelle. Il me faudrait des tongs. Tous les soirs, quand je pars faire la tournée des bars au volant de la Cadillac de mon père (le hors-bord et l'avion ont disparu, mais il nous reste la « Florida Special » jaune à capote blanche en vinyle), je passe devant les magasins de souvenirs et leurs vitrines bourrées de tee-shirts, de coquillages, de chapeaux de plage, de noix de coco décorées de visages. Chaque fois, j'hésite à m'arrêter pour acheter des tongs, mais je ne l'ai toujours pas fait.

Un matin, en descendant, je trouve le bureau en proie à une vive agitation. Assise à sa place, Judy, la secrétaire, mâchonne le bout de sa queue-de-cheval.

– Ton père a été obligé de renvoyer Buddy, me dit-elle.

Mais avant qu'elle n'ait pu m'en dire davantage, l'un des clients entre en se plaignant d'une fuite.

– Ça coule juste au-dessus du lit, dit-il. Vous ne voulez quand même pas que je paye pour une chambre avec une fuite au-dessus du lit. On a dû dormir par terre ! Je suis venu ici hier soir pour qu'on me donne une autre chambre mais il n'y avait personne.

Juste à ce moment-là, mon père arrive avec l'arboriculteur.

– Vous m'aviez dit que ce genre de palmier était résistant.

– Il l'est.

– Ben alors, qu'est-ce qu'il a ?

– Il n'est pas dans le bon type de sol.

– Vous ne m'avez jamais dit de changer le sol, proteste mon père en haussant le ton.

– Il n'y a pas que le sol, rétorque l'arboriculteur. Les arbres, c'est comme les gens. Il leur arrive de tomber malades. Là, je ne peux pas vous dire pourquoi. Un manque d'eau, peut-être.

– On l'a arrosé ! s'indigne mon père (il crie, maintenant). Je l'ai fait arroser tous les jours par mon employé, bon Dieu ! Et maintenant, vous me dites qu'il est mort ?

L'arboriculteur ne répond pas. Mon père m'aperçoit.

– Salut, fiston ! me lance-t-il chaleureusement. Je suis à toi tout de suite.

Le client à la fuite commence à expliquer sa mésaventure à mon père. En pleine phrase, celui-ci l'interrompt. Montrant l'arboriculteur du doigt, il dit : « Judy, paye-moi ce fumier. » Puis il écoute la suite du récit du client. À la fin, il lui propose de le rembourser et de lui offrir une nuit gratuite.

Dix minutes plus tard, dans la voiture, j'apprends l'histoire rocambolesque de Buddy. Mon père l'a renvoyé pour avoir bu pendant ses heures de travail.

– Mais attends que je t'explique *comment* il a bu, dit-il.

Tôt ce matin-là, il l'a vu allongé par terre dans le studio 106, sous le climatiseur.

– Il devait le réparer. Toute la matinée, je suis passé par là, et chaque fois j'ai vu Buddy allongé sous ce climatiseur. Je me suis dit, merde. Et puis cet escroc d'arboriculteur se pointe et il m'annonce que cet arbre à la con, qu'il est censé soigner, est mort. Là, j'ai complètement oublié Buddy. On sort voir l'arbre, et le mec me balance tout un tas de conneries – le climat ceci, le climat cela –, jusqu'à ce que je lui dise que je vais appeler la pépinière. Du coup, je repars au bureau. Je repasse devant le cent six, et Buddy est toujours là, vautré par terre.

Quand mon père s'est approché de lui, Buddy était confortablement allongé sur le dos, les yeux fermés et le tuyau du climatiseur dans la bouche.

– J'imagine que le réfrigérant contient de l'alcool, dit mon père.

Buddy n'avait eu qu'à déconnecter le tuyau, le plier à l'aide d'une pince et y boire. Cette dernière fois, cependant, il y avait bu trop longtemps et avait perdu connaissance.

– J'aurais dû me douter de quelque chose, dit mon père. Toute cette semaine, il n'a fait que réparer les climatiseurs.

Après avoir appelé une ambulance (Buddy est resté inconscient pendant qu'on l'emmenait), mon père a contacté la pépinière. Ils ont refusé de lui rendre son argent ou de remplacer le palmier. Par-dessus le marché, il avait plu pendant la nuit et il était parfaitement au courant pour les fuites : lui-même en avait une dans le plafond de sa salle de bains. Le nouveau toit, qui avait coûté une somme considérable, n'avait pas été installé correctement. Au minimum, il allait falloir le regoudronner.

– Il faut que quelqu'un monte là-haut pour remettre un peu de goudron sur les bords. C'est par les bords que l'eau s'infiltre, tu comprends. Comme ça, j'économiserai peut-être quelques dollars.

Pendant que mon père me raconte tout ça, nous roulons sur l'A1A. Il est maintenant près de dix heures du matin, et les journaliers sont éparpillés sur le bas-côté, à la recherche de travail. On les reconnaît à leur teint basané. Mon père passe devant les premiers sans s'arrêter, pour des raisons qui, dans un premier temps, m'échappent. Puis il avise un Blanc d'une petite trentaine d'années, vêtu d'un pantalon vert et d'un tee-shirt Disney World. Il mange un chou-fleur cru, debout au soleil. Mon père arrête la Cadillac à sa hauteur. Une pression sur le tableau de bord électronique, et la fenêtre passager se baisse en bourdonnant. Dehors, l'homme cligne des yeux pour essayer de voir quelque chose dans l'habitacle sombre et frais de la voiture.

Le soir, une fois mes parents couchés, je prends l'avenue de la plage et roule jusqu'au centre. Contrairement à la plupart des villes où mes parents ont atterri, il règne à Daytona Beach une ambiance ouvrière. Moins de personnes âgées, plus de bikers. Dans le bar que je fréquente, il y a un vrai requin. Long d'un mètre, il nage dans un aquarium au-dessus des rangées de bouteilles. Il a juste assez de place pour faire demi-tour et repartir dans l'autre sens. J'ignore quel effet ont les spots sur lui. Les danseuses portent des bikinis dont certains brillent comme des écailles de poisson. Elles évoluent dans la pénombre telles des sirènes, tandis que le requin se cogne la tête contre la vitre.

Je suis déjà venu ici trois fois. J'y ai passé suffisamment de temps pour savoir que j'ai l'air, aux yeux des filles, d'un étudiant en beaux-arts, que selon la législation de l'État elles n'ont pas le droit de montrer leurs seins et sont donc obligées d'y coller des cache-tétons en forme d'aile. Je leur ai demandé quelle sorte de colle elles utilisent (« de l'Elmer's »), comment elles la retirent (« il suffit d'un peu d'eau chaude »), et ce que leurs petits amis en pensent (« tant que ça rapporte… »). Pour dix dollars, l'une d'elles vous prend par la main, vous fait passer devant les autres tables où sont assis en majorité des hommes seuls et vous emmène dans l'arrière-salle, où il fait encore plus sombre. Elle vous fait asseoir sur un banc matelassé et se frotte contre vous pendant deux chansons entières. Parfois, elle vous prend les mains et vous demande :

– Tu ne sais pas danser ?

– Je danse, là, répondez-vous, bien que toujours assis.

À trois heures du matin, je rentre en écoutant une station country pour me rappeler que je suis loin de chez moi. Je suis généralement soûl à ce moment-là mais je n'ai pas beaucoup de route à faire, deux kilomètres maximum. Je roule tranquillement devant les résidences du bord de mer, les grands et les petits hôtels, les motels aux thèmes divers. L'un d'eux s'appelle le Viking Lodge. Pour y entrer, on passe sous un drakkar qui sert d'abri pour les voitures.

Le Spring Break est dans plus d'un mois. La plupart des hôtels sont occupés à moins de cinquante pour cent. Beaucoup ont fermé, surtout les plus éloignés du centre. Le motel voisin du nôtre est toujours ouvert. Son thème est la Polynésie. Il a un bar sous un toit de paille près de sa piscine. Chez nous, c'est plus chic. Côté façade, une allée de gravier blanc mène à deux orangers nains encadrant la porte principale. Mon père a jugé utile de dépenser de l'argent pour l'entrée, car c'est la première chose que voient les gens. Tout de suite derrière la porte, sur la gauche du hall magnifiquement moquetté, se trouve le bureau de vente. Bob McHugh, le commercial, a un plan de la résidence accroché au mur, montrant les studios et les semaines disponibles à l'achat. Mais pour l'instant, la plupart des gens qui entrent ici n'ont besoin que d'une chambre pour la nuit. En général, ils se garent sur le parking sur le côté du bâtiment et s'adressent à Judy, au bureau administratif.

Il a plu à nouveau pendant que j'étais au bar. En sortant de la voiture sur notre parking réservé, j'entends des gouttes d'eau tomber du toit. Il y a une lumière allumée dans la chambre de Judy. J'hésite à monter frapper à sa porte. Salut, c'est le fils du patron ! Pendant que je suis planté là, à écouter les gouttes d'eau tomber et à réfléchir à ma stratégie, sa lumière s'éteint. Et avec elle, semble-t-il, toutes les lumières voisines. La résidence de vacances en multipropriété de mon père se retrouve plongée dans le noir. Je tends la main pour la poser sur le capot de la Cadillac, je veux sentir sa chaleur rassurante, et, pendant un moment, j'essaie de visualiser le chemin que je vais devoir parcourir, où commence l'escalier, combien d'étages à monter, combien de portes à passer avant d'atteindre ma chambre.

– Viens, me dit mon père. J'ai quelque chose à te montrer.

Il porte un short de tennis et a une raquette de racquetball à la main. La semaine dernière, Jerry, le factotum actuel (celui qui a remplacé Buddy a cessé de venir du jour au lendemain), a fini par débarrasser le terrain de racquetball des lits et des rideaux de rechange. Mon père a fait revernir le parquet et m'a proposé de jouer un set. Mais, à cause de la mauvaise ventilation, l'humidité a rendu le parquet glissant, et nous avons dû arrêter au bout de quatre échanges. Mon père ne voulait pas risquer de se casser le col du fémur.

Il a fait ramener un vieux déshumidificateur du bureau par Jerry et, ce matin, ils ont joué quelques sets.

– Comment est le parquet ? demandé-je.

– Encore un peu glissant. Ce déshumidificateur ne vaut pas un clou.

Ce n'est donc pas pour me montrer le nouveau terrain de racquetball sec que mon père est venu me chercher. Ce dont il s'agit, me dit son visage, est plus important. Penché d'un côté (l'activité physique n'a pas arrangé son problème de dos), il me conduit au deuxième étage, d'où nous gravissons un autre escalier, plus petit, que je n'avais pas remarqué avant. Celui-là mène directement sur le toit. Arrivé en haut, je m'aperçois qu'il y a là un autre bâtiment. Assez grand, une espèce de blockhaus, mais avec des fenêtres tout autour.

– Surpris, hein ? dit mon père. C'est le penthouse. Avec ta mère, on va s'installer ici dès que ce sera prêt.

Le penthouse a une porte rouge avec un paillasson. Il se dresse au milieu du toit goudronné qui s'étend dans toutes les directions. D'ici, tous les immeubles environnants disparaissent pour ne laisser voir que le ciel et l'océan. À côté du penthouse, mon père a installé un petit barbecue.

– Ce soir, on peut se faire des grillades, dit-il.

À l'intérieur, ma mère lave les vitres. Elle porte les mêmes gants de caoutchouc jaunes avec lesquels elle lavait les vitres de notre maison, dans la banlieue de Detroit. Seules deux pièces du penthouse sont habitables pour le moment. La troisième sert de débarras et contient encore des chaises et des tables entassées les unes sur les autres. Dans la pièce principale, un téléphone a été installé à côté d'un fauteuil en vinyle vert. L'un des tableaux achetés en gros a été accroché au mur – une nature morte avec du corail et des coquillages.

Le soleil se couche. Nous mangeons nos grillades sur le toit, assis sur des pliants.

– On va être bien, ici, dit ma mère. On a l'impression d'être en plein ciel.

– Moi, ce que j'aime, dit mon père, c'est qu'on n'a aucun vis-à-vis. L'océan est là rien que pour nous. Une maison de cette taille en front de mer, ça coûte les yeux de la tête. Dès qu'on aura remboursé notre emprunt, ce penthouse sera à nous. On pourra le garder dans la famille, de génération en génération. Quand tu voudras passer quelques jours en Floride, tu auras ton penthouse à toi.

– Super, dis-je, sincère.

Pour la première fois, ce motel exerce une attraction sur moi. La libération inattendue offerte par le toit, le pourrissement iodé du bord de mer, l'agréable absurdité de l'Amérique, tout ça se mélange d'une manière qui me permet de m'imaginer amenant des amis et des femmes sur ce toit dans les années à venir.

Quand la nuit finit par tomber, nous passons à l'intérieur. Mes parents ne couchent pas encore ici mais nous ne voulons pas partir. Ma mère allume les lampes.

Je m'approche d'elle et pose mes mains sur ses épaules.

– Qu'est-ce que tu as rêvé, cette nuit ? lui demandé-je.

Elle me regarde droit dans les yeux. Quand elle fait ça, elle n'est pas tant ma mère qu'un simple autre être humain, avec des soucis et le sens de l'humour.

– Vaut mieux pas que tu le saches, répond-elle.

J'entre dans la chambre pour voir à quoi elle ressemble. Les meubles ont cet aspect motel mais, sur le secrétaire, ma mère a mis une photo de moi et de mes frères. Il y a une glace au dos de la porte de la salle de bains, qui est ouverte. Dans la glace, je vois mon père. Il est en train d'uriner. Du moins, il essaie. Il se tient devant la cuvette et regarde fixement vers le bas, l'air perplexe. Il se concentre sur un problème sur lequel je n'ai jamais eu à me concentrer ; je sais que j'y aurai droit un jour, mais j'ai dû mal à imaginer ce que c'est. Il lève une main et serre le poing. Puis, comme s'il faisait cela depuis des années, il se met à se frapper le ventre, au niveau de la vessie. Il ne voit pas que je l'observe. Il continue de frapper, ses coups font un bruit sourd. Enfin, comme s'il venait d'entendre un signal, il s'arrête. Un moment de silence, puis son jet frappe l'eau.

Ma mère est encore dans le séjour à mon retour. Au-dessus de sa tête, le tableau de coquillages est de travers, remarqué-je. J'hésite à le redresser, puis je me dis : à quoi bon ? Je ressors sur le toit. Il fait nuit à présent, mais j'entends l'océan. Je regarde les grands immeubles allumés un peu plus loin sur la plage, le Hilton, le Ramada. En m'approchant du bord, je vois le motel d'à côté. Des lueurs rouges brillent dans le bar tropical au toit de paille. Sous mes pieds, et sur le côté, en revanche, les fenêtres de notre propre motel sont noires. J'essaie de distinguer la terrasse, en vain. L'orage de la veille a laissé des flaques sur le toit et, en marchant, je sens de l'eau entrer dans ma chaussure. Le trou s'agrandit. Je ne reste pas là longtemps, juste assez pour sentir le monde. Lorsque je me retourne, je vois que mon père a regagné le séjour. Il est au téléphone, en train de s'engueuler avec quelqu'un, ou de rire. Il fait fructifier mon patrimoine.

1997

À qui la faute ?

Cette maison nous appartient depuis, quoi ? douze ans, si je compte bien. Nous l'avons achetée à un couple de personnes âgées, les De Rougemont. On y perçoit encore leur odeur, surtout dans la chambre principale et dans le bureau, où le vieux chnoque faisait la sieste l'été. Dans la cuisine aussi, encore un peu.

Je me souviens, gamin, quand j'allais chez des copains, je me demandais : ils ne se rendent donc pas compte que ça pue ? Certaines maisons étaient pires que d'autres. Chez les Pruitt, nos voisins d'à côté, ça sentait le graillon, la cuisine du Far-West, mais c'était supportable. Chez les Willot, qui donnaient des cours d'escrime dans leur salle de jeux, les plantes des marécages aux relents de mouffette. Impossible d'en parler aux copains : ils y contribuaient, à ces odeurs. Cela venait-il d'un manque d'hygiène ? Ou était-ce, disons, glandulaire, chaque famille ayant une odeur liée aux fonctions physiologiques intimes de ses membres ? Pas très ragoûtant, quand on y pense.

C'est moi, aujourd'hui, qui habite une vieille maison dont l'odeur doit sembler bizarre aux étrangers.

Enfin, qui y habitais. Pour l'heure, je me trouve dans le jardin de devant, caché entre le mur de stuc et les palmiers du voyageur.

Il y a une lumière allumée dans la chambre de Meg, ma puce adorée. Elle a treize ans. De mon poste d'observation, je ne distingue pas la chambre de Lucas, mais en règle générale Lucas préfère faire ses devoirs en bas, dans le séjour. Si je m'approchais discrètement, il est très probable que je l'apercevrais avec le pull col V et la cravate de son lycée, armé pour réussir : calculatrice graphique (OK), iPad de St. Boniface (OK), glossaire de latin Quizlet (OK), bol de crackers Goldfish (OK). Mais une injonction d'éloignement m'interdit de m'approcher.

Je suis tenu de rester à plus de cinquante pieds, soit un peu plus de quinze mètres, de Johanna, ma charmante épouse. Cette I.E.T. (« T » comme temporaire) a été prononcée par un juge, une nuit. Mon avocat, Mike Peekskill, a engagé une procédure pour la faire annuler. En attendant, devinez quoi ? Charlie D., votre serviteur, a conservé les plans établis par un architecte paysagiste quand Johanna et moi envisagions de remplacer ces palmiers par quelque chose de moins envahissant et qui résiste mieux aux maladies. Je sais donc avec certitude que la distance entre la maison et le mur de stuc est de dix-neuf mètres vingt. Là où je me trouve, dans la végétation, je dois être à dix-huit mètres, dix-huit mètres cinquante. De toute façon, personne ne risque de me voir : on est en février, et il fait déjà noir par ici.

On est jeudi, donc où est Bryce ? Ah oui. À son cours de trompette avec M. Talawatamy. Johanna ne va pas tarder à aller le chercher. Il ne faut pas que je traîne trop longtemps dans le secteur.

Si je quittais ma cachette et contournais la maison, je verrais la chambre d'amis sur le côté, où je me réfugiais quand ça bardait entre Johanna et moi, et où, au printemps dernier, après la promotion de Johanna chez Hyundai, j'ai commencé à me taper Cheyenne, la baby-sitter.

Et si je poursuivais mon chemin jusqu'au jardin de derrière, je me retrouverais face à la baie vitrée à travers laquelle j'ai jeté un jour un nain de jardin. Ivre, bien entendu.

Oui, monsieur. Johanna en avait, des munitions, pour jouer à « À qui la faute ? » en thérapie de couple.

Il ne fait pas froid-froid, mais c'est froid pour Houston. Tandis que je me baisse pour extraire mon portable de ma botte, je ressens un tiraillement dans la hanche. Un début d'arthrose.

J'ai besoin de mon portable pour jouer à Words with Friends. Je m'y suis mis à la station, d'abord un simple passe-temps, puis je me suis aperçu que Meg y jouait, elle aussi, et je lui ai envoyé une invitation.

Dans *mmebieber contre radiocowboy*, je vois que mmebieber vient de jouer « crotte ». (Elle cherche à m'agacer.) Meg a mis le « c » sur un « mot compte double » et le second « t » sur un « lettre compte double », pour un total de vingt points. Pas mal. Je joue à présent un mot simple, « chat », ce qui me rapporte neuf misérables points. J'en ai cinquante et un d'avance. Je ne veux pas qu'elle se décourage et abandonne la partie.

Je vois sa silhouette se déplacer là-haut. Mais elle ne joue pas d'autre mot. Elle doit être sur Skype ou sur son blog, tout en se vernissant les ongles.

Johanna et moi – il faut dire « Yo-hanna », elle est très à cheval là-dessus –, ça fait vingt et un ans que nous sommes mariés. Quand nous nous sommes connus, j'habitais Dallas avec ma copine de l'époque, Jenny Braggs. Je n'exerçais alors mon activité de consultant radio que pour trois stations texanes mais très éloignées l'une de l'autre, et je passais la majeure partie de la semaine sur la route. Un jour, je suis allé à San Antonio, chez WWWR, et elle était là. Johanna. Elle rangeait des CD sur une étagère. C'était une grande asperge.

– Il fait beau là-haut ? ai-je dit.

– Pardon ?

– Rien. Je me présente, Charlie D. C'est un accent que j'entends ?

– Oui. Je suis allemande.

– Je ne savais pas que les Allemands étaient amateurs de country.

– Ils ne le sont pas.

– Je devrais peut-être leur proposer mes services, alors. Leur prêcher la bonne parole. Quel est votre chanteur de country préféré ?

– Je préfère l'opéra.

– Je vois. Vous êtes là pour le boulot, point barre.

À partir de là, chaque fois que je venais du côté de San Antone, je ne manquais jamais de m'arrêter au bureau de Johanna. C'était moins perturbant quand elle était assise.

– Vous avez déjà joué au basket, Johanna ?

– Non.

– Le basket féminin n'existe pas en Allemagne ?

– En Allemagne, je ne suis pas si grande.

Nos échanges étaient de cet ordre-là. Et puis un jour, alors que j'arrive devant son bureau, elle me regarde avec ses grands yeux bleus et elle me sort :

– Charlie, qu'est-ce que vous valez comme comédien ?

– Comme comédien ou comme menteur ?

– Comme menteur.

– Je ne suis pas mauvais. Mais c'est peut-être un mensonge.

– J'ai besoin d'une carte verte.

Envoyez le film : moi vidant mon matelas à eau dans la baignoire en vue de mon déménagement, pendant que Jenny Braggs pleure à chaudes larmes. Johanna et moi nous entassant dans un photomaton et y fabriquant de charmants souvenirs de « début de relation » pour notre « album ». Puis apportant ledit album à l'entretien avec l'inspecteur de l'Immigration, six mois plus tard.

– Madame Lubbock – c'est bien votre nom, n'est-ce pas ?

– Lübeck, a corrigé Johanna. Il y a un *umlaut* sur le « u ».

– Non, pas au Texas. Madame Lubbock, vous comprendrez, j'en suis sûr, que les États-Unis veuillent s'assurer que les individus à qui nous permettons d'obtenir la citoyenneté en épousant des citoyens américains sont bel et bien mariés à ces citoyens. Je vais donc devoir vous poser des questions personnelles qui risquent de vous sembler un peu indiscrètes. Me le permettez-vous ?

Johanna a fait oui de la tête.

– Quand M. D. et vous avez-vous eu pour la première fois…

L'inspecteur s'est alors interrompu et m'a dévisagé.

– Dites, vous ne seriez pas *le* Charlie Daniels, le chanteur, des fois ?

– Non non. C'est pour ça que je me fais appeler « D. » tout court. Pour éviter la confusion.

– Parce que vous lui ressemblez un peu.

– Je suis très fan. Je le prends comme un compliment.

Il s'est tourné à nouveau vers Johanna, tout miel.

– Quand M. D. et vous avez-vous eu pour la première fois des relations sexuelles ?

– Vous ne le répéterez pas à ma mère, hein ? a plaisanté Johanna.

Mais il était concentré sur son travail.

– Avant le mariage ou après ?

– Avant.

– Et diriez-vous de M. D. qu'il est un bon amant ?

– À votre avis ? Évidemment. Je l'ai épousé, non ?

– Des signes particuliers sur ses organes génitaux ?

– L'inscription « In God We Trust ». Comme chez tous les Américains.

L'inspecteur s'est tourné vers moi avec un demi-sourire.

– C'est un sacré numéro que vous vous êtes dégoté là.

– Ne m'en parlez pas.

À l'époque, en réalité, nous ne couchions pas ensemble. Ça, c'est arrivé plus tard. Afin que nous soyons crédibles en fiancés, puis en jeunes mariés, il a fallu que Johanna passe du temps avec moi, qu'elle apprenne à me connaître. Elle est bavaroise. Elle avait une théorie selon laquelle la Bavière était le Texas de l'Allemagne. À l'entendre, les gens là-bas étaient plus conservateurs qu'ailleurs en Europe, où on ne trouvait que des gauchistes. Catholiques sans être très croyants. Et ils aimaient porter des blousons de cuir et tout le bazar. Johanna voulait tout savoir sur le Texas, et j'étais le guide idéal. Je l'ai emmenée au SXSW, le festival d'Austin, qui n'était pas encore la foire aux bestiaux qu'il est devenu. Bon sang ! Johanna valait le coup d'œil en jean et en bottes de cow-boy.

Ni une ni deux, nous prenions l'avion pour le Michigan et allions chez moi voir mes parents. (Je suis de Traverse City, à l'origine. J'ai fini par parler comme un Texan à force de vivre ici. Mon frère Ted m'asticote beaucoup à ce sujet. Je lui réponds que, dans ma branche, il est important de se fondre dans la masse.)

Peut-être était-ce l'effet du Michigan. C'était l'hiver. J'ai emmené Johanna faire de la motoneige et pêcher sous la glace. Ma mère n'aurait jamais accepté cette histoire de carte verte, je lui avais donc dit que nous étions amis. Une fois sur place, cependant, j'ai entendu Johanna raconter à ma sœur que nous « sortions ensemble ». Un soir, à la salle des Veterans of Foreign Wars, après avoir bu quelques pintes de Pabst Blue Ribbon en dégustant les perches du lac, elle a commencé à me tenir la main sous la table. Je ne m'en suis pas plaint. Elle était là, cette belle plante de plus d'un mètre quatre-vingts, respirant la santé et dotée d'un solide appétit, qui tenait ma main dans la sienne, en cachette de tout le monde. Je vous le dis, j'étais plus heureux qu'un clébard biphallique.

Ma mère nous avait donné des chambres séparées. Mais une nuit, Johanna s'est introduite dans la mienne, silencieuse comme une squaw, et s'est glissée dans mon lit.

– Ça aussi, ça fait partie de l'Actors Studio ? ai-je demandé.

– Non, Charlie. Ça, c'est pour de vrai.

Elle avait ses bras autour de moi, et nous nous balancions, très doucement, comme Meg avec son chaton quand nous le lui avons offert, quand il était encore cette petite boule de poils toute chaude qu'on avait envie de câliner, je veux dire, et non cet animal qui nous a claqué dans les doigts en bavant comme s'il avait la fièvre aphteuse.

– Ça a l'air vrai, en tout cas. Tout ce qu'il y a de plus vrai.

– Et ça, ça a l'air vrai, Charlie ?

– Oui, madame.

– Et ça ?

– Une petite seconde. Une reconnaissance s'impose. Oh, oui. Du vrai de chez vrai.

Un coup de foudre à retardement, pourrait-on dire.

Je contemple ma maison et je m'interroge – je n'ai pas très envie de dire sur quoi. Voyez-vous, je suis un homme prospère dans la fleur de l'âge. J'ai découvert l'animation radio à l'université et, bon, ma voix était correcte pour le créneau 3-6 du mat' à Marquette University, mais dehors, dans la vraie vie, j'avais mes limites, j'en conviens. Je n'ai jamais décroché un boulot derrière un micro. Je me suis donc orienté vers le télémarketing. Puis, rattrapé par le virus de la radio, je me suis lancé dans le consulting. On était dans les années 1980, au début du country-rock. De nombreuses stations avaient du mal à s'y mettre. Je leur disais qui et quoi passer. Intervenant initialement pour trois stations, j'en ai aujourd'hui soixante-sept qui s'adressent à moi pour me demander : « Charlie D., comment pouvons-nous développer notre part de marché ? Fais-nous profiter de ta science des croisements musicaux, ô grand sage du brassage. » (C'est l'accroche de mon site Web. On me la ressort régulièrement.)

Mais vu les pensées qui me rongent à l'heure où je parle, je n'ai pas l'impression d'être plus sage qu'un autre, au contraire. Je me dis : comment me suis-je retrouvé là ? Caché dans ces buissons ?

« À qui la faute ? » est un terme que nous avons appris en thérapie de couple. Johanna et moi avons vu une thérapeute pendant environ un an, le Dr van der Jagt. Une Hollandaise. Elle avait une maison près de l'université, avec deux accès, un devant et un derrière. Ainsi, les patients qui partaient ne croisaient pas ceux qui arrivaient.

Imaginez, vous sortez de chez la psy au moment où votre voisin d'à côté y entre. « Salut, Charlie D., vous dit-il. Comment va ? » Et vous lui répondez : « Bobonne vient de m'accuser de la maltraiter verbalement, mais à part ça, ça roule. »

Non, merci.

Pour être franc, je n'étais pas ravi que notre thérapeute soit une femme, européenne de surcroît. Je craignais qu'elle n'ait tendance à prendre parti pour Johanna.

Lors de notre première séance, Johanna et moi nous sommes placés chacun à une extrémité du canapé, séparés par les coussins décoratifs.

Le Dr van der Jagt était assise face à nous, son écharpe aussi grande qu'une couverture de cheval.

Elle nous a demandé ce qui nous amenait.

La causette, les amabilités, c'est le rayon des femmes. J'ai attendu que Johanna réponde.

Mais elle aussi, elle avait perdu sa langue.

Le Dr van der Jagt est revenue à la charge :

– Johanna, dites-moi comment vous vous sentez dans votre couple. Donnez-moi trois qualificatifs.

– Frustrée. En colère. Seule.

– Pourquoi ?

– Quand on s'est connus, Charlie m'emmenait danser. Puis on a eu les enfants, et ça s'est arrêté. Aujourd'hui, on travaille tous les deux à plein temps. On ne se voit pas de la journée. Pourtant, dès que Charlie rentre à la maison, il sort s'installer devant son foyer de jardin…

– Libre à toi de me rejoindre, ai-je souligné.

– … et il boit. Toute la soirée. Tous les soirs. Il est plus marié avec le foyer de jardin qu'avec moi.

J'étais là pour écouter, pour communiquer avec Johanna, et je me suis accroché. Mais j'ai fini par perdre le fil de ce qu'elle disait et n'ai plus écouté que sa voix, ses inflexions étrangères. C'était comme si nous étions deux oiseaux qui ne partageaient plus le même chant. Le sien était celui d'une espèce venue d'un autre continent, des oiseaux nichant dans les beffrois des cathédrales ou les moulins à vent, et snobant mon espèce à moi.

Cette histoire de foyer de jardin, par exemple. N'invitais-je pas tout le monde à s'y rassembler tous les soirs ? Ai-je jamais dit que je *voulais* y être seul ? Non, monsieur. Je serais ravi que nous nous retrouvions là tous ensemble, en famille, sous les étoiles, devant une flambée pétaradante de prosopis. Mais Johanna, Bryce, Meg, et même Lucas – ils ne veulent jamais. Trop occupés avec leurs ordinateurs et leur Instagram.

– Que pensez-vous de ce que dit Johanna ? m'a demandé le Dr van der Jagt.

– Eh bien, quand on a acheté la maison, elle trouvait ça super, le foyer de jardin.

– C'est faux. Tu crois toujours que ce qui te plaît me plaît aussi.

– Quand la femme de l'agence nous l'a montré, qui est-ce qui s'est exclamé : « Oh, Charlie, regarde ! Tu vas adorer ! » ?

– *Ja*, et tu voulais une cuisinière Wolf. Il fallait que tu aies une cuisinière Wolf. Est-ce que tu t'en es déjà servi ?

– J'ai fait cuire des steaks sur le foyer, une fois.

Là, le Dr van der Jagt a levé sa petite main délicate.

– Il faut essayer de dépasser ces chamailleries. Nous devons identifier les raisons profondes de votre mal-être. Les choses dont vous parlez ne sont que la partie émergée de l'iceberg.

Nous y sommes retournés la semaine suivante, puis encore la suivante. Le Dr van der Jagt nous a fait remplir un questionnaire évaluant notre niveau de satisfaction conjugale. Elle nous a donné des livres à lire : *Serre-moi fort !*, sur les problèmes de communication au sein du couple, et *Le Volcan sous le lit*, sur les manières de surmonter les baisses de désir, et qui contenait des passages assez osés. J'ai retiré les jaquettes des deux bouquins et les ai remplacées par d'autres. Ainsi, à la station, on croyait que je lisais Tom Clancy.

Peu à peu, j'ai acquis le jargon *ad hoc*.

« À qui la faute ? » désigne, dans les disputes entre partenaires amoureux, le schéma selon lequel chacun veut incriminer l'autre. Qui n'a pas refermé le garage ? Qui a laissé la touffe de poils de yéti dans la bonde de la douche ? Ce qu'il faut comprendre, quand on vit en couple, c'est qu'il n'y a pas de coupable. On ne ressort pas vainqueur d'une dispute avec son partenaire. Parce que si vous gagnez, l'autre perd et vous en veut, du coup vous aussi vous perdez, en quelque sorte.

Étant un mari défectueux, je me suis mis à passer beaucoup de temps seul, à m'interroger sur moi-même. Mon truc, c'était d'aller faire du sauna à la salle de gym. Je versais quelques gouttes d'eucalyptus dans un seau d'eau, je jetais l'eau sur les fausses pierres, j'attendais que la vapeur s'accumule, puis je retournais le mini-sablier et, le temps qu'il se vide, j'analysais mes états d'âme. J'aimais croire que la chaleur brûlait tout mon excès de graisse – j'ai quelques kilos à perdre, comme n'importe qui –, pour ne laisser qu'un pur résidu de Charlie D. La plupart des autres gars se plaignaient d'être cuits au bout de dix minutes et sortaient de là le cul rouge. Pas moi. Je retournais à nouveau le sablier et je prenais mon mal en patience. C'était à ce moment-là que la chaleur commençait à brûler mes vraies impuretés. Des choses dont je ne parlais à personne. Comme après la naissance de Bryce, quand il a souffert de coliques six mois d'affilée et que, pour éviter de le défenestrer, je m'envoyais quelques bourbons avant le dîner, après quoi, quand personne ne regardait, je me servais de Forelock comme d'un punching-ball. Ce n'était encore qu'un chiot, il n'avait que huit ou neuf mois. Les raisons de le punir ne manquaient pas. Moi, un adulte, je battais mon chien. En l'entendant gémir, Johanna me lançait : « Eh ! Qu'est-ce que tu fais ? » Je répondais : « Il simule ! C'est un gros simulateur ! » Ou, plus récemment, quand Johanna prenait l'avion pour Chicago ou Phoenix et que je me disais : et si l'avion s'écrase ? Les autres gens se disaient-ils ce genre de chose, ou était-ce propre à moi ? Étais-je quelqu'un de mauvais ? Damien savait-il qu'il était l'antéchrist dans *La Malédiction* et *La Malédiction II* ? « Ave Satani » n'était-il pour lui qu'un air qui sonnait bien ? « Eh, on passe ma chanson ! »

Ces introspections ont dû porter leurs fruits, car j'ai commencé à reconnaître des schémas. Par exemple, Johanna entrait dans mon bureau pour me donner le bouchon du tube de dentifrice que j'avais oublié de revisser, ce qui me poussait à dire « *Achtung !* » quand, un peu plus tard, elle me demandait de sortir la poubelle de recyclage, ce qui la rendait folle de rage, et en moins de deux c'était la Troisième Guerre mondiale.

En séance, quand le Dr van der Jagt m'invitait à m'exprimer, je disais : « Un point positif, cette semaine : je suis de plus en plus conscient de nos Dialogues du Démon. Je m'aperçois que c'est ça, notre véritable ennemi. Nos Dialogues du Démon. Pas nous-mêmes. Ça me rassure de savoir qu'avec Johanna, on peut s'unir contre ces schémas, maintenant qu'on les connaît. »

Mais c'était plus facile à dire qu'à faire.

Un week-end, nous avons dîné avec un autre couple. La fille, Terri, travaillait chez Hyundai avec Johanna. Le mari s'appelait Burton, un type de la côte Est.

Je n'ai pas l'air comme ça, mais je suis d'un tempérament timide. Pour me détendre en société, j'aime bien siffler quelques margaritas. Je me sentais à peu près bien quand la fille, Terri, a posé ses coudes sur la table et s'est penchée vers ma femme, d'un air de confidence.

– Alors, comment vous vous êtes rencontrés, tous les deux ? lui a-t-elle demandé.

Je discutais alors avec Burton de son allergie au blé.

– On devait faire un mariage blanc, a dit Johanna.

– Au début, suis-je intervenu.

Johanna a continué de regarder Terri.

– Je travaillais dans une station de radio. Mon visa allait expirer. Je connaissais un peu Charlie. Je le trouvais sympathique. Alors, *ja*, on s'est mariés, j'ai eu la carte verte, et, tu sais, *ja*, *ja*.

– Je comprends mieux, maintenant, a dit Burton en nous regardant tour à tour et en hochant la tête, comme s'il venait de résoudre une énigme.

– Qu'est-ce que tu entends par là ? ai-je demandé.

– Charlie, ne sois pas agressif, a dit Johanna.

– Je ne suis pas agressif. Tu me trouves agressif, Burton ?

– Je parlais de vos nationalités différentes. Il y avait forcément une explication.

La semaine suivante, chez la thérapeute, c'est moi qui, pour la première fois, ai amorcé la conversation.

– Mon problème… ai-je commencé. Oui, j'ai un problème. Chaque fois qu'on nous demande comment on s'est connus, Johanna répond qu'elle m'a épousé pour avoir la carte verte. Comme si notre mariage n'était qu'une comédie.

– Pas du tout, a rétorqué Johanna.

– Oh, si, je t'assure.

– Et alors, c'est la vérité, non ?

– Ce que j'entends quand j'écoute Charlie, a dit le Dr van der Jagt à Johanna, c'est qu'en faisant ça, même si, de votre point de vue, vous racontez les choses telles qu'elles se sont passées, du point de vue de Charlie, vous dépréciez votre attachement à lui.

– Qu'est-ce que je dois répondre, alors ? Je dois inventer une histoire ?

Selon *Serre-moi fort !*, quand Johanna avait parlé à Terri de notre mariage blanc, la solidité de notre union m'avait paru menacée. Sentant Johanna s'éloigner de moi, j'avais eu envie de la retenir, c'est pourquoi j'avais voulu lui faire l'amour en rentrant à la maison. Vu que je n'avais pas été très aimable avec elle durant notre sortie (cette histoire de mariage blanc m'ayant mis en colère), elle n'était pas vraiment d'humeur. Sans compter que j'avais bu plus que de raison. C'était donc un compagnon maussade, ivre, en mal d'attention et effrayé qui avait tenté une approche sur le matelas à mémoire de forme. Ce dernier constituant lui-même un sujet de dispute, car Johanna l'adore, alors que je le tiens pour responsable de mes douleurs lombaires.

Tel était notre schéma : Johanna fuyait, et je la poursuivais comme un chien de chasse poursuit un gibier.

Je bossais dur sur tout ça, je lisais, je réfléchissais. Après environ trois mois de thérapie, les premiers signes d'amélioration se sont fait sentir à La Casa D. Pour commencer, Johanna a obtenu la promotion dont j'ai parlé plus tôt, elle est passée de représentante locale à régionale. Nous nous sommes imposé de partager des moments d'intimité ensemble. Je me suis engagé à lever le pied sur la bouteille.

À peu près à cette période, Cheyenne, la petite jeune qui nous gardait les enfants, s'est pointée un soir à la maison en puant comme un putois. Son père l'avait flanquée dehors. Elle s'était installée chez son frère, puis en était partie : trop de drogue, là-bas. Tous les hommes qui lui proposaient de l'héberger ne voulaient qu'une seule chose, et Cheyenne avait fini par dormir dans sa Chevy. Johanna, qui se laisse facilement attendrir au point de voter inutilement pour les écologistes, lui a proposé une chambre. Ma femme voyageant davantage, nous avions besoin qu'on nous garde les enfants plus souvent, de toute façon.

Chaque fois que Johanna rentrait de voyage, toutes les deux étaient inséparables, elles rigolaient, faisaient les folles. Puis Johanna repartait, et je me retrouvais, planté devant la fenêtre, à regarder Cheyenne bronzer au bord de la piscine. J'aurais pu lui compter les côtes.

Et puis elle, elle aimait le foyer de jardin. Elle y venait presque tous les soirs.

– Je te présente mon copain, M. George Dickel ?

Cheyenne m'a regardé comme si elle lisait en moi.

– C'est pas légal, tu sais. J'ai moins de vingt et un ans.

– Tu as l'âge de voter, non ? Tu as l'âge d'entrer dans l'armée et de défendre ton pays.

Je lui ai servi un verre.

Manifestement, ce n'était pas la première fois qu'elle buvait de l'alcool.

Toutes ces soirées dehors près du feu en compagnie de Cheyenne m'ont fait oublier que j'étais moi, Charlie D., couvert de taches de soleil et marqué par une longue existence, et que Cheyenne était Cheyenne, guère plus âgée que la fille à la recherche de laquelle John Wayne se lance dans *La Prisonnière du désert*.

Je me suis mis à lui envoyer des textos du boulot, puis, de fil en aiguille, à l'emmener faire du shopping. Je lui ai acheté un tee-shirt tête de mort, une poignée de strings Victoria's Secret, un nouveau smartphone Android.

– Je sais pas si c'est bien que j'accepte tout ça de ta part, a dit Cheyenne.

– Attends, c'est le moins que je puisse faire. Tu nous rends service, à Johanna et à moi. Tu bosses, c'est normal que tu sois payée.

J'étais mi-papa, mi-petit copain. Le soir, près du feu, nous parlions de nos enfances malheureuses respectives, la mienne ancienne, la sienne présente.

Johanna s'absentait la moitié de chaque semaine. Dorlotée à l'hôtel, elle revenait habituée au service en chambre et au papier hygiénique plié en V. Puis elle repartait.

Un lundi soir, alors que je regardais le match de la NFL sur CBS, une pub pour le Captain Morgan – je les trouve marrantes, ces pubs – m'a donné envie de boire un Captain Morgan-Coca, et je m'en suis préparé un. Cheyenne est entrée nonchalamment dans la pièce.

– Qu'est-ce que tu regardes ?

– Le foot. Tu en veux ? C'est du rhum arrangé.

– Non, merci.

– Au fait, ces strings que je t'ai achetés l'autre jour ? Comment ils te vont ?

– Super bien.

– Tu pourrais être mannequin pour Victoria's Secret, je te jure, Cheyenne.

– N'importe quoi !

Elle a ri, l'idée lui plaisait.

– T'as qu'à défiler devant moi avec un de ces strings. Je te donnerai mon avis.

Cheyenne s'est tournée vers moi. Tous les enfants dormaient. À la télé, les supporters criaient. Me regardant droit dans les yeux, Cheyenne a défait l'agrafe de son short en jean, qu'elle a laissé tomber à ses pieds.

Je me suis agenouillé, comme pour prier. J'ai écrasé mon visage contre le petit ventre dur de Cheyenne, j'ai essayé de la respirer. Je suis descendu plus bas.

Au milieu de tout ça, Cheyenne a relevé une jambe, à la manière du Captain Morgan quand il met le pied sur son tonneau, et nous nous sommes envoyés en l'air.

C'est moche, je sais. C'est honteux. En l'occurrence, pas difficile de trouver le coupable.

Deux fois, peut-être trois. D'accord, plutôt sept ou huit. Mais un matin, Cheyenne ouvre ses yeux d'adolescente injectés de sang et me dit : « Tu sais, tu pourrais être mon grand-père. »

Un autre jour, elle m'appelle au travail, complètement hystérique. Je passe la chercher, l'emmène acheter un test de grossesse chez CVS. Elle est dans un tel état qu'elle ne peut même pas attendre d'être rentrée à la maison pour l'utiliser. Elle me fait m'arrêter, descend s'accroupir au fond d'un fossé, revient les joues dégoulinantes de mascara.

– Je peux pas avoir un bébé ! J'ai que dix-neuf ans !

– Attends, Cheyenne, réfléchissons deux secondes.

– Tu vas l'élever, ce bébé, Charlie D. ? Tu vas subvenir à ses besoins et aux miens ? Tu es vieux. Tes spermatozoïdes sont vieux. Le bébé risque d'être autiste.

– Où est-ce que tu as lu ça ?

– Je l'ai vu aux infos.

Elle n'a pas eu besoin de réfléchir longtemps. Je suis contre l'avortement mais, étant donné les circonstances, j'ai estimé que c'était à elle de choisir. Elle a tenu à s'occuper de tout. Elle a pris elle-même le rendez-vous. Je n'avais même pas à l'accompagner. Tout ce qu'il lui fallait, c'était trois mille dollars.

Oui, à moi aussi, ça m'a paru beaucoup.

Une semaine plus tard, Johanna et moi nous rendons à notre séance de thérapie de couple. Nous nous engageons dans l'allée du Dr van der Jagt quand je sens mon portable vibrer dans ma poche. J'ouvre la porte à Johanna et lui dis : « Après toi, ma chérie. »

C'était un texto de Cheyenne : « C'est fini. Je te souhaite une belle vie. »

Elle n'avait jamais été enceinte. C'est là que j'ai compris. Peu m'importait, en fait. Elle avait disparu. J'étais tiré d'affaire. J'avais évité une nouvelle balle.

Et qu'est-ce que j'ai fait ? Je suis entré dans le bureau du Dr van der Jagt, je me suis assis sur le canapé et j'ai regardé Johanna. Ma femme. Plus aussi jeune qu'avant, d'accord. Mais plus marquée à cause de moi, principalement. Parce qu'elle avait élevé mes enfants, lavé mon linge, préparé mes repas, tout ça en travaillant à plein temps. La voyant là, triste et usée, l'émotion m'a pris à la gorge. Et dès que le Dr van der Jagt m'a demandé ce que j'avais à dire, j'ai tout déballé.

Il fallait que j'avoue mon crime. J'avais l'impression que j'allais exploser, sinon.

La preuve. La preuve qu'au bout du compte, ce qui est vrai est vrai. Et finit toujours par se savoir.

Jusqu'à cet instant-là, je n'en étais pas si sûr.

Nos cinquante minutes écoulées, le Dr van der Jagt nous a fait sortir par-derrière. Comme d'habitude, j'étais aux aguets, j'avais peur qu'on nous reconnaisse.

Mais pourquoi nous cachions-nous, au fond ? De quoi avions-nous peur ? Nous n'étions qu'un couple éprouvant des difficultés, qui regagnait sa Nissan pour aller chercher ses enfants à l'école. Dans les Alpes, quand on a découvert celui qu'on a appelé Ötzi, cet homme préhistorique extrait congelé d'un glacier, on s'est aperçu qu'en plus de porter des chaussures en cuir doublées de paille et un bonnet en peau d'ours, il avait sur lui une petite boîte en bois contenant un tison. Johanna et moi étions comme lui, quand nous allions à ces séances. Armés de notre arc et de nos flèches, avec quelques herbes médicinales pour seul remède en cas de maladie, nous traversions une période glaciaire. Notre corps gardait des traces d'échauffourées passées. Une pointe de flèche en silex fichée dans mon épaule gauche. Aïe. Mais nous avions sur nous ce tison dans cette boîte, et si seulement nous réussissions à l'amener dans un endroit propice – je ne sais pas, une grotte, un massif de pins –, il nous permettrait de rallumer le feu de notre amour. Souvent, stoïquement assis sur le canapé du Dr van der Jagt, je pensais à Ötzi, tout seul là-bas, quand il avait trouvé la mort. Assassiné, apparemment. Des examens ont révélé qu'il avait eu le crâne fracturé. Nous nous plaignons aujourd'hui de notre époque, mais nous ne sommes pas si mal lotis. La violence humaine a énormément baissé, statistiquement parlant. À l'époque d'Ötzi, impossible de se balader sans surveiller ses arrières. Dans de telles conditions, aurais-je pu rêver meilleure compagne à mes côtés que Johanna, avec ses larges épaules, ses cuisses puissantes et son utérus autrefois fécond ? Elle n'a jamais cessé d'entretenir notre tison, depuis maintenant des années, malgré toutes mes tentatives pour l'éteindre.

À la voiture, je vous le donne en mille, ma clef électronique a choisi ce moment précis pour ne pas fonctionner. J'appuyais, j'appuyais. Plantée sur le gravier, Johanna avait presque l'air petite. « Je te déteste ! Je te déteste ! » me disait-elle en pleurant. J'avais l'impression de la voir pleurer de loin. C'était la même femme qui, quand nous tentions d'avoir Lucas, m'appelait au téléphone pour m'annoncer, parodiant Tom Cruise dans *Top Gun* : « À moi l'ivresse, l'ivresse de la grossesse ! » Je rentrais du boulot sur-le-champ, me précipitais dans la chambre tout en retirant mon gilet et ma cravate-lacet (il m'arrivait de garder mes bottes, mais je sentais que ce n'était pas bien et je tâchais d'éviter), et Johanna était là, allongée sur le dos, bras et jambes écartés en signe de bienvenue, les joues écarlates, et je me jetais sur elle, j'avais l'impression de ne plus m'arrêter de tomber, même une fois en elle, tous deux happés par la douce et solennelle besogne qu'est la conception d'un enfant.

Voilà donc pourquoi je suis ici, caché dans ces buissons. Johanna m'a chassé. Je me suis installé dans le centre-ville, près du quartier des théâtres, je loue un trois-pièces dans l'une des résidences hors de prix construites avant la crise et qu'on peine aujourd'hui à remplir.

Je dois être à environ dix-huit mètres de la maison à présent. Dix-sept cinquante, peut-être. Je crois que je vais m'approcher.

Dix-sept.

Seize.

Qu'est-ce que vous dites de ça, monsieur l'agent ?

Je me tiens près de l'un des projecteurs quand je me souviens que les injonctions d'éloignement ne sont pas calculées en pieds, mais en *yards*. C'est à quarante-cinq mètres que je dois rester !

Malheur.

Mais je ne bouge pas. Je m'explique : si je suis tenu de rester à quarante-cinq mètres, ça veut dire que j'enfreins l'injonction d'éloignement depuis des semaines.

Je suis déjà en faute.

Autant m'approcher un peu.

Jusque sur la véranda de devant, par exemple.

J'en étais sûr : la porte n'est pas fermée à clef. Bon Dieu, Johanna ! me dis-je. Vas-y, laisse-la grande ouverte, laisse les rôdeurs entrer comme dans un moulin !

L'espace d'un instant, ça me reprend comme autrefois. Je suis fou de rage, et me voilà à l'intérieur de ma maison. Un doux sentiment de légitimité me pousse à me manifester. Je sais qui est le coupable dans le cas présent. C'est Johanna. Je brûle d'envie de la trouver et de m'indigner : « Tu as oublié de fermer la porte à clef ! *Encore.* » Mais pour le coup je ne peux pas, car, légalement, je suis un intrus.

Puis l'odeur me saisit. Ce n'est pas celle des De Rougemont. C'est en partie une odeur de cuisine – des côtes d'agneau, déglacées au vin. Une odeur appétissante. S'y mêle celle du shampoing, Meg qui vient de prendre sa douche en haut. Un air humide, chaud et parfumé descend par la cage d'escalier. Je le sens sur mes joues. Je reconnais également l'odeur de Forelock, trop vieux pour venir dire bonjour à son maître, ce qui, vu les circonstances, m'arrange bien. Ce sont toutes ces odeurs mélangées, c'est-à-dire *notre* odeur. Celle des D. ! Nous avons fini par vivre ici assez longtemps pour supplanter l'odeur de vieux des De Rougemont. Je ne m'en étais pas aperçu avant. Il a fallu que je sois chassé de chez moi pour être capable de percevoir cette odeur. Même si j'étais un petit garçon doté de superpouvoirs olfactifs, je ne crois pas que je pourrais la trouver autrement qu'agréable.

En haut, Meg sort de sa chambre en courant.

– Lucas ! crie-t-elle. Qu'est-ce que t'as fait de mon chargeur ?!

– J'y ai pas touché, répond-il. (Lui aussi est en haut dans sa chambre.)

– Tu l'as pris !

– Non !

– Si !

– Maman ! hurle Meg, avant d'apparaître sur le palier, d'où elle me voit.

Ou pas. Elle ne porte pas ses lunettes. Le regard rivé sur l'endroit où je me trouve, dans la pénombre, elle poursuit :

– Maman ! Dis à Lucas de me rendre mon chargeur !

J'entends un bruit, je me retourne. C'est Johanna. En me voyant, elle a une drôle de réaction. Elle fait un bond un arrière. Elle blêmit et dit :

– Les enfants ! Restez en haut !

Oh, ça va, soupiré-je intérieurement. *Ce n'est que moi.*

Johanna appelle un numéro en mémoire sur son portable, toujours en reculant.

– Tu n'es pas obligée de faire ça, lui dis-je. Allez, Jojo…

Elle est en ligne avec police secours. Je fais un pas vers elle la main tendue. Je n'ai pas l'intention de lui prendre son portable, je veux seulement qu'elle raccroche et je partirai. Mais tout à coup j'ai le portable dans la main, Johanna crie, et, jaillissant de nulle part, quelqu'un saute sur moi par-derrière pour me plaquer au sol.

C'est Bryce. Mon fils.

Il n'est pas à son cours de trompette. Il a peut-être abandonné. On ne m'informe jamais de rien.

Bryce a une corde à la main, ou une rallonge électrique, et il est fort comme un bœuf. Il a toujours tenu de sa mère.

Son genou planté dans mes reins, il s'efforce de m'attacher les mains derrière le dos avec la rallonge.

– Je l'ai, maman ! lance-t-il.

J'essaie de parler. Mais mon fils m'écrase le visage contre le tapis.

– Bryce, lâche-moi. C'est papa. C'est papa, je te dis. Je rigole pas, là.

Je tente un vieux mouvement de catch du Michigan, un ciseau. Ça fonctionne à merveille. Bryce se retrouve sur le dos. Il essaie de filer, mais je suis trop rapide pour lui.

– Alors ? Qui c'est, le plus fort, maintenant ? Hein ? Qui c'est, le plus fort ?

C'est à cet instant que je remarque Meg dans l'escalier. Elle est restée figée là pendant toute la scène. Mais à présent que je la regarde, elle rebrousse chemin à toute vitesse. Elle a peur de moi.

Voir ça m'ôte toute combativité. *Meg ? Ma puce ? Papa ne va pas te faire de mal.*

Mais elle n'est plus là.

– C'est bon. Je m'en vais, maintenant.

Je me retourne et sors de la maison. Dans le ciel, pas d'étoiles. Je lève les mains en l'air et j'attends.

Au commissariat, l'agent me retire les menottes et me remet aux mains du shérif, qui me fait vider mes poches : portefeuille, portable, petite monnaie, une bouteille de boisson énergisante 5-Hour Energy, une pub pour Ashley Madison, le site de rencontres extraconjugales, déchirée dans un magazine. Je dois ranger tout ça dans un sachet plastique transparent et signer un formulaire inventoriant son contenu.

Il est trop tard pour appeler le cabinet de mon avocat, j'appelle donc Peekskill sur son portable et lui laisse un message sur sa boîte vocale. Je demande si ça compte comme un appel. C'est le cas.

On m'emmène dans une salle d'interrogatoire au fond du couloir.

Au bout d'environ une demi-heure, un type que je ne connais pas, un inspecteur, entre et s'assoit.

– Vous avez bu beaucoup ce soir ? me demande-t-il.

– Pas mal.

– Le barman du Le Grange dit que vous êtes arrivé vers midi et que vous êtes resté jusqu'à la fin de l'happy hour.

– C'est vrai. Je ne vais pas vous mentir.

L'inspecteur se renfonce sur sa chaise.

– Des types comme vous, on en voit arriver beaucoup ici, dit-il. Oh, je sais ce que vous ressentez. Moi aussi, je suis divorcé.

Deux fois. Vous croyez que je n'ai pas envie d'emmerder mon ex de temps en temps ? Mais vous savez quoi ? C'est la mère de mes enfants. Vous trouvez ça idiot ? Pas moi. Vous devez veiller à son bonheur, que ça vous plaise ou non. Parce que vos enfants vont vivre avec elle et que ce sont eux qui paieront l'addition.

– Ce sont mes enfants à moi aussi.

Ma voix me paraît bizarre.

– Je comprends.

Sur quoi il se retire. Je regarde autour de moi et, m'étant assuré qu'il n'y avait pas de glace sans tain, comme dans *New York, police judiciaire*, je baisse la tête et me mets à pleurer. Quand j'étais petit, j'imaginais comment je réagirais si j'étais en garde à vue, je me rêvais d'une froideur totale. On ne tirerait rien de moi. Un vrai hors-la-loi. Eh bien, m'y voilà, en garde à vue, avec mes quelques millimètres de barbe grise sur les joues, le nez saignant encore un peu après avoir été écrasé par Bryce contre le tapis.

On a fait une découverte sur l'amour. Une découverte scientifique. On a mené des études pour savoir ce qui préserve l'unité du couple. Vous savez ce que c'est ? Ce ne sont pas les affinités. Ce n'est ni l'argent, ni les enfants, ni une vision identique de la vie. Non, tout tient aux petites attentions de tous les jours. Au petit déjeuner, passer la confiture à l'autre. Ou, en voyage à New York, lui tenir la main une seconde dans un ascenseur puant du métro. Lui demander : « Comment s'est passée ta journée ? », et faire semblant de s'intéresser à la réponse. Ce genre de truc, voilà ce qui est vraiment efficace.

Ça a l'air tout bête, hein ? Pourtant, la plupart des gens n'y arrivent pas. Outre leur tendance à chercher le coupable dans chacun de leurs conflits, les couples se livrent à ce qu'on appelle « la Valse des Protestations ». Il s'agit d'une danse où l'un des deux partenaires, ayant besoin d'être rassuré sur sa relation avec l'autre, s'approche de lui, mais comme il le fait généralement en se plaignant ou avec agressivité, l'autre n'a qu'une envie, se tirer, et il recule. Pour la plupart des gens, cette manœuvre compliquée est plus simple que de demander : « Comment vont tes sinus aujourd'hui, mon amour ? Toujours bouchés ? Je te plains. Attends, je vais te chercher ton sérum physiologique. »

Alors que je réfléchis à tout ça, l'inspecteur revient et dit : « Allez, en route. »

Il entend par là que je peux partir. Je ne demande pas mon reste. Je reprends derrière lui le couloir menant à l'avant du commissariat. Je m'attends à voir Peekskill, et je le vois. Il taille une bavette avec le sergent à l'accueil en jurant joyeusement. Personne ne sait traiter quelqu'un d'enculé avec plus d'allégresse que Me Peekskill. Rien de tout ça ne me surprend. Ce qui me surprend, c'est que, quelques mètres derrière Peekskill, se trouve ma femme.

– Johanna renonce à déposer plainte, m'informe Peekskill en s'avançant vers moi. Légalement, ça change que dalle vu que l'injonction d'éloignement est prononcée par l'État. Mais le proc n'engage pas de poursuites si la femme n'est pas derrière lui. Par contre, je te le dis, ça ne va pas arranger tes affaires devant le juge. On n'arrivera peut-être pas à obtenir l'annulation.

– Jamais ? dis-je. Je suis à moins de quarante-cinq mètres d'elle, là.

– Oui, mais tu es dans un commissariat.

– Je peux lui parler ?

– Tu veux ? Je te le déconseille dans l'immédiat.

Mais je suis déjà en train de traverser le hall.

Johanna est debout près de la porte, la tête baissée.

Ne sachant pas quand je la reverrai, je la regarde très attentivement.

Je la regarde mais ne ressens rien.

Je me demande même si elle est encore belle.

Sans doute que oui. En société, les gens, du moins les hommes, lui disent toujours : « J'ai l'impression de vous avoir déjà vue quelque part. Vous n'étiez pas pom-pom girl à Dallas ? »

Je regarde. Je continue de regarder. Enfin, Johanna lève les yeux vers moi.

– Je veux qu'on reforme une famille, dis-je.

Difficile de savoir ce qu'elle pense. J'ai l'impression que son visage de jeune femme est caché sous son nouveau visage de femme mûre, comme sous un masque. Je voudrais qu'il réapparaisse, non seulement parce que c'est celui dont je suis tombé amoureux, mais aussi parce que c'est celui qui m'a aimé en retour. Je me souviens comment la joie le ridait chaque fois qu'elle me voyait entrer dans une pièce.

Pas de rides de joie maintenant. Pour l'heure, son visage ressemblerait plutôt à une citrouille d'Halloween, dont la bougie se serait éteinte.

Puis elle me dit à quoi m'en tenir.

– J'ai longtemps essayé, Charlie. De te rendre heureux. Je pensais que si je gagnais plus d'argent, ça te rendrait heureux. Ou si on achetait une maison plus grande. Ou si je te laissais boire seul dans ton coin. Mais aucune de ces choses ne t'a rendu heureux, Charlie. Et moi non plus. Depuis que tu as déménagé, je suis triste. Je pleure tous les soirs. Mais maintenant que je sais la vérité, je peux commencer à vivre avec.

– Ce n'est pas la seule vérité qui soit.

Voulant préciser ma pensée, j'ouvre grands les bras – comme pour enlacer le monde entier –, mais je n'en parais que plus vague. Je réessaie :

– Je ne veux plus être celui que j'étais. Je veux être quelqu'un de meilleur.

Je suis sincère. Mais comme toutes les phrases sincères, ces deux-là sont un peu banales. Et puis, n'ayant plus l'habitude d'être sincère, j'ai encore l'impression de mentir.

Pas très convaincant.

– Il est tard, dit Johanna. Je suis fatiguée. Je vais rentrer.

– Chez nous, dis-je.

Mais elle est déjà presque arrivée à sa voiture.

Je ne sais pas où je vais. Je marche sans but. Je ne suis pas pressé de regagner mon appartement.

Quand nous avons acheté la maison, après avoir signé la promesse de vente, Johanna et moi sommes allés rencontrer les propriétaires. Vous savez ce que m'a fait le vieux ? Nous étions dehors, nous nous dirigions vers le local technique – il voulait m'expliquer l'entretien de la chaudière – et il avançait au ralenti. Tout à coup, il s'est retourné, s'est planté face à moi avec son vieux crâne chauve et m'a dit : « Vous verrez. »

Il avait la colonne vertébrale flinguée et ne pouvait faire que de tout petits pas. Gêné d'être plus proche de la mort que moi, il me rappelait par sa remarque cette sombre réalité qu'un jour, moi aussi, je me déplacerais dans cette maison en traînant les pieds comme un invalide.

En repensant à M. De Rougemont, je comprends soudain quel est mon problème. Pourquoi j'ai perdu les pédales.

C'est la mort. C'est elle, le coupable.

Eh, Johanna. J'ai trouvé ! C'est la mort.

Je continue de marcher en pensant à ça. Je perds la notion du temps.

Quand je finis par relever les yeux, je n'en reviens pas : me revoilà devant chez moi ! Sur le trottoir d'en face, en territoire autorisé, mais quand même. Mes pas m'ont ramené là par habitude, comme une vieille bête de somme.

Je ressors mon portable. Meg a peut-être joué un mot pendant que j'étais en garde à vue.

Hélas non.

Un nouveau mot qui apparaît dans Words with Friends est un spectacle magnifique. Les lettres surgissent de nulle part, comme une pincée de poussière d'étoile. Où que je sois, quoi que je fasse, quand le prochain mot de Meg fendra la nuit pour venir se dessiner sur mon portable, je saurai qu'elle pense à moi, même si c'est pour essayer de me battre.

La première fois que Johanna et moi avons couché ensemble, j'étais un peu intimidé. Je ne suis pas un gringalet, mais sur Johanna ? Il y avait un petit côté *Voyages de Gulliver*. C'était comme si elle s'était endormie et que j'avais grimpé là-haut pour étudier les environs. Quelle vue superbe ! Une plaine vallonnée ! Des terres fertiles ! Mais j'étais seul, je n'étais pas tout un village de Lilliputiens jetant des cordes pour l'attacher à des pieux plantés dans le sol.

Un phénomène étrange s'est produit, cependant : cette première nuit avec Johanna, et de plus en plus toutes celles qui ont suivi, on aurait dit qu'elle rétrécissait dans le lit, ou que je grandissais, jusqu'à ce que nous soyons de la même taille. Et peu à peu ce nivellement a continué de s'opérer le jour. Les gens se retournaient encore sur notre passage, mais ils semblaient simplement nous regarder, comme une seule créature et non comme deux personnes mal assorties collées par le flanc. *Nous*. Ensemble. À l'époque, il n'était question ni de se fuir ni de se poursuivre. Il n'était question que de se découvrir, et, chaque fois que l'un partait à la recherche de l'autre, l'autre l'attendait.

Nous nous sommes trouvés un certain temps avant de nous perdre. *Je suis là !* nous appelions-nous, du fond de notre cœur. *Rejoins-moi*. Aussi facile que de changer les couleurs d'un arc-en-ciel.

2013

La vulve oraculaire

Les crânes font de meilleurs oreillers qu'on ne pourrait le croire. Le Dr Peter Luce (le célèbre sexologue) a sa joue posée sur le pariétal verni d'un ancêtre dawat, il ignore lequel. Le crâne se balance d'avant en arrière, de l'angle de la mâchoire au menton, tandis que Luce lui-même est doucement bercé par le gamin qui, appuyé sur le crâne voisin, lui frotte le dos avec ses pieds. La natte de pandanus est rugueuse sous ses jambes nues.

C'est le milieu de la nuit, ces quelques instants où, pour une raison quelconque, toutes les créatures de la jungle cessent de gueuler. La spécialité de Luce n'est pas la zoologie. Il s'est peu intéressé à la faune locale depuis son arrivée ici. Il n'en a parlé à personne dans l'équipe, mais sa phobie des serpents l'empêche de trop s'éloigner du village. Quand les autres s'en vont chasser le sanglier ou couper les sagoutiers, Luce reste à la cabane, à s'appesantir sur son sort (sur sa carrière brisée, surtout, mais il a d'autres sujets de mécontentement). Une seule fois, enhardi par l'alcool, une nuit, il a osé s'aventurer dans la végétation dense, pour aller pisser à l'écart des maisons communautaires. Il y est resté trente-cinq secondes avant d'être saisi par la trouille et de rentrer en courant. Il ignore ce qui se passe dans la jungle, et il s'en fout. Tout ce qu'il sait, c'est que tous les soirs, au coucher du soleil, les singes et les oiseaux se mettent à pousser des cris, et que, ensuite, vers une heure du matin heure de New York – sur laquelle sa montre à cadran lumineux est restée fidèlement réglée –, ils se taisent. Tout devient alors parfaitement silencieux. À tel point que Luce se réveille. À moitié. Ses yeux sont ouverts en ce moment, du moins le pense-t-il. Ça ne change pas grand-chose. On est dans la jungle et c'est la nouvelle lune. L'obscurité est totale. Luce met sa main devant son visage, la paume près du nez ; il ne la voit pas. Il déplace sa joue sur le crâne. Obligé de cesser un instant ses frottements de pieds, le gamin pousse un petit gémissement soumis.

Humide, telle de la vapeur – il est tout à fait réveillé à présent –, la jungle envahit ses narines. Il n'a jamais rien senti de pareil. On dirait un mélange de boue, d'excréments, de dessous-de-bras et de vers de terre, et encore. Il y a aussi l'odeur du porc sauvage, les effluves de fromage exhalés par les orchidées de deux mètres de haut, et l'haleine de cadavre des attrape-mouches carnivores. Tout autour du village, du sol marécageux à la cime des arbres, les animaux s'entre-dévorent et digèrent en rotant, la gueule ouverte.

L'évolution ne suit aucune stratégie logique. Malgré sa préférence connue pour certaines formes esthétiques (le Dr Luce aime souligner, par exemple, les similarités structurelles entre la moule et l'appareil génital féminin), elle peut aussi, sans crier gare, improviser. C'est ça, l'évolution : une suite aléatoire de possibilités, non pas des améliorations mais de simples modifications, bonnes ou mauvaises, en tout cas jamais réfléchies. Le consommateur – en l'occurrence, le monde – décide. Et donc ici, sur la côte des Casuarinas, les fleurs ont développé des caractéristiques que Luce, originaire du Connecticut, n'associe pas avec les fleurs, bien que la botanique ne soit pas sa spécialité non plus. Pour lui, les fleurs étaient censées sentir *bon*. Attirer les abeilles. Ici, c'est différent. Les quelques spécimens aux couleurs criardes dans lesquels il a eu la mauvaise idée de fourrer son nez ont révélé une odeur assez proche de celle de la mort. Il y a toujours un peu d'eau de pluie au fond de la corolle (en réalité des sucs digestifs) et un coléoptère en train de se faire bouffer. Luce recule alors brusquement la tête en se tenant le nez, et là, quelque part dans les buissons, il entend quelques Dawats se marrer comme des bossus.

Ces méditations sont interrompues par un nouveau gémissement du gamin sur le crâne voisin. « *Cemen*, supplie-t-il. *Ake cemen.* » Un temps. Quelques Dawats grommellent dans leurs rêves, puis, comme tous les soirs, Luce sent la main du gamin se glisser dans son short. Il la saisit doucement par le poignet tout en cherchant sa lampe stylo de son autre main. Il l'allume et braque son faible faisceau sur le visage du gamin. Lui aussi a une joue posée sur un crâne (celui de son grand-père, pour être précis), taché d'un orange foncé par des années de sécrétion de sébum. Sous ses cheveux crépus, ses yeux sont écarquillés, effrayés par la lumière. Il ressemble un peu à Jimi Hendrix jeune. Un nez épaté, des pommettes saillantes. Ses lèvres charnues ont cette moue permanente due à la langue explosive des Dawats. « *Ake cemen* », répète-t-il. C'est peut-être un mot. Sa main piégée tente un nouvel assaut contre l'entrejambes de Luce, mais Luce resserre son étreinte.

Les autres sources de mécontentement, donc, les voici : devoir faire du terrain à son âge, pour commencer. Avoir reçu du courrier hier pour la première fois en huit semaines et, ayant déchiré le paquet trempé avec excitation, avoir trouvé, en couverture de la *Revue médicale de la Nouvelle-Angleterre*, l'étude fallacieuse de Pappas-Kikuchi. Et, plus immédiatement, le gamin.

– Ça suffit, maintenant, dit Luce. Rendors-toi.

– *Cemen. Ake cemen !*

– Merci de ton hospitalité, mais non, merci.

Le gamin se tourne vers l'obscurité de la cabane. Lorsqu'il revient face à Luce, ses yeux sont remplis de larmes. Il a peur. Il tire sur la ceinture de Luce, tête baissée, implorant. « Tu n'as jamais entendu parler de ce qu'on appelle la déontologie, fiston ? » dit Luce. Le gamin cesse de tirer, il le regarde, essaie de comprendre, puis recommence.

Trois semaines entières qu'il le harcèle. L'amour n'a rien à voir là-dedans. L'une des nombreuses caractéristiques rares des Dawats – il s'agit là non pas de la particularité biologique précise qui a amené Luce et son équipe en Irian Jaya, mais d'un détail anthropologique connexe – est que la tribu se plie à une stricte ségrégation des sexes. Le village est disposé en forme d'haltère : rétréci au milieu, avec une maison communautaire à chaque extrémité. Les hommes et les jeunes garçons couchent dans l'une, les femmes et les petites filles dans l'autre. Considérant les contacts avec les femmes comme hautement corrupteurs, les hommes dawats ont organisé leur structure sociale afin de limiter ceux-ci au maximum. Ils ne vont, par exemple, dans la Maison des Femmes que pour procréer. Ils se dépêchent de faire ce qu'ils ont à faire et s'en vont. Selon Randy, l'anthropologue qui parle le dawat, le mot dawat signifiant « vagin » se traduit littéralement par « cette chose purement mauvaise ». Cet élément n'a pas manqué d'indigner Sally Ward, l'endocrinologue venue analyser les taux plasmatiques hormonaux, laquelle a peu de tolérance pour les soi-disant différences culturelles. Pleine d'un dégoût profond et d'une colère légitime, elle dénigre le domaine de l'anthropologie devant Randy dès qu'elle en a l'occasion, c'est-à-dire assez rarement, vu que, selon les lois de la tribu, elle doit rester à l'autre bout du village. Comment c'est là-bas, Luce n'en a aucune idée. Les Dawats ont élevé une butte entre les deux zones, un mur de terre haut d'environ un mètre cinquante et hérissé de lances. Sur les lances sont empalées des calebasses vertes allongées auxquelles Luce a d'abord trouvé un air festif rafraîchissant – on aurait dit des lanternes vénitiennes –, jusqu'à ce que Randy explique qu'elles représentent en fait les têtes humaines d'antan. En tout cas, on ne voit pas grand-chose derrière la butte, traversée par un unique petit chemin sur lequel les femmes déposent à manger pour les hommes et qu'empruntent ceux-ci une fois par mois pour aller saillir leurs épouses durant trois minutes et demie.

Si papaux que les Dawats puissent paraître dans leur manière de réserver les relations sexuelles à la procréation, leurs mœurs restent difficiles à accepter pour les missionnaires locaux. L'abstinence n'est guère de mise dans la Maison des Hommes. Les jeunes garçons dawats vivent avec leur mère jusqu'à l'âge de sept ans, âge auquel ils rejoignent les hommes. Durant les huit ans qui suivent, on les contraint à pratiquer la fellation sur leurs aînés. Dans les croyances dawates, le dénigrement du vagin s'accompagne de l'exaltation des parties génitales masculines, en particulier du sperme, considéré comme un élixir d'une puissance nutritive formidable. Afin de devenir des hommes, des guerriers, les jeunes garçons dawats doivent ingérer le plus de sperme possible, tâche à laquelle ils s'appliquent, de nuit comme de jour, sans relâche. Lors de leur première nuit dans la cabane, Luce et son assistant, Mort, ont été pour le moins surpris lorsqu'ils ont vu les charmants bambins passer consciencieusement d'un homme à l'autre, comme s'ils jouaient à attraper des pommes avec la bouche dans une bassine d'eau. Randy est resté assis là, à prendre des notes. Une fois tous les hommes satisfaits, l'un des chefs, dans ce qui était sans doute un geste d'hospitalité, a crié quelque chose à deux jeunes, qui se sont alors approchés des scientifiques américains. « Non, merci, a répondu Mort au sien. Pas pour moi. » Même Luce s'est senti commencer à transpirer. Dans la cabane, les jeunes ont poursuivi leur ouvrage, avec entrain ou vaguement résignés, comme de petits Occidentaux effectuant des tâches ménagères. Luce a une nouvelle fois été frappé par le fait que la honte sexuelle est une construction sociale, totalement relative à la culture. Il n'en restait pas moins que sa culture à lui était américaine, plus précisément anglo-irlandaise et épiscopalienne non pratiquante, aussi a-t-il gentiment décliné la proposition dawate, cette nuit-là comme à présent celle-ci.

Que lui, le Dr Peter Luce, directeur de la Clinique des désordres sexuels et d'identité de genre, ancien secrétaire général de la Société scientifique des études sexuelles (la SSES), champion de la libre investigation du comportement sexuel humain, ennemi de la pudibonderie, pourfendeur de l'inhibition, défenseur des délices physiques de toutes sortes, ait ainsi, dans cette jungle érotique à l'autre bout du monde, une réaction aussi coincée, était cependant d'une ironie qui ne lui avait pas échappé. Dans son discours annuel devant la Société en 1969, le Dr Luce avait rappelé à l'assemblée de sexologues le conflit historique entre recherche scientifique et morale. Regardez Vésale, avait-il dit. Regardez Galilée. Toujours pragmatique, Luce avait recommandé à son auditoire de voyager dans les pays où les pratiques sexuelles dites déviantes étaient tolérées et donc plus faciles à étudier (la sodomie en Hollande, la prostitution à Phucket). Il s'enorgueillissait de son ouverture d'esprit. Pour lui, la sexualité humaine était comme un Bruegel géant dont il adorait observer la multitude d'actions. Il s'efforçait de ne jamais porter de jugement de valeur sur les diverses paraphilies cliniquement documentées, limitant ses objections à celles clairement nuisibles (comme la pédophilie et le viol). Sa tolérance allait encore plus loin lorsqu'il s'agissait d'une culture différente de la sienne. Les pipes pratiquées dans la Maison des Hommes dérangeraient peut-être Luce si elles avaient lieu au foyer des jeunes chrétiens de la 23e Rue Ouest, mais ici, il ne se sent pas autorisé à condamner. Ce ne serait pas constructif pour son travail. Il n'est pas ici en tant que missionnaire. Étant donné les mœurs locales, ces jeunes gens ont peu de chances d'être pervertis par leurs activités buccales. On n'attend pas d'eux qu'ils deviennent des maris hétérosexuels types, en tout cas. Ils passent simplement de donneurs à receveurs, et tout le monde est content.

Mais alors, pourquoi Luce est-il si contrarié chaque fois que le gamin se met à lui frotter le dos avec ses pieds et à pousser ses petits gémissements lascifs ? Peut-être est-ce lié à l'intonation de plus en plus nerveuse de ces gémissements, sans parler de l'air inquiet du gamin. Il se peut que ne pas satisfaire les invités étrangers l'expose à un châtiment quelconque. Luce n'explique pas sa ferveur autrement. Le sperme blanc est-il réputé posséder un pouvoir particulier ? C'est peu probable, vu l'apparence de Luce, de Randy et de Mort en ce moment. Ils sont affreux ; ils ont les cheveux gras, pleins de pellicules. Les Dawats doivent penser que tous les Blancs sont couverts de rougeurs. Luce rêve de prendre une douche. Il rêve de mettre son col roulé en cachemire, ses bottines et sa veste en daim, et de sortir boire un whisky sour. Quand ce voyage sera terminé, le seul exotisme qu'il a l'intention de se permettre sera d'aller dîner chez Trader Vic's. Si tout va bien, ce sera ça, sa vie. Peinard à Manhattan, avec un parasol dans son mai tai.

Il y a trois ans encore – jusqu'à cette soirée où Pappas-Kikuchi l'avait pris de court avec son travail de terrain –, le Dr Peter Luce était considéré comme le plus grand spécialiste mondial de l'intersexualité humaine. Il était l'auteur d'un essai de sexologie majeur, *La Vulve oraculaire*, devenu un ouvrage de référence dans un certain nombre de disciplines allant de la génétique à la pédiatrie, en passant par la psychologie. D'août 1969 à décembre 1973, il avait tenu une rubrique du même titre dans *Playboy*, rubrique donnant la parole à un pudendum féminin, personnifié et omniscient, qui répondait aux questions des lecteurs masculins de manière spirituelle et parfois sibylline. Hugh Hefner était tombé sur le nom de Peter Luce dans le journal, dans un article concernant une manifestation en faveur de la liberté sexuelle. La police avait interrompu une partouse organisée par six étudiants sous une tente, sur la pelouse principale du campus de Columbia. Interrogé sur ce qu'il pensait de la pratique de telles activités sur un campus, le maître de conférences Peter Luce, âgé de trente-quatre ans, était censé avoir répondu : « Je suis favorable aux partouses, où qu'elles aient lieu. » La phrase avait fait mouche auprès de Hef. Soucieux de se démarquer de la rubrique « Appelez-moi madame » de Xaviera Hollander dans *Penthouse*, Hefner voulait que Luce consacre la sienne aux aspects scientifique et historique du sexe. Ainsi, dans ses trois premières interventions, la Vulve oraculaire disserta sur l'art érotique du peintre japonais Hiroshi Yamamoto, sur l'épidémiologie de la syphilis et sur la coutume du berdache chez les Navajos, tout cela dans le style obscur et décousu emprunté par Luce à sa tante Rose Pepperdine, qui lui faisait des discours sur la Bible en prenant des bains de pieds dans la cuisine. La rubrique était devenue populaire, malgré la rareté des questions intelligentes, le lectorat manifestant plus d'intérêt pour « Les Conseils de Playboy » en matière de cunnilingus ou de lutte contre l'éjaculation précoce. Hefner avait fini par dire à Luce de ne plus s'emmerder et d'écrire les questions lui-même, ce qu'il avait fait.

Peter Luce avait participé au talk-show de Phil Donahue en 1987, en compagnie de deux personnes intersexuées et d'un transexuel, pour discuter des aspects à la fois médicaux et psychologiques de ces troubles. Micro en main, Phil Donahue avait dit : « Ann Parker est venue au monde en tant que petite fille, et elle a été élevée comme telle. Vous avez été élue Miss Miami Beach en 1968 dans ce bon vieux comté de Dale, en Floride, vous me le confirmez ? Attention, c'est là que les choses se corsent. Vous avez vécu comme une femme jusqu'à vos vingt-neuf ans, puis vous avez vécu comme un homme. Vous possédez les caractères anatomiques *et* de l'homme *et* de la femme. Tout cela est très sérieux. »

Il avait dit aussi : « Mais il y a moins drôle. Parce que, que demandent-ils, ces fils et ces filles de Dieu, ces êtres humains bien vivants et irremplaçables ? Ils demandent que l'on sache qu'ils sont cela avant tout, des êtres humains. »

L'intérêt de Luce pour l'intersexualité était né près de trente ans plus tôt, lorsqu'il était encore interne au Mount Sinai Hospital. Une jeune fille de seize ans était venue consulter. Elle s'appelait Felicity Kennington, et son premier contact visuel avec elle lui inspira des pensées peu professionnelles. Elle était très belle, Felicity Kennington : gracile, l'air studieux, avec des lunettes – détail qui le faisait toujours fondre.

Luce l'examina, la mine grave, avant de conclure :

– Vous avez des lentigos.

– Des quoi ? fit la fille, inquiète.

– Des taches de rousseur.

Il sourit. Felicity Kennington aussi. Luce se souvenait de son frère lui demandant un soir, avec force mouvements de sourcils suggestifs, si ça ne l'excitait pas, parfois, d'examiner des femmes, à quoi il avait répondu par le vieux couplet selon lequel on est si concentré sur son travail qu'on ne fait même pas attention à elles. Chez Felicity Kennington, il avait pourtant bel et bien remarqué son visage délicat, ses gencives roses et ses petites dents d'enfant, ses timides jambes blanches qu'elle ne cessait de croiser et de décroiser, assise sur la table d'examen. Ce à quoi il ne faisait pas attention, en revanche, c'était à sa mère, assise dans un coin de la salle.

– Lissie, intervint la femme, parle au médecin de cette douleur que tu as.

Felicity rougit et regarda le sol.

– C'est dans mon… dans le bas de mon ventre.

– Quelle sorte de douleur ?

– Il y en a des différentes ?

– Une douleur vive ou sourde ?

– Vive.

À ce moment de sa carrière, Luce avait pratiqué en tout et pour tout huit examens gynécologiques. Celui qu'il fit subir à Felicity Kennington ce jour-là resta l'un des plus difficiles. D'abord, il y avait le problème de cette terrible attirance. Lui-même n'avait que vingt-cinq ans. Il était nerveux ; son cœur palpitait. Il fit tomber le spéculum et dut aller en chercher un autre. La façon dont Felicity tourna la tête et se mordit la lèvre inférieure avant d'écarter les genoux lui donna littéralement le vertige. Ensuite, le fait que la mère ne le quitte pas des yeux ne lui facilitait pas la tâche. Il lui avait proposé d'attendre dehors, mais Mme Kennington avait répondu : « Je préfère rester ici avec Lissie, merci. » Enfin, le pire de tout, c'était la douleur qu'il semblait provoquer chez Felicity Kennington à chacun de ses gestes. Le spéculum n'était même pas rentré à moitié qu'elle poussa un cri. Elle serra les genoux, et il dut abandonner. Il fut alors tenté de lui palper simplement les parties génitales, mais à la première pression, elle se remit à crier. Il finit par aller chercher le Dr Budekind, un gynécologue, pour terminer l'examen. Il le regarda faire, l'estomac noué. Après à peine quinze secondes, le gynécologue emmena Luce dans le couloir.

– Alors, qu'est-ce qu'elle a ?

– Des testicules non descendus.

– Quoi ?!

– Ça ressemble à un syndrome adréno-génital. Tu n'en as jamais vu ?

– Non.

– C'est pour ça que tu es là, non ? Pour apprendre.

– Cette fille a des testicules ?

– Nous n'allons pas tarder à le savoir.

Et de fait, la masse de tissu à l'intérieur du canal inguinal de Felicity Kennington se révéla être, lorsqu'on en analysa un prélévement au microscope, testiculaire. À cette époque – on était en 1961 –, une telle chose désignait Felicity Kennington comme étant de sexe masculin. Depuis le XIXe siècle, la médecine utilisait le même critère diagnostique primitif de différenciation sexuelle, formulé en 1876 par Edwin Klebs. Pour Klebs, le sexe d'une personne était déterminé par ses gonades. En cas d'ambiguïté, on analysait le tissu gonadique au microscope. S'il était testiculaire, la personne était de sexe masculin ; s'il était ovarien, elle était de sexe féminin. Il existait cependant des problèmes inhérents à cette méthode, et ces problèmes devinrent clairs pour Luce lorsqu'il vit ce qui arriva à Felicity Kennington en 1961. Bien qu'elle eût l'air d'une fille et se considérât comme telle, Budekind la déclara comme étant un garçon parce qu'elle possédait des gonades masculines. Les parents protestèrent. D'autres médecins furent consultés – des endocrinologues, des urologues, des généticiens – mais eux non plus ne réussirent pas à se mettre d'accord. Pendant ce temps, tandis que la communauté médicale hésitait, Felicity commença sa puberté. Sa voix devint plus grave. Des touffes de poils châtain clair apparurent çà et là sur ses joues. Elle cessa d'aller au lycée, pour ne bientôt plus du tout sortir de chez elle. Luce la vit une dernière fois, lorsqu'elle revint à l'hôpital pour une nouvelle consultation. Elle portait une longue robe et un foulard qui, noué sous le menton, lui cachait presque tout le visage. Dans une main aux ongles rongés, elle tenait un exemplaire de *Jane Eyre*. Luce tomba sur elle à la fontaine à eau. « Elle a un goût de rouille, cette eau », dit-elle en levant les yeux vers lui sans sembler le reconnaître, avant de s'éloigner d'un pas pressé. Une semaine plus tard, à l'aide du 45 automatique de son père, elle se suicidait.

– La preuve que c'était un garçon, dit Budekind le lendemain à la cafétéria.

– Comment ça ? fit Luce.

– Les garçons se suicident par arme à feu. C'est statistique. Les filles utilisent des méthodes moins violentes. Somnifères, empoisonnement au monoxyde de carbone.

Luce n'adressa plus jamais la parole à Budekind. Sa rencontre avec Felicity Kennington marqua un tournant dans sa vie. À partir de là, il se consacra à faire en sorte qu'un tel drame ne se reproduise pas. Il se plongea dans l'étude des formes d'intersexualité. Il lut tout ce qui avait été publié sur le sujet, c'est-à-dire pas grand-chose. Et plus il lisait et étudiait, plus il devenait convaincu que les sacro-saintes catégories des sexes masculin et féminin étaient en réalité bidon. Dans certains contextes génétiques et hormonaux, il était rigoureusement impossible de déterminer le sexe de l'enfant. Mais l'homme avait historiquement résisté à cette conclusion évidente. Confrontés à un nouveau-né de sexe incertain, les Spartiates déposaient celui-ci sur une colline rocailleuse et s'empressaient de disparaître. Les ancêtres de Luce lui-même, les Anglais, répugnaient à aborder le sujet et ne l'auraient peut-être jamais fait si le problème des parties génitales énigmatiques n'avaient pas enrayé la mécanique bien huilée du droit des successions. À qui devait aller la propriété foncière ? Lord Coke, le grand juriste anglais du XVIIe siècle, avait tenté de trancher la question en déclarant que toute personne devait être « soit de sexe masculin, soit de sexe féminin », distinction qu'il convenait d'établir « selon le sexe prédominant » de cette personne. Bien sûr, il n'avait pas précisé de méthode pour déterminer ce fameux « sexe prédominant ». Il avait fallu attendre l'arrivée de German Klebs pour que quelqu'un s'y colle. Et, cent ans plus tard, Peter Luce avait terminé le travail.

En 1965, Luce publia un article intitulé « Tous les chemins mènent à Rome : les concepts sexuels de l'hermaphrodisme humain ». Sur vingt-cinq pages, il y soutenait que le genre était déterminé par un large éventail d'influences : le sexe chromosomique, le sexe gonadique, les hormones, les structures génitales internes, les organes génitaux externes et, la plus importante de toutes, le sexe d'éducation. Dans de nombreux cas, le sexe gonadique ne déterminait pas l'identité de genre. Le genre se rapprochait plutôt d'une langue maternelle. Les enfants apprenaient à parler « le masculin » ou « le féminin », comme ils apprenaient à parler l'anglais ou le français.

Cet article fit grand bruit. Luce se rappelait encore la nouvelle qualité d'attention qu'on lui porta dans les semaines qui suivirent la publication. Les femmes riaient plus volontiers à ses plaisanteries, lui faisaient savoir qu'elles étaient disponibles, certaines passaient même le voir chez lui à l'improviste, et diablement peu vêtues. Son téléphone sonnait plus souvent. Ceux qui l'appelaient étaient des gens qu'il ne connaissait pas mais qui, eux, le connaissaient. On avait des faveurs à lui demander et on n'hésitait pas à le flatter pour les obtenir. On voulait qu'il critique des articles, qu'il participe à des groupes d'experts, qu'il vienne à la Fête de l'escargot de San Luis Obispo pour arbitrer un concours, la plupart de ces mollusques étant, après tout, bisexués. En quelques mois, presque tout le monde renonça au critère de Klebs pour adopter ceux de Luce.

Fort de ce succès, Luce put ouvrir une unité psychohormonale au Columbia-Presbyterian Hospital. Dix ans de recherches soutenues et originales plus tard, il faisait sa seconde grande découverte : que l'identité de genre s'établit très tôt dans la vie, vers l'âge de deux ans. Après cela, sa réputation atteignit la stratosphère. Les financements affluèrent, de la Fondation Rockefeller, de la Fondation Ford et des National Institutes of Health. Ce fut une époque bénie pour les sexologues. La révolution sexuelle avait ouvert au chercheur entreprenant une brève fenêtre d'opportunité. Ce fut un sujet d'intérêt national, durant ces quelques années, de percer le mystère de l'orgasme féminin. Ou d'identifier les raisons psychologiques qui poussaient certains hommes à se montrer nus dans la rue. En 1968, le Dr Luce ouvrit la Clinique des désordres sexuels et d'identité de genre, qui devint rapidement le premier centre mondial d'étude et de traitement des problèmes de genre ambigu. Luce recevait tout le monde : les adolescents atteints de *pterygium colli* associé au syndrome de Turner, les beautés aux jambes longues, insensibles aux androgènes, les hargneux syndromes de Klinefelter, qui, tous sans exception, soit cassaient la fontaine à eau soit essayaient de frapper une infirmière. Lorsqu'un enfant naissait doté d'organes génitaux ambigus, on appelait le Dr Luce pour en discuter avec les parents choqués. Luce recevait aussi les transsexuels. Tout le monde venait à la clinique ; Luce avait à sa disposition une base de recherche – constituée d'individus vivants – plus fournie qu'aucun autre sexologue avant lui.

On était en 1968, et le monde était en train de partir en flammes. Luce fut l'un des incendiaires. Deux mille ans de tyrannie sexuelle s'achevaient dans le brasier. Pas une seule étudiante de son cours sur la cytogénétique et les comportements ne portait de soutien-gorge. Luce publia des tribunes dans le *Times* appelant à la révision du code pénal pour les délinquants sexuels non violents et socialement inoffensifs. Il distribua des tracts pro-contraception dans les cafés de Greenwich Village. C'était comme ça, en science. À chaque génération ou presque, une vision et une assiduité rencontraient les besoins du moment, et le travail d'un scientifique sortait de la sphère académique pour être livré à la société tout entière, où il brillait, flambeau de l'avenir.

Entré en bourdonnant depuis les profondeurs de la jungle, un moustique effleure l'oreille gauche de Luce. C'est l'un de ces modèles géants. Il ne les voit jamais, il les entend seulement, la nuit, vrombissants commes des tondeuses à gazon volantes. Il ferme les yeux en grimaçant, et quelques secondes plus tard, bien évidemment, il sent l'insecte se poser sur la peau parfumée par le sang au-dessous de son coude. Il est si gros qu'il fait un bruit en atterrissant, comme un impact de goutte d'eau. Luce incline la tête en arrière, les yeux fermés, les paupières crispées. « Aïe aïe aïe… » soupire-t-il. Il meurt d'envie de l'écraser mais c'est impossible : ses mains sont occupées à éloigner le gamin de sa ceinture. Il n'y voit rien. Sur le sol, à côté de son crâne, la lampe stylo crachote sa lumière vacillante. Luce l'a lâchée dans la bagarre qui est toujours en cours. Elle éclaire à présent un cône de natte de vingt centimètres de long. Totalement inutile. En plus, les oiseaux commencent à se réveiller, ils signalent l'approche du matin. Luce est roulé en boule, en défense, sur le dos, un maigre poignet de Dawat de dix ans dans chaque main. À en juger par la position des poignets, il situe la tête du gamin quelque part dans le vide au-dessus de son nombril, penchée en avant, probablement. Ne cesse de s'en échapper ces claquements de lèvres si déprimants.

– Aïe aïe aïe…

Le dard est planté. Le moustique l'enfonce, remue les hanches avec satisfaction, puis s'installe et commence à boire. Luce a reçu des vaccinations contre le typhus moins brutales. La succion est perceptible. Il sent l'insecte s'alourdir.

Flambeau de l'avenir ? Tu parles ! Le travail de Luce n'est aujourd'hui pas plus lumineux, s'avère-t-il, que cette lampe stylo sur le sol. Ou que la nouvelle lune qui ne brille pas au-dessus de la canopée.

Il n'a pas besoin de lire l'article de Pappas-Kikuchi dans la *Revue médicale de la Nouvelle-Angleterre*. Il a déjà entendu tout ça de vive voix. C'était il y a trois ans, à la convention annuelle de la SSES. Il était arrivé en retard à la conférence du dernier jour.

« Cet après-midi, disait Pappas-Kikuchi lorsqu'il entra dans la salle, j'aimerais vous faire partager les résultats d'une étude que notre équipe vient de terminer dans le sud-ouest du Guatemala. »

Luce s'assit au rang du fond en faisant attention à son pantalon. Il portait un smoking Pierre Cardin. Ce soir-là, la SSES devait lui remettre un prix pour l'ensemble de sa carrière. Il sortit une mignonnette de J&B de sa poche doublée de satin et la sirota discètement. Il fêtait déjà l'événement.

« Le village s'appelle San Juan de la Cruz », poursuivit Pappas-Kikuchi.

Luce détailla ce qu'il voyait d'elle derrière le pupitre. Elle était mignonne, le genre maîtresse d'école. Des yeux sombres et doux, une frange, ni boucles d'oreilles ni maquillage, des lunettes. D'après l'expérience de Luce, c'était exactement ces femmes discrètes et extérieurement peu sexuelles qui se révélaient les plus passionnées au lit, alors que celles qui s'habillaient de manière provocante restaient souvent passives, comme si elles avaient usé toute leur libido dans leur allure.

Pappas-Kikuchi lisait à présent son document :

« En nous intéressant aux pseudohermaphrodites masculins présentant un syndrome de déficit en cinq-alpha réductase et ayant reçu une éducation féminine, nous avons étudié les effets de la testostérone et du sexe d'éducation dans l'établissement de l'identité de genre. Chez ces sujets, une production réduite de dihydrotestostérone *in utero* donne aux organes génitaux externes du fœtus une apparence très ambiguë. Pour cette raison, de nombreux nouveau-nés affectés sont considérés comme de sexe féminin et reçoivent une éducation féminine. L'exposition à la testostérone, que ce soit au stade prénatal, néonatal ou pubertaire, reste toutefois normale. »

Luce but une nouvelle gorgée de J&B et jeta son bras par-dessus le dossier du siège d'à côté. Rien de ce que Pappas-Kikuchi racontait là n'était nouveau. Le déficit en cinq-alpha réductase avait été abondamment étudié. Jason Whitby avait réalisé un excellent travail sur les pseudohermaphrodites 5αR au Pakistan.

« Le scrotum de ces nouveau-nés n'est pas soudé, d'où son apparence de grandes lèvres, persévéra Pappas-Kikuchi, répétant ce que tout le monde savait déjà. Le phallus, ou micropénis, ressemble à un clitoris. Un sinus urogénital se termine en cul-de-sac vaginal. Les testicules résident le plus souvent dans l'abdomen ou dans le canal inguinal, bien qu'on les trouve parfois hypertrophiés dans le scrotum bifide. À la puberté, néanmoins, une nette virilisation se produit, les taux de testostérone plasmatique étant normaux. »

Quel âge avait-elle ? Trente-deux ? Trente-trois ans ? Viendrait-elle au dîner après la remise des prix ? Avec son chemisier ordinaire boutonné jusqu'en haut, Pappas-Kikuchi rappelait à Luce une fille avec qui il était sorti à l'université. Une étudiante en lettres classiques qui portait des chemises blanches à la Byron et de vilaines chaussettes montantes en laine. Au lit, en revanche, sa petite helléniste l'avait surpris. Allongée sur le dos, elle avait passé ses jambes par-dessus les épaules de Luce et lui avait dit que c'était la position préférée d'Hector et d'Andromaque.

Luce revivait ce moment (« Je suis Hector ! » s'était-il écrié en tenant les chevilles d'Andromaque derrière ses oreilles) quand le Dr Fabienne Pappas-Kikuchi annonça : « Ces sujets sont donc des *garçons* normaux, influencés par la testostérone, qui, à cause de leurs organes sexuels externes féminins, sont élevés par erreur comme des filles. »

Luce se réveilla d'un coup.

« Qu'est-ce qu'elle a dit, là ? Elle a dit « garçons » ? Ce ne sont pas des garçons. Pas s'ils n'ont pas été élevés comme des garçons, non. »

« Le travail du Dr Peter Luce a longtemps été tenu pour parole d'évangile dans l'étude de l'hermaphrodisme humain, affirma alors Pappas-Kikuchi. On retient comme normative, dans les cercles sexologiques, son idée selon laquelle l'identité de genre est déterminée à un très jeune âge du développement de l'enfant. Cette idée… » Elle marqua un court silence. « … notre étude la réfute. »

Un bruit de bulle d'air qui éclate, cent cinquante bouches s'ouvrant simultanément, résonna dans la salle. Luce se figea, le goulot de sa mignonnette à la bouche.

« Les données recueillies par notre équipe au Guatemala confirmeront que l'effet des androgènes pubertaires sur les pseudohermaphrodites cinq-alpha réductase suffit à causer un changement d'identité de genre. »

Luce ne se souvenait pas de grand-chose après ça. Il se rappelait avoir eu très chaud dans son smoking, et avoir vu pas mal de têtes se tourner vers lui, puis seulement quelques-unes, puis plus aucune. Au pupitre, le Dr Pappas-Kikuchi égrenait ses données, inlassablement. « Le sujet numéro sept a pris une identité masculine mais continue de s'habiller en femme. Le sujet numéro douze affiche l'attitude et les manières d'un homme et a des relations sexuelles avec les femmes du village. Le sujet numéro vingt-cinq a épousé une femme et exerce le métier de boucher, activité traditionnellement masculine. Le sujet numéro trente-cinq a été marié à un homme qui l'a quitté au bout d'un an, après quoi le sujet a pris une identité masculine. Une année plus tard, il a épousé une femme. »

La remise des prix eut lieu comme prévu ce soir-là. Luce, anesthésié par le scotch qu'il avait bu en plus au bar de l'hôtel et vêtu de la veste bleue d'un commercial des assurances Aetna, qu'il avait prise pour sa veste de smoking, monta sur l'estrade sous un strict minimum d'applaudissements et reçut son prix pour l'ensemble de sa carrière – un linga sur yoni en cristal, collé sur un socle plaqué argent –, qui, plus tard, refléta magnifiquement les lumières de la ville en tombant du balcon de la chambre de Luce, au vingt-deuxième étage, avant de se briser dans l'allée circulaire de l'hôtel. À ce moment-là déjà, il était tourné vers l'ouest, vers l'Irian Jaya et les Dawats, de l'autre côté du Pacifique. Il lui aura fallu trois ans pour obtenir des bourses de recherche des NIH, de la National Foundation, de March of Dimes et de Gulf and Western, mais maintenant il est ici, au cœur d'un autre surgissement isolé de la mutation 5αR, où il peut tester la théorie de Pappas-Kikuchi et la sienne. Il sait qui va l'emporter. Quand il aura gagné, les fondations recommenceront à financer sa clinique comme avant. Il pourra cesser de sous-louer les salles du fond à des dentistes et à ce chiropracteur. Ce n'est qu'une question de temps. Randy a convaincu les aînés de la tribu de les laisser procéder aux examens. Au lever du jour, on les emmènera à l'autre camp où vivent les « turnim-men ». Le simple fait que ce terme local existe montre que Luce a raison et que les facteurs culturels peuvent affecter l'identité de genre. C'est le genre de détail que Pappas-Kikuchi ne se priverait pas de passer sous silence.

Les mains de Luce sont emmêlées avec celles du gamin. C'est comme s'ils jouaient à un jeu. D'abord, Luce a recouvert d'une des siennes la boucle de sa ceinture. Puis le gamin en a posé une sur celle de Luce. Puis Luce a posé la seconde sur celle du gamin. Et à présent, de sa seconde main, le gamin recouvre l'enchevêtrement tout entier. Toutes ces mains luttent, doucement. Luce est fatigué. La jungle est encore calme. Il aimerait pouvoir dormir une heure de plus avant le réveil des singes. Il a une grosse journée devant lui.

Le B-52 repasse près de son oreille, puis fait demi-tour et rentre dans sa narine gauche. « La vache ! » Il libère ses mains et se protège le visage, mais le moustique est déjà reparti en lui effleurant les doigts. Luce est à présent à moitié assis sur la natte de pandanus. Il garde les mains sur le visage, parce que ça lui fait du bien. Assis là dans le noir, il se sent soudain épuisé. Il en a marre de la jungle, il pue, il a chaud. Ç'avait été plus facile pour Darwin à bord du *Beagle*. Il n'avait eu qu'à écouter des sermons et jouer au whist. Luce ne pleure pas, mais il en a envie. Il est à bout de nerfs. Comme loin de lui, il sent à nouveau la pression des mains du gamin. Elles défont sa ceinture. Elles tentent de résoudre l'énigme technologique de la fermeture Éclair. Luce ne bouge pas. Il reste là, dans le noir complet, les mains devant le visage. Encore quelques jours et il pourra rentrer chez lui. Sa garçonnière chic de la 13e Rue Ouest l'attend. Le gamin finit par y arriver. Il fait très sombre. Et le Dr Peter Luce a l'esprit ouvert. Que peut-on, après tout, contre les coutumes locales ?

1999

Des jardins capricieux

> Comme je parlais de la sorte, et pleurais très amèrement dans une profonde affliction de mon cœur, j'entendis sortir de la maison la plus proche une voix comme d'un jeune garçon ou d'une fille [...]. Ainsi j'arrêtai le cours de mes larmes, et me levai sans pouvoir penser autre chose, sinon que Dieu me commandait d'ouvrir le livre des Épîtres de saint Paul, et de lire le premier endroit que je trouverais.
>
> Saint Augustin

En Irlande, un été, quatre personnes s'approchent d'un potager en quête de nourriture.

La porte de derrière d'une grande maison s'ouvre et un homme sort. Il s'appelle Sean. Il a quarante-trois ans. Il s'éloigne de la maison, puis se retourne au moment où deux autres silhouettes apparaissent, Annie et Maria, de jeunes Américaines. Quelques secondes s'écoulent, il y a un trou dans la procession, mais Malcolm finit par arriver. Il s'avance sur l'herbe avec hésitation, comme s'il avait peur de s'y enfoncer.

Déjà, tous comprennent le problème.

Sean explique :

– C'est la faute de ma femme, tout ça. Ça illustre parfaitement son caractère. Elle se donne le mal de bêcher, de planter, d'arroser, et quelques jours plus tard elle a tout oublié. C'est impardonnable.

– Je n'ai jamais vu un potager dans un tel état, dit Malcolm.

Cette remarque s'adresse à Sean, mais Sean n'y répond pas. Il est occupé à observer les Américaines qui, en un geste identique et simultané, ont mis les mains sur les hanches. Le synchronisme de leurs mouvements, si parfait bien qu'involontaire, le contrarie. C'est de mauvais augure. Leurs corps semblent dire : « Nous sommes inséparables. »

C'est dommage car l'une des filles est très belle et l'autre pas. Il y a moins d'une heure, en rentrant de l'aéroport (il est de retour de Rome), Sean a vu Annie marcher sur le bord de la route, seule. La maison dans laquelle il revient est fermée depuis un mois, depuis que sa femme, Meg, est partie pour la France, ou pour le Pérou. Ils vivent séparés depuis des années, chacun n'occupe la maison que quand l'autre n'y est pas, et Sean a horreur de revenir après de longues absences. L'odeur de sa femme est partout, elle monte des fauteuils lorsqu'il s'y assoit, lui rappelle le temps des foulards de couleurs vives et des draps impeccables.

En voyant Annie, cependant, il a tout de suite su comment égayer son retour. Elle ne faisait pas de stop mais portait un sac à dos ; c'était une jolie voyageuse aux cheveux sales, et il s'est dit que la chambre d'amis qu'il lui proposerait surpasserait le fossé ou le bed-and-breakfast humide qu'elle trouverait pour dormir cette nuit-là. Aussitôt, il s'est arrêté à sa hauteur et s'est penché vers la portière passager pour en baisser la vitre. Il l'a quittée des yeux le temps d'actionner la manivelle et, lorsqu'il a relevé la tête, alors qu'il commençait déjà à formuler son invitation impromptue, Annie était en compagnie d'une autre fille, une camarade, qui avait surgi de nulle part. La nouvelle venue n'était vraiment pas terrible. Ses cheveux courts soulignaient la forme carrée de son crâne, et les reflets sur les verres épais de ses lunettes empêchaient de voir ses yeux.

À la fin, Sean a cependant été obligé d'inviter également la regrettable Maria. Ayant chargé leurs sacs à dos dans le coffre, les filles sont montées dans la voiture à la manière de sœurs affectueuses, et Sean a redémarré sans tarder. Mais en arrivant chez lui, il a découvert une autre surprise. Assis là sur le perron, la tête dans les mains, se trouvait son vieil ami Malcolm.

Resté à sa lisière, Malcolm contemple le potager à l'abandon. Il y a surtout beaucoup de terre. Les ronces ont envahi la partie du fond, et, devant, il ne reste plus qu'une rangée de fleurs brunes déchiquetées par la pluie. Sean met tout ça sur le dos de sa femme.

– Elle croit qu'elle a la main verte, plaisante-t-il, mais Malcolm ne rit pas.

Ce potager lui fait penser à son couple. Il y a seulement cinq semaines, sa femme, Ursula, l'a quitté pour un autre. Ça n'allait pas entre eux depuis quelque temps. Malcolm savait qu'elle avait des choses à lui reprocher et n'était pas satisfaite de leur vie commune, mais il n'aurait jamais imaginé qu'elle pouvait tomber amoureuse d'un autre. Après son départ, il a sombré dans la dépression. Incapable de dormir, assailli de crises de larmes, il s'est mis à boire avec excès. Un jour, il est allé se garer sur une aire panoramique, est descendu de voiture et s'est approché du bord d'une falaise. Même sur le moment, il avait conscience qu'il dramatisait, qu'il n'aurait pas le courage de se jeter dans le vide. Il est tout de même resté au bord de cette falaise près d'une heure.

Le lendemain, il a pris un congé et est parti en voyage, en espérant que la liberté de mouvement le libérerait aussi de ses souffrances. Tout à fait par hasard, il s'est retrouvé dans la ville où, s'est-il souvenu, vivait son vieil ami Sean. Errant dans les rues, sa chemise tachée de café, il est allé jusqu'à sa porte, qu'il a trouvée close.

Il était là depuis moins d'un quart d'heure quand, levant la tête, il a vu Sean avançant à grands pas dans l'allée, une fille à chaque bras. Cette vision l'a rempli de jalousie. Son ami était là, entouré de jeunesse et de vitalité (les filles riaient de rires musicaux), et lui, il était assis sur le perron, entouré de rien d'autre que des spectres de la vieillesse, de la solitude et du désespoir.

À partir de là, la situation n'a fait qu'empirer. Sean l'a salué brièvement, comme s'ils s'étaient vus la semaine dernière, et Malcolm a tout de suite compris qu'il gênait. D'un geste ample, Sean a ouvert la porte et leur a fait visiter la maison. Il a montré aux filles où elles allaient dormir, avant d'indiquer, dans une autre partie de la maison, une chambre que Malcolm pouvait prendre. Puis il les a emmenés dans la cuisine. Les filles et lui ont fouillé les placards pour voir ce qu'il y avait à manger. Tout ce qu'ils ont trouvé, c'est un paquet de haricots noirs et, dans le frigo, une plaquette de beurre, un citron racorni et une gousse d'ail desséchée. C'est à ce moment-là que Sean a proposé d'aller voir dans le potager.

Malcolm les a suivis dehors. Il se tient à présent à l'écart et regrette de ne pas vivre l'échec de son couple aussi bien que Sean vit celui du sien. Il voudrait pouvoir oublier Ursula, enfermer son souvenir dans une boîte et enfouir profondément cette boîte, loin sous la terre qu'il retourne, en ce moment même, de la pointe de sa chaussure gauche.

Sean pénètre dans le potager en écartant les ronces à coups de pied. Il avait oublié que les placards seraient vides, il n'a rien à offrir à ses invités, par ailleurs plus nombreux qu'il ne le souhaiterait. Pris d'un dégoût général, il donne un dernier coup de pied, mais cette fois, sa chaussure se prend dans un enchevêtrement de ronces et les arrache. Elles se soulèvent comme un couvercle, et dessous, caché contre le mur, se trouve un bouquet d'artichauts.

– Attendez, dit-il en les voyant. Attendez une minute.

Il s'en approche. Se baisse, en touche un. Puis se retourne vers Annie.

– Tu sais ce que c'est, ça ? lui demande-t-il. C'est un cadeau de la Providence. Le bon Dieu a fait planter ces malheureux artichauts à ma femme, puis les lui a fait oublier, afin que nous, qui en avons besoin, les trouvions. Et les mangions.

Quelques-uns des artichauts sont en fleurs. Annie ignorait que les artichauts fleurissaient, pourtant la preuve est là : avec leurs fleurs violettes, on dirait de gros chardons. L'idée de les manger la réjouit. Tout dans cette soirée la réjouit : la maison, le jardin, ce nouvel ami, Sean. Depuis un mois, Maria et elle parcourent l'Irlande en logeant dans des auberges de jeunesse où elles doivent coucher sur des lits superposés, dans des dortoirs remplis d'autres filles. Elle en a assez de ces hébergements bon marché, des maigres repas improvisés dans les cuisines communes et des autres filles qui rincent leurs chaussettes et leurs culottes dans les lavabos, et les suspendent aux lits superposés pour les faire sécher. Ce soir, grâce à Sean, elle va pouvoir dormir dans une vaste chambre avec plein de fenêtres et un lit à baldaquin.

– Viens voir, dit Sean en l'appelant de la main, et elle entre dans le potager.

Ensemble, ils se penchent en avant. Une petite croix en or s'échappe de son tee-shirt et se balance dans le vide.

– Non ! s'exclame-t-il. Tu es catholique ?

– Oui, confirme-t-elle.

– Et d'origine irlandaise ?

Elle hoche la tête en souriant. Attrapant un artichaut et le penchant vers elle, il baisse la voix pour ajouter :

– Mais alors, on est pratiquement de la même famille, ma chère.

Sean n'est pas le seul à s'intéresser aux implications du langage corporel des filles. Car la façon dont elles ont mis les mains sur les hanches simultanément ne doit rien au hasard. Maria n'a fait qu'imiter le geste amorcé par Annie, précisément pour envoyer le message d'inséparabilité que Sean a lu. Soucieuse d'habiter l'être d'Annie aussi intimement que possible, Maria, en l'occurrence, les a transformées, Annie et elle, en deux sculptures identiques, côte à côte sur l'herbe.

Maria n'avait encore jamais eu une amie comme Annie. Elle ne s'était jamais sentie aussi bien comprise par quelqu'un. Jusqu'ici, c'est comme si elle avait toujours vécu dans une ville de muets, où personne ne lui parlait, où on ne faisait que la dévisager. Elle a l'impression de n'avoir jamais entendu le son d'une autre voix humaine, jusqu'à ce dimanche de mars, à la bibliothèque de l'université qu'elles fréquentent, quand Annie lui a dit sans raison : « Tu es comme un coq en pâte dans ce fauteuil. »

Au fond du potager, les artichauts pèsent au bout de leur tige épaisse. Maria regarde Annie, debout parmi eux, se passer une main dans son épaisse chevelure. Maria est tout aussi heureuse qu'Annie. Elle non plus, elle n'est pas indifférente à la beauté dépouillée de la maison en pierre de Sean, et à la fraîcheur de l'air du soir. Mais ce cadre n'est pas la seule chose qui lui mette du baume au cœur. Elle a une autre raison de se réjouir, une raison à laquelle elle revient sans cesse dans ses pensées. Car la veille, dans un compartiment de train vide, Annie l'a prise dans ses bras et lui a donné un baiser sur les lèvres.

La croix en or d'Annie renvoie un rayon de lumière. Sean la regarde et s'étonne du sens que peuvent donner les circonstances à des choses fortuites. Il se trouve justement que sa valise, qu'il n'a pas encore défaite, contient un objet pour lequel, jusqu'à cet instant, il n'avait prévu aucune utilité. Mais à présent, en voyant étinceler la petite croix, il associe une image à l'autre et visualise devant lui l'index de saint Augustin.

C'est le seul souvenir qu'il rapporte de Rome. Lors de sa dernière journée là-bas, en explorant le quartier autour de son hôtel, Sean est tombé sur une boutique remplie d'objets religieux. Le patron, devinant peut-être à ses vêtements qu'il avait de l'argent, l'a conduit jusqu'à une vitrine pour lui montrer ce qui ressemblait à un segment d'os fin et poussiéreux, et dont il lui a assuré que c'était le doigt de l'auteur des *Confessions*. Sean ne l'a pas cru, mais il a acheté la relique malgré tout, par amusement.

Il entraîne Annie un peu plus profondément dans le potager, loin de Maria et de Malcolm, qui ne se sont toujours pas aventurés dans la terre. Leur tournant le dos, il demande :

– Ta copine, elle n'est pas catholique, n'est-ce pas ?

– Épiscopalienne, chuchote Annie.

– Ça ne va pas suffire, dit Sean.

Puis, fronçant les sourcils :

– Et Malcolm est anglican, j'en ai peur.

Il barre ses lèvres d'un doigt songeur.

– Pourquoi tu veux savoir ça ? demande Annie.

Ramenant son attention sur elle, Sean la regarde d'un air espiègle. Mais lorsqu'il parle, il s'adresse à eux tous :

– Il faut qu'on s'organise. Malcolm, tu veux bien te charger de cueillir ces artichauts pendant qu'on fait bouillir de l'eau ?

– Ils ont des épines, ronchonne Malcolm, la mine sombre.

– Ce ne sont que des piquants, corrige Sean, avant de sortir du potager et de repartir vers la maison.

Tel que s'est exprimé Sean, Annie a compris qu'ils allaient faire bouillir de l'eau tous les trois. Le suivant dans la cuisine, elle se retourne brièvement pour lancer un sourire à Maria, qui se presse derrière eux en balançant ses bras courts. Une fois à l'intérieur, en revanche, Sean se tourne vers Maria et dit :

– Si mes souvenirs sont bons, ma femme range les beaux couverts en argent à l'étage, dans le buffet du couloir. Le buffet rouge. Ils sont dans le tiroir du bas, roulés dans un drap. Tu peux aller nous les chercher, Maria ? Ce serait bien d'avoir au moins de beaux couverts.

Maria hésite avant de répondre. Puis elle se tourne vers Annie et lui demande de venir l'aider.

Annie n'en a pas envie. Elle aime bien Maria mais s'est aperçue dernièrement qu'elle avait tendance à l'étouffer. Partout où Annie va, Maria la suit. Dans les trains, elle se colle à elle. Hier, écrasée entre la paroi métallique du compartiment et la dure épaule de Maria, Annie a fini par s'agacer. Elle a eu envie de repousser Maria et de crier : « Tu vas me laisser respirer, oui ?! » Incommodée par la chaleur, elle était sur le point de lui donner un coup de coude quand, tout à coup, son agacement s'est calmé, remplacé par un sentiment de culpabilité. Comment pouvait-elle s'en prendre à Maria simplement parce qu'elle était assise trop près d'elle ? Comment pouvait-elle répondre à la tendresse par de la hargne ? Annie a eu honte, et bien que toujours désagréablement serrée contre Maria, elle a pris sur elle. Au lieu de protester, elle s'est penchée vers Maria et lui a fait un bisou amical sur la bouche.

Pour l'heure, Annie aimerait rester en bas et aider à préparer le repas. Sean l'intéresse. Il a une vie de rêve : il n'a pas besoin de travailler, fait des voyages à Rome quand ça lui chante, et à son retour, il retrouve sa superbe maison de campagne. Annie n'a encore jamais rencontré quelqu'un comme lui, et ce qu'elle attend avant tout de la vie, à son âge, c'est justement ça : de la nouveauté, de l'aventure. Voilà pourquoi elle est contente lorsque Sean dit :

– Désolé, mais il va falloir que tu y ailles toute seule, Maria. J'ai besoin d'Annie ici, dans la cuisine.

Délicatement, à tâtons, Malcolm cueille les artichauts. Il commence à faire sombre dans le jardin ; le soleil a disparu derrière le mur de pierre et Malcolm doit désormais se contenter de la lumière de la maison, qui éclaire un coin de pelouse à proximité de l'endroit où il est agenouillé. Il fut un temps où il n'aurait jamais fait une chose pareille, se mettre à genoux et cueillir de quoi manger, en tachant de boue son pantalon, mais ce genre de considération lui paraît désormais étrangère. Depuis des semaines, il est incapable de se regarder dans une glace, lui d'ordinaire si fier de son allure sophistiquée.

Il suit de ses mains les tiges épaisses des artichauts et les casse juste au-dessous des têtes. Ainsi, il évite les piquants. Il travaille lentement. L'odeur de la terre lui monte aux narines, humide et minérale. C'est la première odeur qu'il remarque depuis des semaines, et elle a quelque chose d'entêtant. Il sent la fraîcheur du sol contre ses rotules.

Dans l'obscurité, les artichauts semblent s'étendre à l'infini. À mesure qu'il s'y enfonce en les cueillant, il ne cesse de trouver de nouvelles tiges. Il commence à accélérer, bientôt complètement absorbé dans sa tâche. Il aime faire cela. Il ralentit. Il ne veut pas que la cueillette s'arrête.

L'escalier de l'entrée est long et majestueux, et sitôt son ascension commencée, Maria cesse d'être contrariée par sa mission solitaire. Elle se sent libre, loin de chez elle et de toutes les déceptions qui s'y rattachent. Elle aime ses vêtements, amples et épais, elle aime ses cheveux courts. Elle aime qu'Annie et elle soient dans un endroit où personne n'aurait l'idée de les chercher, un endroit où elles peuvent se conduire l'une avec l'autre comme elles en ont envie et non comme la société l'exige. Une vieille tapisserie est accrochée au mur, un cerf déchiqueté par deux chiens râpés.

Arrivée en haut de l'escalier, elle enfile le couloir à la recherche du buffet rouge. Il y a des buffets tout le long du couloir, la plupart en acajou. Finissant par en trouver un légèrement plus rouge que les autres, elle s'agenouille devant et en ouvre le tiroir du bas. À l'intérieur, un drap enroulé. Son poids la surprend lorsqu'elle le sort. Elle le pose par terre et entreprend de le dérouler, elle fait tinter le métal qu'il contient. Enfin vient le dernier tour, et les couverts apparaissent – couteaux, fourchettes, cuillers –, tous rangés dans le même sens, étincelants sous ses yeux.

Une fois seul avec Annie, Sean prend son temps pour mettre l'eau à chauffer. Il décroche une casserole en inox du mur. L'apporte à l'évier. Commence à la remplir sous le robinet.

Pendant tout ce processus, il est extrêmement conscient de ses actions et du regard d'Annie sur lui. Lorsqu'il a levé le bras pour décrocher la casserole du mur, il s'est efforcé de rendre ses mouvements le plus fluide possible. Il pose (avec grâce) la casserole sur le poêle et se tourne vers Annie.

Elle est adossée à l'évier, une main plantée de chaque côté, son corps délicatement arqué. Elle est encore plus attirante que tout à l'heure, sur le bord de la route.

– Maintenant qu'on est seuls, Annie, lui dit Sean, je peux te confier un secret ?

– Je t'écoute, dit-elle.

– Tu promets de le garder pour toi ?

– Je le promets.

Il la regarde droit dans les yeux.

– Tu connais bien l'histoire de l'Église ?

– Je suis allée au catéchisme jusqu'à l'âge de treize ans.

– Tu connais donc saint Augustin ?

Elle acquiesce. Sean jette un regard circulaire comme pour vérifier que personne n'écoute. Puis, après un long silence, avec un clin d'œil, il dit :

– J'ai son doigt.

C'est moins le doigt de saint Augustin qui intéresse Annie que le fait que Sean veuille lui confier un secret. Elle l'écoute religieusement, comme s'il lui révélait un mystère divin.

Quand Annie flirte, elle ne se l'avoue pas toujours. Parfois, elle préfère suspendre ses facultés mentales afin de pouvoir flirter, pour ainsi dire, en cachette de son esprit. C'est comme si son corps se séparait de son esprit pour aller se déshabiller derrière un paravent et que son esprit, de l'autre côté du paravent, ne faisait pas attention à lui.

Avec Sean, là, dans cette cuisine, Annie commence à flirter sans se l'avouer. Il lui parle de sa relique et lui dit que, comme elle est catholique, il veut bien la lui montrer.

– Mais tu ne dois en parler à personne. On ne veut pas que ces hérétiques reviennent s'immiscer dans la vraie foi.

Annie approuve en riant. Elle se cambre encore un peu plus. Elle sait que Sean la regarde et, soudain, vaguement, elle prend conscience que ça lui plaît. Elle se voit à travers ses yeux : une jeune femme élancée, appuyée sur les bras, ses longs cheveux tombant dans son dos.

– Tu as un panier ? demande Malcolm en franchissant la porte.

Il a les mains couvertes de terre et sourit pour la première fois de la journée.

– Il ne peut pas y en avoir tant que ça, s'étonne Sean.

– Il y en a des *centaines*. Je ne peux pas tous les porter.

– Fais deux voyages, dit Sean. Fais-en trois.

Malcolm voit Annie adossée à l'évier. Le peigne en ivoire dans ses cheveux jette un reflet lorsqu'elle tourne la tête vers lui. À nouveau, il pense au don qu'a Sean de s'entourer de jeunesse et de vitalité. Ce qui le pousse à dire à la jeune femme :

– On est vachement bien dans le jardin, Annie. Ça te dit de me donner un coup de main ? Ce vieux Sean est assez grand pour faire bouillir son eau tout seul.

Sans lui laisser l'occasion de refuser, il la prend par la main et l'emmène par la porte de derrière, en disant au revoir à Sean de sa main libre.

– J'ai fait un petit tas, explique-t-il, une fois avec elle dans le potager. C'est un peu mouillé mais on s'y habitue.

Il s'agenouille près du tas d'artichauts et lève la tête vers elle. Dans la lumière de la maison, il distingue sa silhouette, les pentes et les ombres de son visage.

– Mets tes bras en panier, je vais les remplir.

Annie s'exécute et croise les bras, la paume des mains tournée vers le haut. Agenouillé à ses pieds, Malcolm commence à ramasser les artichauts et à les placer un à un dans les bras d'Annie, en les appuyant doucement contre son ventre. Il y en a d'abord cinq, puis dix, puis quinze. Tandis que le nombre s'accroît, Malcolm devient plus précis dans le choix de leur position. Le front plissé, il cale soigneusement chaque artichaut parmi les autres, comme s'il assemblait les pièces d'un puzzle.

– Regarde-toi, dit-il. Une vraie déesse des récoltes.

Et pour lui, c'est ce qu'elle est. Elle est là, devant lui, svelte et jeune, une profusion d'artichauts s'échappant de son ventre. Plaçant le dernier tout en haut, au niveau de sa poitrine, il la pique accidentellement.

– Oh, pardon !

– Je vais déjà porter ceux-là.

– Oui, oui, je t'en prie. On va se faire un festin !

Quand Maria entre dans la cuisine et voit Sean devant le poêle, penché au-dessus de la casserole d'eau, elle est prise d'un sentiment de malaise. Elle sait très bien ce qu'il a en tête. Elle a vu les regards qu'il lance à Annie, a remarqué les inflexions affectées de sa voix lorsqu'il lui parle. « Vous pouvez prendre la chambre bleue, les filles », a-t-il dit, d'un ton qui se voulait noble et généreux.

Elle va pour poser les couverts sur le plan de travail, puis se ravise. Trop bruyant. Elle reste plantée là en silence, les couverts à la main, à regarder Sean par-derrière. Elle éprouve un certain plaisir à l'observer à son insu.

La chambre où Annie et elle sont installées n'a qu'un lit. Maria l'a remarqué tout de suite. Lorsqu'elles sont entrées avec leurs sacs à dos, Maria a regardé le lit, et du coin de l'œil elle a vu qu'Annie aussi, le regardait. Ç'a été un moment de compréhension tacite. Intérieurement, elles se disaient : « On va dormir dans le même lit ! » Devant Sean et Malcolm, cependant, la discrétion s'imposait. Chacune savait ce que pensait l'autre, mais elles se sont contentées d'un « C'est super » et d'un « Oh, un lit à baldaquin ! J'en avais un, quand j'étais petite ! ».

À genoux dans le potager, Malcolm savoure la vision d'Annie en déesse des récoltes. Ça faisait longtemps qu'il n'avait pas ressenti un tel ravissement idiot. Ces dernières années, à la maison,

Ursula était souvent de mauvaise humeur. Malcolm essayait de savoir ce qui n'allait pas, mais ses tentatives semblaient seulement envenimer la situation. Au bout d'un moment, il a fini par abandonner. Ils se sont mis à mener leur vie chacun de son côté, ne communiquant qu'en cas d'absolue nécessité.

Il ramasse à présent les quelques artichauts qu'Annie n'a pas pu emporter et les presse contre sa joue afin d'en ressentir la fraîcheur. Il est alors submergé par une sensation qu'il reconnaît pour l'avoir éprouvée, étudiant, lorsqu'il a rencontré Sean : la sensation de la beauté du monde, que le devoir, ou le destin, lui commanderait d'appréhender, de ne pas laisser passer sans la remarquer. Vivre aux côtés d'Ursula, se disputer avec elle, a tellement rétréci la vie de Malcolm qu'il a perdu cette capacité, cette connaissance. Ce n'est pas la faute d'Ursula. Ce n'est la faute de personne.

Sean plonge les artichauts un à un dans l'eau bouillante. Annie se tient à côté de lui. Leurs épaules se touchent. Il sent l'odeur de sa peau, de ses cheveux.

À table, Maria astique les couverts. Penchée en avant, les yeux plissés, elle traque les taches en se frottant le nez de temps en temps du revers de la main. Il y a également quelques artichauts sur la table. Régulièrement, Annie en achemine une nouvelle brassée jusqu'au poêle, où elle les donne délicatement à Sean, qui les dépose dans l'énorme casserole avec l'abandon fervent d'un homme jetant des pièces dans un puits à souhaits.

Voilà vraiment un spectacle réjouissant, se dit Malcolm en arrivant sur le seuil la porte, chargé de son petit lot d'artichauts. De la vapeur monte de la casserole sur le poêle. Annie et Sean rincent des assiettes exhumées des placards pour les dépoussiérer. À l'autre bout de la cuisine, Maria trie l'argenterie en tas bien rangés. C'est une scène d'une simplicité rustique – les légumes récoltés dans le potager, le sifflement du poêle imposant, les deux jeunes Américaines qui rappellent à Malcolm tant de petites paysannes aperçues par les vitres des trains : de frêles silhouettes agitant la main sur les chemins de traverse, arrêtées sur leur vélo. Tout respire la simplicité, la bonté, la santé. Malcolm est si frappé par cette scène qu'il ne peut se résoudre à la perturber. Il n'ose sortir de la pénombre de sa position.

L'idée lui vient qu'ils sont sur le point de partager un repas miraculeux. Il y a moins d'une heure, ils ont contemplé avec déception les placards ouverts et vides, et il s'est dit qu'ils allaient finir dans un pub, à avaler des sandwichs de foie de bœuf aux oignons dans la fumée et le bruit. À présent, la cuisine est remplie de nourriture.

Il reste là, invisible sur le seuil de la porte, et les observe. À mesure que le temps s'écoule, une sensation de plus en plus étrange s'installe en lui. Il a tout à coup l'impression d'être tombé de la réalité de la cuisine pour atterrir sur un autre plan d'existence : c'est comme s'il regardait la vie de l'extérieur. N'est-il pas un peu mort, au fond ? Est-on encore vivant quand on en arrive à un tel mépris de la vie ? Devant l'évier, Sean essore un torchon jaune, Annie fait fondre la plaquette de beurre sur le poêle, Maria – à table – tient une cuiller en argent sous la lumière. Mais aucun d'eux, pas un, ne semble mesurer la signification du repas qu'ils sont sur le point de partager.

C'est donc avec une joie immense que Malcolm sent son corps massif s'avancer enfin (pour quitter les enfers et regagner la douce indolence de la terre). Son visage entre dans la lumière. Il sourit, heureux comme le condamné auquel on accorde un sursis. Il a encore du temps pour parler.

Sean ne remarque pas l'entrée de Malcolm dans la cuisine car il apporte le plat d'artichauts à table. Les artichauts fument ; la vapeur lui monte au visage et l'aveugle.

Annie ne remarque pas l'entrée de Malcolm dans la cuisine car elle pense à ce qu'elle va écrire dans sa prochaine lettre à ses parents. Elle décrira tout ça : les artichauts ! la vapeur ! les assiettes qui brillent !

Malcolm entre, s'assoit à table et dépose ses artichauts sur le sol, à ses pieds. À cet instant, le visage des filles est d'une beauté indescriptible. Celui de son vieil ami Sean est beau, lui aussi.

Annie ne fait pas attention à ce que dit Malcolm lorsqu'il commence à parler. Elle entend sa voix mais ses mots n'ont aucun sens pour elle, ce ne sont que des sons lointains. Elle continue de réfléchir à l'effet général de cette lettre à ses parents, elle imagine sa famille rassemblée autour de la table, sa mère lisant la lettre avec ses lunettes, ses petites sœurs feignant la lassitude et se plaignant. D'autres souvenirs se bousculent : la pelouse de derrière jonchée de pommes sauvages, l'entrée de la cuisine, en hiver, bordée de bottes mouillées. Tandis que toutes ces images défilent dans sa tête, la voix de Malcolm maintient son débit lent et régulier, et peu à peu Annie commence à comprendre des bribes de ce qu'il dit. Il a pris sa voiture. Il s'est arrêté en haut d'une falaise. Il s'est planté au bord et a regardé la mer en bas.

Au milieu de la table, les artichauts fument dans leur plat. Annie tend la main pour en toucher un mais ils sont encore trop chauds pour être mangés. Elle jette alors un coup d'œil vers le profil de Sean puis vers celui de Maria, et elle voit que quelque chose les gêne. Ce n'est qu'à ce moment-là que la véritable teneur des propos de Malcolm devient claire pour elle. Il parle de suicide. Du sien.

L'idée de ce quinquagénaire corpulent se jetant du haut d'une falaise, Maria la trouve comique. Les yeux de Malcolm sont humides, elle le voit, mais la sincérité de son émotion ne fait que le lui rendre plus lointain encore. C'est peut-être vrai qu'il a envisagé de se suicider, c'est peut-être vrai que ce repas (comme il le soutient) le ramène maintenant à la vie, mais c'est une erreur de penser qu'elle, qui le connaît à peine, puisse partager sa peine ou sa joie. Un instant, elle se reproche son manque de compassion pour Malcolm (avec des trémolos dans la voix, il décrit « les jours très sombres » qui ont suivi le départ de sa femme), mais cet instant passe vite. Inutile de se voiler la face : elle ne ressent rien. Elle donne un petit coup de pied à Annie sous la table. Annie esquisse un sourire puis se cache la bouche derrière sa serviette. Maria frotte son pied contre le mollet d'Annie. Annie retire sa jambe, Maria ne la trouve plus. Elle la cherche du bout de sa chaussure et guette le regard d'Annie pour pouvoir lui faire un clin d'œil, mais Annie garde les yeux rivés sur son assiette.

Sean regarde Malcolm commencer à se gaver d'artichauts. Il les tient tous captifs à présent et se met donc à parler tout en mangeant. Il a bien choisi son moment ! Quoi de mieux pour ruiner une atmosphère romantique (celle que Sean entend instaurer) que de parler de la mort ? Déjà, il voit Annie se recroqueviller légèrement, rentrer la tête dans les épaules, serrer (sans doute) ses jolies jambes l'une contre l'autre. La mort, se jeter d'une falaise – pourquoi faut-il que Malcolm parle de ça maintenant ? Comme si ça voulait dire quelque chose pour eux ! Malcolm s'est donc complu dans un moment de drame pour se convaincre qu'il était capable d'aimer. Et quel si grand amour a-t-il éprouvé ? Ne s'est-il pas remis bien vite ? Cinq semaines ! « Je n'aurais jamais cru pouvoir profiter à nouveau d'un repas simple entre amis », dit-il, et Sean, incrédule, voit une larme couler de biais sur sa joue. Il pleure en arrachant les feuilles d'un énorme artichaut (bien que submergé par l'émotion, il a réussi à choisir le plus gros), en en arrachant les feuilles et en les trempant dans le beurre avant de les porter à sa bouche.

« On ne mesure pas à quel point notre vie est précieuse ! », leur déclare Malcolm, qui ne s'est jamais senti aussi proche d'un groupe d'être humains. Ils sont tous silencieux, suspendus à ses lèvres, et l'émotion lui donne une éloquence qu'il ne se connaissait pas. On dit si souvent des choses sans importance, songe-t-il, des futilités, pour passer le temps. On n'a que trop rarement l'opportunité d'ouvrir son cœur, de parler de la beauté et du sens de la vie, de sa valeur, et d'être écouté ! En proie à la souffrance des bannis il y a seulement quelques instants, il s'adonne à présent à la joie de s'exprimer, de partager des pensées intimes, et son corps vibre de plaisir au son de sa propre voix.

À la première occasion, Sean interrompt le monologue lugubre de Malcolm en prenant un artichaut dans le plat et en disant :

– Tiens, Annie, prends celui-là. Ils sont moins chauds, maintenant.

– Ils sont délicieux, dit Malcolm en se tamponnant les yeux.

– Tu sais les manger ? demande Sean à Annie. Tu arraches les feuilles, tu les trempes dans le beurre et tu racles la chair avec les dents.

En guise de démonstration, Sean trempe une feuille dans le beurre et la porte à la bouche d'Annie.

– Vas-y, essaie, dit-il.

Annie ouvre la bouche, entoure la feuille de ses lèvres et mord doucement.

– Tu sais, Sean, on a des artichauts aux États-Unis, dit Maria en en prenant un pour elle. On en a déjà mangé.

– Pas moi, dit Annie en mâchant et en souriant à Sean.

– Mais si, dit Maria. Je t'ai vue en manger. Plein de fois.

– C'étaient peut-être des asperges, dit Sean, et Annie et lui rient de conserve.

Le dîner se poursuit. Sean remarque qu'Annie a orienté son corps vers lui. Malcolm mange en silence, ses joues humides brillent comme l'artichaut ruisselant de beurre dans sa main. Un à un, les artichauts disparaissent du plat, un à un dépouillés de leurs feuilles. Sean ne cesse de donner la becquée à Annie, de s'enquérir de ses besoins par des questions simples et précises : « Un autre ? … du beurre ? … de l'eau ? » Entre deux bouchées, il tourne son visage dans sa direction et remplit l'air qui les sépare de l'odeur chaude de ce qu'il vient de manger.

Il pense à leur tête-à-tête prochain. Le plan convenu avec elle est le suivant : après dîner, il proposera une partie de backgammon ; elle s'empressera d'accepter et ensemble ils descendront à la salle de jeu ; ils joueront jusqu'à ce que les autres aillent se coucher, puis ils remonteront voir seuls la relique.

Mais juste à ce moment-là, Malcolm dit :

– Mesdemoiselles, regardez un peu ces deux vieux messieurs assis devant vous. Nous sommes des amis de longue date, Sean et moi. À Oxford, nous étions inséparables.

Levant la tête, Sean voit le sourire chaleureux que lui adresse Malcolm, en face de lui. Il a encore les yeux larmoyants. Il a l'air vulnérable et idiot. Il ajoute :

– Je souhaite que votre amitié, si jeune soit-elle, survive aussi longtemps.

Il regarde les filles à présent, l'une après l'autre.

– Les vieux amis, murmure-t-il. Il n'y a que ça de vrai.

– Quelqu'un a envie d'aller à la salle de jeu faire un backgammon ? demande Sean à la cantonade, mais en particulier à Annie, elle le sait.

Elle est sur le point de dire oui quand, du coin de l'œil, elle voit Maria qui l'observe. Annie sait que Maria attend sa réponse. Si elle dit oui, Maria dira oui, elle aussi. Tout à coup, elle comprend que le plan ne marchera pas, Maria ne montera jamais se coucher toute seule. Annie pose donc les mains à plat sur la table, regarde ses ongles et demande :

– Maria, ça te tente ?

– Oh, je sais pas, dit Maria.

– On ne peut pas tous jouer, précise Sean. Il faut être deux, désolé.

– Un backgammon, volontiers, dit Malcolm.

Annie remue sur sa chaise. Elle a trop hésité. Elle a tout gâché.

– On doit se lever tôt, de toute façon, dit Maria.

– Eh bien, nous nous passerons de vous, les voyageuses, dit Malcolm. Avec grand regret.

– Il est peut-être un peu tard, dit Sean.

– Tu plaisantes ! s'écrie Malcolm. La soirée commence à peine !

Sur quoi il recule sa chaise de la table et se lève d'un air décidé.

Sean est coincé. Il ne comprend pas pourquoi Annie s'est écartée de leur plan. Il suppose qu'il a été trop entreprenant pendant le repas, qu'il a trahi ses véritables intentions, qu'il lui a fait peur. En tout cas, il n'a d'autre choix que de se lever, de dissimuler sa déception derrière un sourire de circonstance et de se diriger vers la porte du sous-sol. En descendant l'escalier suivi de Malcolm, il tente en vain d'entendre ce que se disent les filles dans la cuisine.

La salle de jeu est une longue et étroite pièce lambrissée, avec un billard au milieu et, au bout, un canapé en cuir face à un téléviseur. Sean va droit vers le téléviseur et l'allume.

– Et notre backgammon ? demande Malcolm.

– Je ne suis plus dans l'ambiance, dit Sean.

Malcolm le regarde, hésitant.

– J'espère que mon petit discours ne t'a pas dérangé, dit-il. J'ai peut-être un peu monopolisé la conversation.

Sean ne quitte pas l'écran des yeux.

– J'ai à peine remarqué, dit-il.

– Tu plais à Sean, dit Maria à Annie lorsqu'elles se retrouvent seules.

– Mais non.

– Si. Ça se voit.

– Il est gentil, c'est tout.

Elles terminent de faire la vaisselle, coude à coude devant l'évier.

– Qu'est-ce qu'il t'a dit dans le jardin ?

– Quand ?

– Dans le jardin. Quand il t'a emmenée dans le potager.

– Il m'a dit que j'étais la fille la plus belle qu'il ait jamais vue et il m'a demandée en mariage.

Maria est en train de rincer une assiette. Elle la tient sous l'eau et reste silencieuse.

– Je plaisante, dit Annie. Il m'a parlé du sol, il m'a expliqué à quel point c'est difficile de faire pousser quoi que ce soit, ici.

Maria se met à frotter l'assiette, pourtant parfaitement propre.

– Je plaisante, répète Annie.

Annie essaie de gagner du temps. Si Sean revient, elle pourra lui faire signe de la retrouver plus tard. Mais les assiettes ne sont pas très sales, et il n'y en a que quatre, avec quelques verres. Tout est vite lavé.

– Je suis crevée, dit Maria. Pas toi ?

– Non.

– Tu as l'air fatigué.

– Non, je t'assure.

– Qu'est-ce qu'on fait, maintenant ?

Annie ne voit aucune raison de rester dans la cuisine. Elle pourrait descendre au sous-sol mais Malcolm doit y être. Il sera partout, toute la nuit. Il ne voudra plus jamais dormir, il est tellement heureux d'être en vie. Aussi finit-elle par dire :

– Il n'y a rien à faire. Je crois que je vais aller me coucher.

– Je vais monter avec toi, dit Maria.

– On ne va pas regarder la télé, Sean, dit Malcolm. On n'a pas pu se parler de la soirée. On ne s'est pas parlé depuis vingt ans !

– Je n'ai pas regardé la télé depuis deux semaines, dit Sean.

Malcolm rit, d'un rire patient.

– Sean, dit-il, inutile d'essayer de me fuir. Tu n'y arriveras pas. Pas ce soir.

Il attend en vain une réaction. Il se sent prodigieusement calme. Il peut dire tout ce qu'il a à dire, sans gêne, et il regarde son ami en se demandant pourquoi, lui, est si renfermé. Puis, tout à coup, il comprend. L'indifférence de Sean est bien trop parfaite. C'est de la comédie. Sous sa carapace, Sean se sent seul, lui aussi, et pleure comme Malcolm son union ratée. Voilà pourquoi il se cache derrière les plaisanteries et ces deux jeunes femmes.

Malcom s'étonne de ne pas s'en être aperçu plus tôt. Il y voit plus clair à présent, d'une manière générale. Il regarde son ami et éprouve une grande compassion pour lui. Il dit alors :

– Parle-moi de Meg, Sean. Tu n'as aucune honte à avoir. On est dans le même bateau, tu sais.

Cette fois, Sean se tourne vers lui et le regarde dans les yeux. Son attitude reste raide, c'est difficile pour lui, mais enfin il se lance :

– On n'est pas dans le même bateau, Malcolm. Pas du tout. C'est moi qui ai quitté Meg, pas le contraire.

Malcolm détourne le regard, le baisse vers le sol.

– Et elle l'a mal pris, j'en ai peur, poursuit Sean. Elle s'est jetée sous un train.

– Elle a essayé de se suicider ? demande Malcolm. Oh, mon Dieu !

– Elle n'a pas seulement essayé. Elle a réussi.

– Meg est morte ?

– Oui. C'est pour ça que le jardin est dans cet état.

– Sean, je suis vraiment désolé. Pourquoi tu n'as rien dit ?

– Je n'ai pas la force d'en parler, répond Sean.

Sean est satisfait de sa vengeance. Malcolm lui a gâché sa soirée mais à présent, c'est lui qui mène la danse, il peut lui faire croire ce qu'il veut. Alors que Malcolm appuie sa tête contre le dossier du canapé, Sean dit :

– C'est une drôle de coïncidence, que tu débarques ici ce soir. Et que tu racontes cette histoire. C'est comme si une force supérieure t'avait envoyé.

– Je ne savais pas, dit doucement Malcolm.

Sean continue de dévisager son ami, grisé de pouvoir créer ainsi un monde pour lui, où rien n'arrive par hasard et où même les suicides s'harmonisent.

Il laisse Malcolm assis sur le canapé et se dirige vers l'escalier.

Quand Maria entre dans la salle de bains pour se brosser les dents, Annie gagne la porte de la chambre sur la pointe des pieds. Aucun bruit. La maison est silencieuse. Elle n'entend que Maria se rinçant la bouche et crachant son eau dans le lavabo. Elle s'avance dans le couloir. Toujours aucun bruit. Maria sort alors de la salle de bains. Elle a retiré ses lunettes et regarde le lit en plissant les yeux.

Sean trouve la cuisine vide. Il s'en veut d'avoir proposé ce backgammon, en veut à Malcolm de s'être incrusté, en veut à Annie d'avoir trahi leur plan. Il n'arrivera pas à ses fins, quoi qu'il fasse. La maison, les artichauts, la relique, rien de tout ça n'aura suffi. Il pense à sa femme, en train de danser dans quelque zone tropicale, puis il se voit tel qu'il est, seul dans une maison froide, ses désirs frustrés.

Il retourne à la porte du sous-sol et écoute. Le téléviseur est toujours allumé. Malcolm est toujours assis devant, abasourdi. Sean se retourne, déterminé à laisser Malcolm là toute la nuit, mais aussitôt il se fige. Car devant lui, seulement vêtue d'un long tee-shirt d'homme, se trouve Annie.

En haut, l'oreille tendue, Maria attend le retour d'Annie. Annie venait de se coucher quand elle s'est relevée en disant qu'elle descendait boire un verre d'eau. « Bois au robinet du lavabo », a suggéré Maria, mais Annie a rétorqué : « Je veux un verre. »

Après tout ce temps, même après ce baiser dans le train, Annie reste timide. Elle est tellement nerveuse que, sitôt couchée, elle s'est relevée d'un bond. Maria sait exactement ce qui se passe dans l'esprit de son amie. Les bras croisés derrière la tête, elle contemple les moulures du plafond et sent son corps s'enfoncer dans le matelas, dans les oreillers. Un grand calme s'installe en elle, une solidité, le sentiment que maintenant, enfin, ses souhaits vont être exaucés, qu'il lui suffit d'attendre.

Malcolm se lève et éteint le téléviseur. S'approchant de la table de billard, il sort une bille d'une poche, la lance sur le tapis et la regarde rebondir d'un côté à l'autre. Il la reprend et recommence. Elle fait un bruit sourd en frappant les bandes.

Il repense à ce que lui a dit Sean. Il se demande ce que tout cela signifie.

Pressé de disparaître avant que Malcolm ne remonte, Sean emmène Annie dans son bureau. En chemin, il prend sa valise, qu'il a laissée dans l'entrée. Une fois la porte du bureau fermée derrière eux, il chuchote à Annie de ne faire aucun bruit. Puis, d'un air solennel, il se baisse pour ouvrir sa valise. En actionnant la fermeture métallique, il a conscience que les cuisses nues d'Annie ne sont qu'à quelques centimètres de son visage. Il a envie de lui empoigner les jambes, de l'attirer contre lui et de nicher son visage au creux de son bassin. Mais il s'abstient. Il se contente de sortir une chaussette de laine grise et d'en extraire un os fin et jaune de moins de dix centimètres de long.

– Le voici, dit-il en le lui montrant. En provenance directe de Rome. L'index de saint Augustin.

– Il a vécu il y a combien de temps, déjà ?

– Il y a mille cinq cents ans.

Annie tend la main et touche le segment d'os, pendant que Sean regarde ses lèvres, ses joues, ses yeux, ses cheveux.

Annie sait qu'il s'apprête à l'embrasser. Elle sait toujours quand les hommes s'apprêtent à l'embrasser. Parfois, elle leur complique la tâche, elle s'éloigne ou leur pose des questions. Parfois, elle fait celle qui ne s'aperçoit de rien, comme à présent, tandis qu'elle examine le doigt du saint.

Puis Sean dit :

– J'ai eu peur que notre petit rendez-vous tombe à l'eau.

– Ça n'a pas été facile de fausser compagnie aux hérétiques, dit Annie.

Malcolm entre dans la cuisine, à la recherche de Sean. Tout ce qu'il trouve, ce sont les assiettes que les filles ont eu la gentillesse de laver, empilées à côté de l'évier. Il se promène dans la pièce, se réchauffe les mains au-dessus des braises, et, voyant que les artichauts qu'il a laissés par terre y sont toujours, les ramasse et les pose sur la table. Ce n'est qu'après avoir fait toutes ces choses qu'il va à la fenêtre et regarde le jardin.

Quand Maria les voit, ils sont penchés au-dessus de quelque chose, leurs têtes se touchent presque. Elle comprend aussitôt ce qui s'est passé. Annie est descendue boire un verre d'eau et Sean lui est tombé dessus. Elle arrive juste à temps pour tirer son amie de ce mauvais pas.

– Qu'est-ce que c'est ? dit-elle et, avec assurance, d'un air triomphant, elle entre dans la pièce.

La voix de Maria est celle de la fatalité à laquelle il ne peut échapper. Au moment même de la victoire, alors que ses désirs sont sur le point d'être satisfaits (Annie et lui sont joue contre joue), Sean entend la voix de Maria et ses espoirs s'évanouissent. Il ne dit rien. Il reste là, muet, tandis que Maria s'approche et prend la relique dans sa main froide.

– C'est le doigt de saint Augustin, explique Annie.

Maria examine l'os un moment, puis le rend à Sean et dit, tout simplement :

– N'importe quoi.

Les filles se retournent (ensemble) et s'éloignent vers la porte. « Bonne nuit », disent-elles, et, immobile, Sean entend leurs voix se fondre en un son unique et insoutenable.

– Tu ne l'as pas cru, quand même ? demande Maria, une fois seule avec Annie dans leur chambre.

Annie ne répond pas, elle se couche sans un mot et ferme les yeux. Maria éteint la lumière et avance à tâtons dans le noir.

– J'arrive pas à croire que t'aies pu gober ça. Le doigt de saint Augustin ! dit-elle en riant. Les garçons sont vraiment prêts à tout.

Elle se glisse dans le lit et ramène les couvertures sur elle, puis reste allongée là, les yeux perdus dans l'obscurité, à penser à la fourberie des hommes.

– Annie, chuchote-t-elle, mais son amie reste muette.

Maria se rapproche d'elle.

– Annie, dit-elle un peu plus fort.

Elle avance encore sur le drap. Sa hanche entre en contact avec celle d'Annie. Nouvel essai :

– Annie.

Mais son amie ne répond pas à son appel, ni n'amplifie la pression entre leurs deux hanches.

– Je m'endors ! déclare Annie, avant de se tourner de l'autre côté.

Sean se retrouve tout seul avec son faux doigt de saint illustre à la main. Dans le couloir, il lui semble entendre les filles glousser. Ensuite vient le bruit de leurs pas dans l'escalier, le grincement suivi du claquement de la porte de la chambre qui se ferme, puis… le silence.

L'os est recouvert d'une pellicule de poudre blanche qui se dépose sur sa paume ouverte. Il a envie de le jeter à travers la pièce, ou de le laisser tomber et de l'écraser à coups de talon, mais quelque chose le retient. Car en le regardant, il commence à se sentir observé. Il jette un coup d'œil autour de lui mais il n'y a personne. Lorsqu'il porte à nouveau son regard sur l'os, une chose étrange se produit. Le doigt semble le désigner. Comme s'il était encore attaché à une personne vivante, ou bien qu'il était doué d'intelligence et l'accusait, le condamnait.

Heureusement, ce sentiment ne dure qu'un instant. Dans la seconde qui suit, le doigt cesse de désigner quoi que ce soit. Il redevient un os ordinaire.

La lune s'est levée, et, sous sa lumière, Malcolm distingue le potager, un cercle bleu pâle au bout de la pelouse. Il se retourne vers les artichauts restants sur la table. Puis il gagne la porte de derrière, l'ouvre et sort.

Le potager est encore plus misérable qu'avant. Les fleurs mortes, autrefois alignées, sont maintenant piétinées, arrachées et éparpillées. Il y a des traces de pas partout. Des marques de violence ont remplacé la sérénité de l'abandon.

Malcolm reconnaît les empreintes de ses propres chaussures, grandes et profondes. Puis il remarque celles, plus petites, des baskets d'Annie. Il s'avance dans le potager et place ses pieds dessus, satisfait de la manière dont il les recouvre complètement. À ce moment-là, il a cessé de se demander où est passé Sean. Il ignore où se trouvent les autres à l'intérieur, Maria d'un côté du lit, Annie de l'autre, Sean dans son bureau, les yeux fixés sur son bout d'os. Là, dans ce potager que Meg, sa jumelle, a cultivé puis abandonné, Malcolm oublie ses compagnons un moment. Meg est partie, elle a jeté l'éponge, mais lui, il est toujours là. Il se dit que ce qu'il lui faut, c'est une maison et un jardin à lui. Il s'imagine taillant des rosiers et cueillant des haricots. Il suffirait, lui semble-t-il, d'un changement aussi simple que celui-là pour que le bonheur vienne enfin.

1988

Fondements nouveaux

« Si tu es si malin, comment se fait-il que tu ne sois pas riche ? »

Cette question, c'était la ville qui la posait. Chicago, resplendissante en ce début de soirée, sous la lumière du capitalisme vieillissant. Kendall se trouvait dans un penthouse (pas le sien) d'un immeuble de Lake Shore Drive, dont les appartements étaient réservés aux acheteurs comptant. Si on regardait droit devant soi, on ne voyait que de l'eau, dix-huit étages plus bas. Mais en collant la tête à la vitre, comme Kendall à présent, on distinguait la plage couleur biscuit qui s'étendait jusqu'à Navy Pier où, en ce moment même, on allumait la grande roue.

La pierre grise néogothique de la Tribune Tower, l'acier noir de la tour Mies juste à côté… ça, ce n'était pas les couleurs de la nouvelle Chicago. Les promoteurs écoutaient les architectes danois, qui eux-mêmes écoutaient la nature, et les nouvelles tours d'appartements étaient donc toutes bios. Elles arboraient des façades vert clair et des toits onduleux, comme des brins d'herbe courbés par le vent.

Il y avait eu une prairie, ici, autrefois. Les immeubles vous le disaient.

Kendall observait ces bâtiments de luxe et pensait aux gens qui y habitaient (pas lui). Il se demandait ce qu'ils savaient et que, lui, ignorait. Il bougea la tête contre la vitre et entendit un bruit de papier. Il avait un post-It jaune collé sur le front. Sans doute l'œuvre de Piasecki, qui avait dû passer pendant qu'il faisait la sieste à son bureau.

Le post-It disait : « Réfléchis. »

Kendall le froissa et le jeta dans la poubelle. Puis il se remit à contempler la Gold Coast étincelante par la fenêtre.

Depuis maintenant seize ans, Chicago accordait à Kendall le bénéfice du doute. Elle lui avait ouvert grands les bras lorsqu'il était arrivé avec son « cycle de chansons » composé à l'atelier d'écriture de l'université de l'Iowa, s'était montrée impressionnée par la brochette de postes hautement intellectuels qu'il avait occupés les premières années : correcteur pour le *Baffler*, prof de latin à la Latin School. Pour un jeune homme d'à peine plus de vingt ans, être sorti diplômé d'Amherst avec la mention « summa cum laude », avoir obtenu une bourse Michener et avoir publié dans le *Times Literary Supplement*, un an après son départ d'Iowa City, une villanelle d'une implacable austérité, c'était prometteur à cette époque. Si Chicago avait commencé à douter de l'intelligence de Kendall à son trentième anniversaire, il ne l'avait pas remarqué. Il travaillait comme éditeur dans une petite maison d'édition, Fondements nouveaux, qui publiait cinq titres par an. Elle appartenait à Jimmy Boyko, aujourd'hui âgé de quatre-vingt-deux ans. À Chicago, Jimmy Boyko était plus connu pour son passé de pornographe à State Street dans les années soixante et soixante-dix que pour son action, qui s'étendait pourtant sur une durée beaucoup plus longue, de défenseur de la liberté d'expression et d'éditeur d'ouvrages libertaires. C'était dans le penthouse de Jimmy que Kendall travaillait, c'était de sa vue hors de prix qu'il profitait en ce moment. Jimmy avait encore l'esprit vif. Il était dur d'oreille, mais si on élevait la voix pour évoquer l'actualité à Washington, les yeux bleus du vieil homme s'éclairaient d'une lueur de férocité et d'infatigable rébellion.

S'écartant de la fenêtre, Kendall retourna à son bureau et prit le livre qui y était posé : *De la démocratie en Amérique*, d'Alexis de Tocqueville. Tocqueville, à qui les Éditions Fondements nouveaux devaient leur nom, était l'une des passions de Jimmy. Un soir, six mois plus tôt, après son martini habituel, il avait décidé que ce qu'il fallait au pays, c'était une version ultra abrégée de l'œuvre majeure de Tocqueville, où seraient rassemblées toutes les prédictions formulées par le Français à propos de l'Amérique, en particulier les moins flatteuses pour le gouvernement Bush. Voilà donc ce à quoi s'était appliqué Kendall cette dernière semaine : il avait parcouru *De la démocratie en Amérique*, à la recherche de passages édifiants. La première phrase de l'introduction, par exemple : « Parmi les objets nouveaux qui, pendant mon séjour aux États-Unis, ont attiré mon attention, aucun n'a plus vivement frappé mes regards que l'égalité des conditions. »

– Si c'est pas accablant, ça ! s'était exclamé Jimmy, lorsque Kendall lui avait lu ce passage au téléphone. Qu'y a-t-il de *moins* présent, dans l'Amérique de Bush, que l'égalité des conditions !

Jimmy voulait intituler ce petit livre *La Démocratie de poche*. Une fois son inspiration initiale émoussée, il avait passé le projet à Kendall. Au début, Kendall avait tenté de lire le texte en entier. Mais au bout d'un moment, il s'était mis à sauter des pages. Les deux tomes en contenaient d'un ennui effroyable : des méthodologies de droit américain, des analyses du système américain des municipalités. Jimmy ne s'intéressait qu'aux moments prophétiques. *De la démocratie en Amérique* était comme ces histoires que les parents racontent à leurs enfants adultes à propos de leur jeunesse, des descriptions de traits de personnalité qui, avec le temps, se renforcent, ou de bizarreries et de penchants qui s'effacent. C'était troublant de lire ce qu'un Français avait dit de l'Amérique à une époque où celle-ci n'était pas une menace, où elle était encore ce petit pays admirable et sous-estimé dont les Français pouvaient adopter et défendre le modèle, comme la musique sérielle ou les romans de John Fante.

> Comme dans les forêts soumises au domaine de l'homme, la mort frappait ici sans relâche ; mais personne ne se chargeait d'enlever les débris qu'elle avait faits. Ils s'accumulaient donc les uns sur les autres : le temps ne pouvait suffire à les réduire assez vite en poudre et à préparer de nouvelles places. Mais, au milieu même de ces débris, le travail de la reproduction se poursuivait sans cesse. Des plantes grimpantes et des herbes de toute espèce se faisaient jour à travers les obstacles ; elles rampaient le long des arbres abattus, s'insinuaient dans leur poussière, soulevaient et brisaient l'écorce flétrie qui les couvrait encore, et frayaient un chemin à leurs jeunes rejetons. Ainsi la mort venait en quelque sorte y aider à la vie.

Magnifique ! Quelle merveille d'imaginer l'Amérique en 1831, avant les centres commerciaux et les autoroutes, avant les banlieues, quand les bords des lacs étaient « tout environnés de forêts comme au commencement du monde ». À quoi ressemblait le pays à ses débuts ? Plus important : à quel moment les choses avaient-elles déraillé et comment revenir en arrière ? Comment la mort venait-elle aider à la vie ?

Si, dans beaucoup des descriptions de Tocqueville, Kendall ne retrouvait en rien l'Amérique qu'il connaissait, certains jugements semblaient néanmoins lever le voile sur des qualités américaines trop intrinsèques pour qu'il les ait remarquées avant. Sa gêne de plus en plus forte d'être américain, ce sentiment qu'ayant grandi pendant la guerre froide, il avait été amené à avaler sans réfléchir divers discours nationaux, qu'on l'avait conditionné aussi efficacement qu'un petit Moscovite de l'époque, lui donnaient envie, à présent, d'appréhender cette expérience qu'on appelait l'Amérique.

Pourtant, plus il lisait sur l'Amérique de 1831, plus il mesurait à quel point il connaissait mal celle d'aujourd'hui, de 2005, les croyances et le fonctionnement de ses citoyens.

Piasecki en était un parfait exemple. Au Coq d'Or, l'autre soir, il avait dit :

– Si toi et moi, on n'était pas si honnêtes, on pourrait se faire un max de fric.

– Comment ça ?

Piasecki était le comptable de Jimmy Boyko. Il venait le vendredi pour régler les factures et tenir les comptes. Un type pâle et transpirant, avec des cheveux blonds et mous qui, coiffés en arrière, dégageaient un front oblong.

– Il ne vérifie rien, tu comprends ? expliqua Piasecki. Il ne sait même pas à combien s'élève sa fortune.

– Et elle s'élève à combien ?

– Ça, c'est confidentiel. C'est la première chose qu'on t'apprend à l'école de compta. Motus.

Kendall n'insista pas. Lancer Piasecki sur le sujet de la comptabilité était risqué. Quand Arthur Andersen avait implosé, en 2002, Piasecki, ainsi que quatre-vingt-cinq mille autres employés, avait été licencié. Il avait du mal à s'en remettre. Son poids fluctuait, il prenait des gélules pour maigrir et mâchait des Nicorette. Il buvait beaucoup.

Là, dans le bar sombre aux sièges de cuir rouge, parmi les nombreux clients qui prenaient l'apéritif, Piasecki commanda un whisky. Kendall l'imita.

– Vous voulez « la rasade du décideur » ? demanda le serveur.

Kendall ne serait jamais un décideur. Mais il pouvait en avaler la rasade.

– Oui, répondit-il.

Ils restèrent silencieux un moment, les yeux fixés sur l'écran de télévision où était retransmis un match de base-ball de fin de saison. Deux nouvelles équipes de la division Ouest s'affrontaient. Kendall ne reconnaissait pas les maillots. Même le base-ball était frelaté.

– Je sais pas, dit Piasecki. C'est juste que, quand tu t'es fait baiser comme je me suis fait baiser, tu commences à voir les choses autrement. J'ai grandi en pensant que la plupart des gens respectaient les règles. Mais quand tout est parti en couilles chez Andersen, pff… ! tu te rends compte, sacrifier une boîte entière à cause de ce que quelques brebis galeuses ont fait pour Ken Lay et Enron…

Il ne termina pas sa phrase. Ses yeux se mirent à briller, remplis d'une nouvelle angoisse.

Les whiskies, contenus dans de mini-tonneaux, arrivèrent à leur table. Ils terminèrent cette première tournée et en commandèrent une seconde. Piasecki piochait dans les amuse-gueules offerts par la maison.

– À notre place, neuf personnes sur dix *envisageraient* au moins la chose, dit-il. Ce type, merde ! Sur quoi il l'a bâtie, sa fortune ? Sur des chattes. C'était ça, son créneau. Jimmy est le pionnier de la photo de moule. Il savait que les nibards et les culs, c'était fini. Il ne s'y est même pas intéressé, d'ailleurs. Et maintenant, il veut se faire passer pour un saint ? Un genre d'activiste politique ? T'y crois pas, toi, à ces conneries ?

– À vrai dire, si, répondit Kendall.

– À cause des livres que vous publiez ? Je vois les chiffres, tu sais. Vous perdez de l'argent tous les ans. Personne ne lit ces trucs.

– On a vendu cinq mille exemplaires du *Fédéraliste*, se défendit Kendall.

– Pour la plupart au Wyoming, rétorqua Piasecki.

– Jimmy dépense son argent pour de bonnes causes. Regarde tout ce qu'il donne à la Ligue des droits de l'homme.

Kendall ne put s'empêcher d'ajouter :

– L'édition n'est qu'une des facettes de son action.

– Bon, oublie Jimmy une seconde. Je dis juste, regarde ce pays. Bush, Clinton, re-Bush, peut-être re-Clinton. C'est pas une démocratie, ça, d'accord ? C'est une monarchie dynastique. Qu'est-ce qu'on est censés faire, nous autres ? Ce serait si grave que ça si on prélevait un peu de crème à la surface ? Juste un peu de crème. Je déteste ma vie, putain. Est-ce que j'envisage la chose ? Ouais, je l'envisage. On m'a déjà condamné. On nous a tous condamnés et on nous a retiré notre gagne-pain, qu'on soit honnêtes ou non. Alors je me dis, si je suis déjà coupable, qu'est-ce que ça peut foutre ?

Quand Kendall était soûl, quand il était dans des lieux insolites comme le Coq d'Or, quand la détresse d'un homme s'affichait ainsi devant lui, dans ces moments-là, Kendall se sentait encore l'âme d'un poète. Il sentait les mots affluer quelque part au fond de son esprit, comme s'il était encore appelé à les coucher sur le papier. Il nota les poches violacées sous les yeux de Piasecki, les contractions nerveuses des muscles de ses mâchoires, son vilain costume, ses cheveux de lin et les lunettes de soleil bleues de coureur cycliste relevées sur sa tête.

– Laisse-moi te poser une question, dit Piasecki. Quel âge tu as ?

– Quarante-cinq ans, dit Kendall.

– Tu as envie de rester éditeur dans une petite maison comme Fondements nouveaux toute ta vie ?

– Je n'ai envie ni de ça ni d'autre chose, dit Kendall en souriant.

– Jimmy ne te paye pas d'assurance santé, n'est-ce pas ?

– Non, reconnut Kendall.

– Il roule sur l'or, mais il nous fait tous les deux bosser en free-lance. Et tu trouves que c'est un grand militant social.

– Ma femme s'en plaint, elle aussi.

– Ta femme est intelligente, dit Piasecki en hochant la tête d'un air approbateur. C'est peut-être avec elle que je devrais discuter.

Le train pour Oak Park était étouffant, sinistre et d'un dénuement presque carcéral. Ses roues claquaient sur les voies, ses lumières vacillaient. Dans les moments où l'éclairage le permettait, Kendall lisait son Tocqueville. « La ruine de ces peuples a commencé du jour où les Européens ont abordé sur leurs rivages ; elle a toujours continué depuis ; elle achève de s'opérer de nos jours. » Avec une secousse, le train s'engagea sur le pont et commença à traverser la rivière. Sur la rive opposée, des structures de verre et d'acier s'avançaient en porte-à-faux au-dessus de l'eau, tout illuminées. « Ces côtes, si bien préparées pour le commerce et l'industrie, ces fleuves si profonds, cette inépuisable vallée du Mississippi, ce continent tout entier, apparaissaient alors comme le berceau encore vide d'une grande nation. »

Son portable sonna et il répondit. C'était Piasecki qui rentrait chez lui, il était encore dans la rue.

– Tu sais, ce dont on parlait à l'instant ? dit-il. Ben, je suis soûl.

– Moi aussi, dit Kendall. T'inquiète pas.

– Je suis soûl, répéta Piasecki, mais je suis sérieux.

Sans s'attendre à être aussi riche que ses parents, Kendall n'avait jamais imaginé gagner si peu ni en souffrir autant. Après cinq ans de travail chez Fondements nouveaux, lui et sa femme, Stephanie, avaient réussi à économiser juste assez pour s'acheter une grande maison à retaper à Oak Park, sans avoir les moyens de la retaper.

Les conditions de vie miteuses n'avaient pas dérangé Kendall autrefois. Il avait aimé les granges aménagées et les studios de jardin mal chauffés où Stephanie et lui avaient vécu avant de se marier, tout comme il avait aimé les appartements soi-disant plus confortables, bien que dans des quartiers douteux, qui leur avaient succédé. Sa vision contre-culturelle de leur couple en tant qu'alliance artistique consacrée au soutien des disques vinyle et des trimestriels littéraires du Midwest avait persisté même après la naissance de Max et d'Eleanor. Le hamac brésilien en guise de table à langer n'était-il pas une idée inspirée ? Et le poster de Beck couvrant le berceau des yeux, pour cacher le trou dans le mur ?

Kendall n'avait jamais voulu vivre comme ses parents. Il en avait fait un principe, et c'était dans cette noble logique que s'inscrivait la collection de boules à neige et les lunettes achetées aux puces. Mais les enfants grandissant, il commençait à comparer défavorablement leur enfance à la sienne, et à culpabiliser.

Depuis la rue, tandis qu'il approchait sous les arbres sombres et trempés, sa maison faisait son petit effet. La pelouse était vaste. Deux vases en pierre flanquaient l'escalier de devant, qui menait à une large véranda. Excepté la peinture qui s'écaillait sous l'avant-toit, l'extérieur avait belle allure. C'était à l'intérieur que les choses se gâtaient. Le mot même posait problème : *intérieur*. Stephanie aimait beaucoup l'employer. Il était partout dans les magazines de décoration qu'elle consultait. C'était même le titre de l'un d'eux : *Intérieurs*. Mais leur maison reflétait-elle une notion authentique d'intériorité ? Kendall en doutait. Par exemple, l'extérieur ne cessait de s'y introduire. La pluie s'infiltrait à travers le plafond de la chambre parentale. L'eau des égouts remontait par la bonde du sous-sol.

De l'autre côté de la rue, un Range Rover était garé en double file, son pot d'échappement fumait. En passant, Kendall regarda d'un sale œil la personne au volant. Il s'attendait à voir un homme d'affaires ou une ménagère élégante. Mais là, sur le siège conducteur, était assise une quinquagénaire négligée, vêtue d'un sweat-shirt WISCONSIN, téléphone portable à l'oreille.

La haine de Kendall pour les SUV ne l'empêchait pas de connaître le prix de base d'un Range Rover : soixante-quinze mille dollars. Pour avoir visité le site Internet officiel de Range Rover, où un mari insomniaque pouvait configurer, la nuit, son propre véhicule, Kendall savait également qu'en choisissant le « Pack luxe » (de préférence avec sellerie en cachemire à passepoils bleu marine et tableau de bord en ronce de noyer), on arrivait à quatre-vingt-deux mille dollars. Une somme ahurissante. Néanmoins, dans l'allée voisine de celle de Kendall, entrait à présent un autre Range Rover, celui de son voisin, Bill Ferret. Bill était dans l'informatique ; il concevait, ou commercialisait, des logiciels. À un barbecue de quartier, l'été dernier, Kendall avait pris son air sérieux pour écouter Bill lui expliquer son métier.

Cet air sérieux était la spécialité de Kendall. C'était celui qu'il avait rodé auprès de ses profs au lycée et à l'université, depuis son siège au premier rang : un air d'éveil permanent, une tête de premier de la classe. Pourtant, malgré cette attention apparente, il n'avait pas retenu ce que Bill lui avait dit. Il y avait une entreprise d'informatique au Canada du nom de Waxman, Bill avait des parts dans Waxman, ou alors c'était Waxman qui avait des parts dans l'entreprise de Bill, Duplicate, et soit Waxman soit Duplicate envisageait d'« ouvrir son capital », ce qui apparemment était une bonne chose, sauf que Bill venait de créer une troisième entreprise d'informatique, Triplicate, du coup Waxman, ou Duplicate, voire les deux, l'avait obligé à signer une « clause de non-concurrence » pour une durée d'un an.

En mâchant son hamburger, Kendall avait compris que c'était ainsi que les gens parlaient dans le monde réel – ce monde qui était le sien et où, paradoxalement, il n'était pas encore entré. Dans ce monde-là, il y avait des logiciels sur mesure, des actionnaires qui touchaient des dividendes et des grands groupes qui se livraient des luttes machiavéliques, et toutes ces choses vous permettaient de vous garer dans votre allée pavée personnelle au volant d'un Range Rover vert feuillage d'une beauté déchirante.

Kendall n'était peut-être pas si malin que ça, finalement.

Il suivit son allée non carrossable à lui et entra dans la maison, où il trouva Stephanie dans la cuisine, près du four ouvert et rougeoyant. Elle avait posé le courrier du jour sur le plan de travail et feuilletait un magazine d'architecture. Kendall s'approcha par-derrière et l'embrassa sur la nuque.

– Ne t'énerve pas, dit-elle. Je viens juste d'allumer le four.

– Je ne m'énerve pas. Je ne m'énerve jamais.

Stephanie choisit de ne pas contester cette affirmation. Petite et menue, elle travaillait dans une galerie de photographie contemporaine. Elle avait la même coupe au bol d'étudiante en littérature comparée que le jour de leur rencontre, vingt-deux ans plus tôt, lors d'un séminaire sur H.D. Depuis qu'elle avait quarante ans, elle demandait à Kendall si elle n'était pas trop vieille pour s'habiller comme elle le faisait. Ce à quoi il répondait honnêtement qu'avec ses vêtements d'occasion chinés – son trench en cuir bariolé, sa jupe de majorette ou sa toque russe en fausse fourrure blanche – elle était toujours aussi belle.

Les photos dans le magazine qu'elle feuilletait avaient pour sujet des maisons urbaines rénovées. On en voyait ici une de brique dont on avait démoli la partie arrière pour y ajouter une extension de verre cubique ; là, une autre de grès rouge dont on avait supprimé toutes les cloisons et qui était désormais aussi claire et spacieuse qu'un loft de Soho. Tout le secret était là : préserver l'esprit du lieu sans se priver du confort moderne. Les propriétaires riches et beaux de ces maisons étaient souvent montrés en famille dans des moments d'insouciance, en train de prendre le petit déjeuner ou de recevoir du monde, leur quotidien manifestement amélioré par des solutions de design grâce auxquelles actionner un interrupteur ou faire couler un bain devenait une expérience épanouissante et harmonieuse.

Kendall regarda les photos avec Stephanie, sa tête près de la sienne. Puis il demanda :

– Où sont les enfants ?

– Max est chez Sam. Eleanor dit qu'il fait trop froid ici, elle dort chez Olivia.

– Tu sais quoi ? On s'en fout. On n'a qu'à monter le chauffage.

– Vaut mieux pas. Le mois dernier, on a eu une facture de folie.

– Faire tourner le four ouvert, ce n'est pas mieux.

– Je sais. Mais on gèle, ici.

Kendall se tourna face à la fenêtre au-dessus de l'évier. En se penchant en avant, il sentit le froid à travers les vitres. Ça faisait carrément un courant d'air.

– Piasecki m'a dit un truc intéressant, aujourd'hui.

– Qui ?

– Piasecki. Le comptable. Au boulot. Il trouve incroyable que Jimmy ne me paye pas d'assurance santé.

– Ça, je te l'ai déjà dit.

– Eh bien, Piasecki est d'accord avec toi.

Stephanie referma le magazine. Puis elle referma le four et l'éteignit.

– Blue Cross nous coûte six mille dollars par an. En trois ans, on pourrait refaire la cuisine.

– On pourrait aussi dépenser cet argent en chauffage, dit Kendall. Au moins, nos enfants ne nous abandonneraient pas. Ils nous aimeraient toujours.

– Ils t'aiment, va. Ne t'en fais pas. Ils reviendront au printemps.

Kendall embrassa une nouvelle fois sa femme sur la nuque avant de sortir de la cuisine. Il monta à l'étage, d'abord pour aller aux toilettes, puis pour prendre un pull, mais en entrant dans la chambre parentale il se figea.

Cette chambre n'avait rien d'unique à Chicago. Dans tout le pays, c'était celle de plus en plus de couples dont l'homme et la femme travaillaient tous les deux et couraient après le temps. Avec ces draps et ces couvertures entortillés sur le lit, ces oreillers soit écrasés sur eux-mêmes soit dénudés de leur taie pour révéler des taches de salive ou des plumes fugitives, et ces chaussettes et sous-vêtements éparpillés sur le sol comme des mues d'animaux, on aurait dit une tanière où deux ours auraient récemment hiberné. Ou hiberneraient encore. Dans un coin au fond de la pièce, le linge sale s'amoncelait sur près d'un mètre de haut. Quelques mois plus tôt, Kendall était allé chez Bed Bath & Beyond acheter un panier à linge en osier dans lequel, au début, la famille avait consciencieusement fourré son linge sale. Mais le panier avait vite débordé et n'était désormais plus qu'un vague repère où jeter le linge. Peut-être était-il encore là, enseveli sous cette pyramide de vêtements.

Comment en étions-nous arrivés là en une génération ? La chambre des parents de Kendall n'avait jamais ressemblé à ça.

Son père avait une commode pleine de linge bien plié, une armoire pleine de costumes nettoyés à sec et de chemises repassées. Tous les soirs, il avait un lit impeccable où se coucher. Aujourd'hui, si Kendall voulait vivre comme son père, il allait devoir embaucher une blanchisseuse, une femme de ménage, une secrétaire particulière et une cuisinière. Il allait devoir embaucher une épouse. Quel bonheur ! Stephanie en aurait bien besoin d'une, elle aussi. Tout le monde avait besoin d'une épouse, or plus personne n'en avait.

Mais pour embaucher une épouse, il fallait que Kendall gagne plus d'argent. Sinon, il était condamné à vivre comme il le faisait, dans la misère de la classe moyenne, dans le célibat de l'homme marié.

Comme la plupart des honnêtes gens, Kendall rêvait parfois de commettre des actes illicites. Mais les jours qui suivirent, il se surprit à nourrir ces rêves avec une assiduité suspecte. Comment détournait-on de l'argent quand on voulait le faire bien ? Quelles étaient les erreurs les plus fréquentes ? Comment se faisait-on prendre et à quelles sanctions s'exposait-on ?

Pour l'aspirant escroc, la presse quotidienne était une mine d'informations étonnante. Et pas seulement les journaux à sensation, comme le *Chicago Sun-Times* avec ses articles sur des comptables accros au jeu et des compagnies de transport aux mains de la « minorité » irlandaise. On en apprenait beaucoup plus dans les pages économiques et financières du *Tribune* ou du *Times*. C'était là qu'on parlait du gérant du fonds de pension qui avait siphonné cinq millions, du génie coréano-américain du hedge fund qui avait disparu avec un quart de milliard extorqué aux retraités de Palm Beach et s'était révélé être un Mexicain du nom de Lopez. On tournait la page et on apprenait que des cadres de Boeing avaient été condamnés à quatre mois de prison pour avoir truqué des appels d'offres de l'armée de l'air. Les malversations de Bernie Ebbers et de Dennis Kozlowski faisaient la une, mais c'était dans les entrefilets consacrés aux arnaques plus modestes, aux filous œuvrant dans des domaines plus discrets, dans le tout-venant, que Kendall prenait la mesure de la tromperie générale.

Au Coq d'Or le vendredi suivant, Piasecki lui demanda :

– Tu sais quelle est l'erreur qui perd la plupart des gens ?

– C'est quoi ?

– Ils s'achètent une baraque au bord de la mer. Ou une Porsche. Ils se grillent. C'est plus fort qu'eux.

– Ils manquent de discipline, dit Kendall.

– Oui.

– Pas assez de force morale.

– Exactement.

L'escroquerie n'était-elle pas le principe de base du fonctionnement de l'Amérique ? La *vraie* Amérique, celle que Kendall, le nez dans les traités de versification anglaise, n'avait pas remarquée. Les agissements de ces petits margoulins qui piquaient dans la caisse de leur entreprise étaient-ils si éloignés des manipulations comptables chez Enron ? Et tous ces hommes et femmes d'affaires qui arrivaient, eux, à ne pas se faire prendre, qui passaient à travers les mailles du filet ? Au sommet de la hiérarchie, on ne donnait guère un exemple de probité et de transparence. Loin de là.

Quand Kendall était enfant, les dirigeants politiques américains refusaient d'admettre que les États-Unis étaient un empire. Cette époque-là était révolue. Ils avaient cessé de nier. Aujourd'hui, tout le monde était au courant et s'en félicitait.

Dans les rues de Chicago, comme dans celles de L.A., de New York, de Houston ou d'Oakland, l'information circulait. Quelques semaines plus tôt, Kendall avait vu le film *Patton* à la télévision. On y rappelait que le général avait été sévèrement puni pour avoir giflé un soldat. Alors qu'aujourd'hui, Rumsfeld n'était même pas inquiété pour Abou Ghraib. Même le président, qui avait menti pour les armes de destruction massive, avait été réélu. Dans les rues, les gens recevaient le message. Ce qui comptait, c'était la victoire, peu importe s'il fallait utiliser la force ou tenir un double langage pour y parvenir. C'était perceptible dans le comportement des automobilistes, dans la manière dont ils vous coupaient la route, vous faisaient des doigts d'honneur, vous injuriaient. Et les femmes se montraient aussi dures et hargneuses que les hommes. Chacun savait ce qu'il voulait et comment l'obtenir. Personne n'était naïf.

Un pays est à l'image de son peuple. Plus nous en apprenions sur le nôtre, plus nous avions de quoi avoir honte.

En même temps, la ploutocratie n'avait pas que des mauvais côtés. Jimmy était encore à Montecito, et tous les jours de semaine, Kendall jouissait de son appartement. Il y avait là des portiers obséquieux, des gardiens invisibles qui sortaient les poubelles, une équipe de femmes de ménage polonaises qui venait les mercredis et vendredis matin pour mettre de l'ordre derrière Kendall, récurer les toilettes dans la salle de bains mauresque, nettoyer la cuisine ensoleillée où il mangeait le midi. L'appartement était un duplex. Kendall travaillait en haut. En bas se trouvait la « Salle des jades » de Jimmy, où était entreposée sa collection de jades chinois dans des vitrines dignes d'un musée. (Si on avait des intentions criminelles, la Salle des jades était un bon endroit par où commencer.)

Dans son bureau, chaque fois que Kendall levait les yeux de son Tocqueville, il voyait le lac opalescent qui s'étendait dans toutes les directions. Le vide étrange auquel Chicago faisait face, la façon dont cette ville tombait d'un coup dans le néant, expliquait sans doute son activité intense. Cette terre ne demandait qu'à être exploitée. Ces côtes si propices au commerce et à l'industrie avaient vu naître mille usines. Ces usines avaient envoyé des véhicules d'acier aux quatre coins du monde, véhicules qui, aujourd'hui, sous une forme blindée, se disputaient le contrôle du pétrole qui les alimentait.

Deux jours après sa conversation avec Piasecki, Kendall appela son patron sur son téléphone fixe à Montecito. Ce fut Pauline, la femme de Jimmy, qui répondit. Pauline était sa dernière épouse en date, celle auprès de qui il avait trouvé la satisfaction conjugale. Jimmy avait été marié deux fois auparavant, la première à sa petite amie de la fac, la seconde à une Miss Univers de trente ans sa cadette ; Pauline, elle, d'un âge convenable, était une femme sensée et affable qui dirigeait la Fondation Boyko et consacrait son temps à distribuer l'argent de Jimmy.

Après un bref échange de politesses, Kendall lui demanda si Jimmy était disponible et, quelques instants plus tard, la voix puissante de Jimmy se fit entendre.

– Quoi de neuf, mon grand ?

– Bonjour, Jimmy, ça va ?

– Je descends de ma Harley. J'ai fait l'aller-retour jusqu'à Ventura. J'ai le cul en compote, mais je suis content. Qu'est-ce qui se passe ?

– Bon, fit Kendall. Je voulais vous parler d'un truc. Ça fait maintenant six ans que je gère la maison. Je pense que vous êtes satisfait de mon travail.

– En effet, confirma Jimmy. Je n'ai pas à me plaindre de toi.

– Étant donné mes performances, et mon ancienneté, je voulais vous demander si on ne pourrait pas envisager le financement d'une assurance santé. J'ai…

– Impossible, coupa Jimmy.

La soudaineté de sa réponse était caractéristique : elle procédait de ce mur derrière lequel il s'était retranché toute sa vie, pour se défendre contre les petits Polonais qui lui flanquaient des raclées lorsqu'il rentrait de l'école, contre son propre père qui lui répétait qu'il n'était qu'un bon à rien et ne réussirait jamais dans la vie, et, plus tard, contre les flics des mœurs qui harcelaient le studio où il fabriquait et vendait ses magazines cochons, contre tous les concurrents qui essayaient de le rouler, et enfin contre les politiciens hypocrites et moralisateurs qui sapaient le premier amendement et étendaient sans retenue les droits garantis par le deuxième.

– Ça n'a jamais fait partie de ton enveloppe, poursuivit-il. Je dirige une entreprise à but non lucratif, mon grand. Piasecki vient de m'envoyer les comptes. On est dans le rouge, cette année. On y est tous les ans. On publie des livres patriotiques importants et fondateurs – des livres essentiels – mais personne ne les achète ! Les citoyens de ce pays sont léthargiques ! Toute notre nation est sous zolpidem. Le secrétaire général adjoint de la Maison-Blanche souffle du sable dans les yeux de tout le monde.

Il partit dans une charge contre Bush, Wolfowitz et Perle, mais il dut finir par se sentir coupable de s'être écarté du sujet initial car il y revint, en se radoucissant.

– Écoute, je sais que tu as une famille. Il faut que tu fasses ce qui est le mieux pour toi. Si tu voulais tester ta valeur sur le marché, je comprendrais. Ça m'ennuierait de te perdre, Kendall, mais je comprendrais si tu devais passer à autre chose.

Il y eut un silence.

– Réfléchis-y, dit Jimmy.

Puis, se raclant la gorge :

– Bon, tant que je te tiens, raconte : comment avance *La Démocratie de poche* ?

Kendall aurait voulu pouvoir rester professionnel. Mais il ne put empêcher un peu d'amertume d'imprégner sa voix lorsqu'il répondit :

– Ça avance.

– Quand penses-tu avoir quelque chose à me montrer ?

– Aucune idée.

– Pardon ?

– Je n'ai pas de réponse pour le moment.

– Écoute, je dirige une maison d'édition, dit Jimmy. Tu crois que tu es le premier éditeur que j'ai ? Non. j'embauche des jeunes et je les remplace quand ils s'en vont. Comme toi bientôt, peut-être. Ça marche comme ça. Ça n'enlève rien au travail que tu as accompli, qui est excellent. Désolé, mon grand. Tu me feras part de ta décision.

Lorsque Kendall raccrocha, le soleil se couchait. L'eau reflétait le gris-bleu du ciel qui s'obscurcissait, et les lumières des stations de pompage étaient à présent allumées, on aurait dit une rangée de belvédères flottants. Kendall s'avachit dans son fauteuil, les pages photocopiées de *De la démocratie en Amérique* étalées autour de lui sur le bureau. Sa tempe gauche palpitait. Il se frotta le front et regarda la page devant lui :

> Ce n'est pas qu'aux États-Unis comme ailleurs il n'y ait des riches ; je ne connais même pas de pays où l'amour de l'argent tienne une plus large place dans le cœur de l'homme, et où l'on professe un mépris plus profond pour la théorie de l'égalité permanente des biens. Mais la fortune y circule avec une incroyable rapidité, et l'expérience apprend qu'il est rare de voir deux générations en recueillir les faveurs.

Kendall pivota dans son fauteuil et reprit le téléphone. Il composa le numéro de Piasecki et, après une seule sonnerie, celui-ci répondit.

– Retrouve-moi au Coq d'Or, dit Kendall.

– Maintenant ? C'est à quel sujet ?

– Je ne veux pas en parler au téléphone. Je te le dirai là-bas.

Voilà comment on procédait. Voilà comment on prenait les choses en main. En un instant, tout pouvait changer.

Dans le jour déclinant, Kendall suivit Lakeshore jusqu'au Drake Hotel et entra par le bar. Il s'installa dans un box du fond, loin du type en smoking qui jouait du piano, commanda un verre et attendit Piasecki.

Il fallut une demi-heure à celui-ci pour arriver. Dès qu'il se fut assis face à lui, Kendall le regarda fixement et sourit.

– Cette idée que tu as eue l'autre jour… dit-il.

Piasecki le regarda de travers.

– T'es sérieux, là, ou tu déconnes ?

– Je suis curieux.

– Te fous pas de ma gueule.

– Je ne me fous pas de ta gueule, dit Kendall. Je m'interroge, c'est tout. Ça consisterait en quoi ? Concrètement.

Piasecki se pencha en avant pour se faire entendre par-dessus la musique tintante.

– Je n'ai jamais dit ce que je vais dire, OK ?

– OK.

– Le principe, quand on veut faire un truc comme ça, c'est de créer une société-écran. Et d'émettre des factures au nom de cette société. Factures que payent Fondements nouveaux. Au bout de quelques années, on ferme le compte et on liquide la société.

Kendall s'efforçait de comprendre.

– Mais ces factures ne correspondront à rien. Ça ne va pas sauter aux yeux ?

– C'est quand, la dernière fois que Jimmy a vérifié une facture ? Il a quatre-vingt-deux balais, putain. Il est en Californie, où il bouffe du Viagra pour se taper des putes. Il ne pense pas aux factures. Il a d'autres choses en tête.

– Et si on se fait contrôler ?

Ce fut au tour de Piasecki de sourire.

– J'aime comment tu dis « on ». Ça, c'est mon job à moi. Si on se fait contrôler, qui s'en occupe ? Moi. Je montre au fisc les factures et les paiements. Vu que l'argent versé sur le compte de la société-écran correspond aux factures, tout paraît normal. Si on paye nos taxes comme il faut, de quoi va se plaindre le fisc ?

Ce n'était pas si compliqué. Kendall n'avait pas l'habitude de ce mode de raisonnement, non seulement criminel mais aussi financier ; néanmoins, tandis que sa rasade du décideur disparaissait, il voyait comment cela pouvait fonctionner. Il regarda autour de lui les hommes d'affaires en train de picoler, de négocier.

– Je ne parle pas de sommes faramineuses, expliquait Piasecki. Jimmy pèse, quoi ? quatre-vingts millions ? Là, ce serait dans les cinq cent mille pour toi, cinq cent mille pour moi. À la rigueur, si tout va bien, on pourrait monter à un million chacun. Ensuite, on ferme la boîte, on efface nos traces, et on se tire aux Bermudes.

Une flamme d'envie dans les yeux, Piasecki ajouta :

– Jimmy gagne plus d'un million en bourse tous les quatre mois. C'est que dalle pour lui.

– Et s'il y a un problème ? J'ai une famille.

– Et pas moi ? C'est justement à ma famille que je pense. C'est pas comme si les choses étaient justes dans ce pays. Elles sont *injustes*. Pourquoi une grosse tête comme toi n'aurait pas droit à une petite part du gâteau ? T'as la trouille ?

– Oui, avoua Kendall.

– Si on le fait, c'est normal d'avoir la trouille. Un petit peu. Mais statistiquement, j'évalue nos chances de nous faire pincer à environ un pour cent. Peut-être moins.

Pour Kendall, le simple fait d'avoir cette conversation était excitant. Tout au Coq d'Or – les amuse-gueules bien gras, la musique d'ambiance au piano, la déco faussement napoléonienne – donnait l'impression qu'on était encore en 1926. Kendall et Piasecki étaient penchés l'un vers l'autre d'un air conspirateur, comme deux gangsters d'antan. Ils avaient vu les films sur la Mafia, ils savaient comment s'y prendre. La criminalité n'était pas comme la poésie, où un courant chassait l'autre. Les magouilles auxquelles on se livrait aujourd'hui à Chicago étaient les mêmes que quatre-vingts ans plus tôt.

– Je t'assure, ça peut être plié en deux ans, disait Piasecki. On reste discrets, on ne laisse pas de traces. Et ensuite, on réinvestit notre argent et on participe au PIB.

Qu'est-ce qu'un poète sinon quelqu'un qui vit dans un monde imaginaire ? Qui rêve au lieu d'agir ? Quel effet cela ferait-il d'agir ? D'appliquer son cerveau au domaine palpable de l'argent plutôt qu'au royaume intangible des mots ?

Il n'en parlerait pas à Stephanie. Il lui dirait qu'il avait eu une augmentation. En même temps que cette pensée, lui en vint une autre : rénover sa cuisine, ce n'était pas se griller. Ils pouvaient faire refaire tout l'intérieur sans attirer l'attention.

Dans sa tête, Kendall visualisa sa maison telle qu'elle serait d'ici un an ou deux : modernisée, isolée, bien chauffée, ses enfants heureux, sa femme récompensée de tout ce qu'elle avait fait pour lui.

La fortune y circule avec une incroyable rapidité…

En recueillir les faveurs…

– OK, je marche, dit Kendall.

– Tu marches ?

– Je vais y réfléchir.

Piasecki n'en demandait pas plus pour l'instant. Il leva son verre.

– À Ken Lay, dit-il. Mon héros.

– Cette société que vous créez, elle se situe dans quel secteur d'activité ?

– C'est une société de stockage.

– Et vous en êtes ?

– Le P.D.G. Co-P.D.G, pour être exact.

– Avec M…

L'avocate, une petite femme trapue aux cheveux secs comme de la paille, parcourut le formulaire des yeux.

– … M. Piasecki.

– C'est ça, confirma Kendall.

C'était un samedi après-midi. Kendall se trouvait dans le centre d'Oak Park, dans le piètre bureau aux murs tapissés de diplômes de l'avocate. Dehors, sur le trottoir, Max saisissait au vol les feuilles qui tombaient des arbres en tourbillonnant. Il allait et venait en courant, les bras tendus.

– J'aurais bien besoin d'espace de stockage, plaisanta l'avocate. Je croule sous le matériel sportif de mes enfants. Planches de snow-board et de surf, raquettes de tennis, crosses… J'arrive à peine à me garer dans mon garage.

– Nous faisons du stockage commercial, dit Kendall. De l'entreposage. Pour les professionnels. Désolé.

Il n'avait même pas vu l'endroit. C'était près de Kewanee, en pleine campagne. Piasecki s'y était rendu en voiture et avait loué le terrain, où il n'y avait qu'une vieille station Esso envahie par les mauvaises herbes. Officiellement installé là-bas, cependant, Midwestern Storage possédait désormais une adresse légale et aurait bientôt des rentrées d'argent régulières.

Fondements nouveaux vendant peu d'exemplaires, la maison d'édition avait un stock important, conservé dans un entrepôt à Schaumburg. Kendall allait bientôt commencer, en plus, à expédier un certain nombre d'exemplaires fantômes au nouvel entrepôt de Kewanee. Ce service, Midwestern Storage le facturerait à Fondements nouveaux qui, par l'intermédiaire de Piasecki, lui enverrait des chèques. Dès que les statuts de la société auraient été déposés, Piasecki ouvrirait un compte bancaire au nom de Midwestern Storage. Signataires du compte : Michael J. Piasecki et Kendall Wallis.

Tout cela était réglé comme du papier à musique. Kendall et Piasecki dirigeraient une société en bonne et due forme. Cette société déclarerait son chiffre d'affaires conformément à la loi, paierait toutes les taxes que la loi exigeait. Piasecki et Kendall se répartiraient les bénéfices et les déclareraient en traitements et salaires sur leur déclaration de revenus. Qui irait se douter que l'entrepôt n'abritait aucun livre car il n'existait pas ?

– J'espère juste que le vieux ne va pas clamser, avait dit Piasecki. Il faut prier pour que Jimmy reste en bonne santé.

Lorsque Kendall eut signé les documents nécessaires, l'avocate dit :

– Bon, je vais déposer tout ça pour vous lundi. Félicitations, vous voilà à la tête d'une nouvelle société dans l'État de l'Illinois.

Dehors, Max continuait de courir après les feuilles qui tombaient.

– Combien t'en as attrapé, mon bonhomme ? lui demanda Kendall.

– Vingt-deux ! s'écria Max.

Kendall leva la tête pour regarder les feuilles, rouge et or, dégringoler en vrille vers le sol. Il coinça sous son bras les documents qu'il avait à la main.

– Encore cinq et on rentre, dit-il.

– Dix !

– D'accord, dix. Prêt ? Les Jeux olympiques de la chasse aux feuilles commencent… maintenant !

Nous étions un lundi matin du mois de janvier, le début d'une nouvelle semaine, et Kendall était à nouveau dans le train et lisait sur l'Amérique : « Il est un pays dans le monde où la grande révolution sociale dont je parle semble avoir à peu près atteint ses limites naturelles. » Kendall portait des chaussures neuves, des cordovans bicolores achetées chez Allen Edmonds sur Michigan Avenue. À ce détail près, il était habillé comme d'habitude, même pantalon de toile, même veste en velours côtelé, lustrée aux coudes. Personne dans le train ne se serait douté qu'il n'était pas l'intellectuel doux qu'il semblait être. Personne ne l'aurait imaginé faisant son dépôt hebdomadaire dans la boîte aux lettres en bas de l'immeuble réservé aux acheteurs comptant (pour que les portiers ne remarquent pas les enveloppes de remise de chèques adressées à la banque de Kewanee). En voyant Kendall griffonner des chiffres sur son journal, la plupart des voyageurs supposaient qu'il faisait un Sudoku et non qu'il estimait les gains potentiels d'un compte à terme sur cinq ans. Avec sa tenue d'éditeur, il avait le déguisement parfait. Il était comme la lettre volée de Poe, cachée en évidence.

Qui avait dit qu'il n'était pas malin ?

Il avait eu peur surtout les premières semaines. Il se réveillait à trois heures du matin avec le sentiment d'avoir un câble de batterie accroché au nombril. Et si Jimmy remarquait les coûts d'impression, d'expédition et d'entreposage des exemplaires fantômes ? Et si Piasecki se confiait, ivre, à une jolie barmaid dont le frère s'avérait être flic ? Kendall était obsédé par tout ce qui pouvait aller de travers ou représenter un danger. Qu'est-ce qui lui avait pris de s'embarquer là-dedans avec un type pareil ? Dans son lit, à côté de Stephanie qui dormait du sommeil du juste, il restait éveillé des heures, à s'imaginer dans une cellule de prison ou exhibé menotté devant la presse.

C'était devenu plus facile avec le temps. La peur était comme n'importe quelle autre émotion. Après une période initiale d'intensité fébrile, la sienne s'était calmée lentement jusqu'à ce qu'il s'y habitue et n'y fasse presque plus attention. Tout se passait si bien, en plus. Kendall émettait des chèques distincts pour les exemplaires réellement et prétendument imprimés. Le vendredi, Piasecki inscrivait ces charges dans son compte de résultat hebdomadaire.

– Ce sera ça de bénéfice en moins, avait-il expliqué à Kendall. On fait économiser des taxes à Jimmy. Il devrait nous remercier.

– On n'a qu'à le mettre dans la combine, alors, avait suggéré Kendall.

Piasecki s'était contenté d'en rire.

– Même si on le faisait, il est tellement à la masse qu'il ne s'en souviendrait pas.

Kendall respectait son plan de discrétion. Tandis que le compte de Midwestern Storage grossissait peu à peu, la même vieille Volvo déglinguée restait garée devant chez lui. L'argent était tenu à l'écart des curieux. Il ne se voyait qu'à l'*intérieur* de la maison. Tous les soirs, en rentrant, Kendall inspectait le travail des plâtriers, des menuisiers et des poseurs de moquette qu'il avait engagés. Il s'intéressait également à l'entretien d'autres intérieurs : les jardins clos de plans épargne études (un pour Max, un pour Eleanor), le sanctuaire d'un compte épargne retraite simplifié (pour les petits employeurs).

Quant à la maison, elle recelait désormais un autre trésor caché : une épouse. Elle s'appelait Arabella. Elle était vénézuélienne et parlait mal l'anglais. Le premier jour, confrontée à la montagne de linge sale entassé dans la chambre parentale, elle ne s'était montrée ni choquée ni horrifiée. Sans broncher, brassée par brassée, elle l'avait descendu au sous-sol, et l'avait lavé, repassé et rangé dans leurs tiroirs. Kendall et Stephanie étaient ravis.

Dans l'appartement en front de lac, Kendall fit une chose qu'il n'avait pas faite depuis longtemps : son travail. Il termina d'abréger *De la démocratie en Amérique*. Il expédia par FedEx le manuscrit stabilobossé à Montecito et, le lendemain même, se mit à rédiger des propositions d'autres ouvrages obscurs à republier. Il envoyait deux à trois propositions par jour, accompagnées des fichiers électroniques ou des versions papier des textes concernés. Plutôt que d'attendre la réponse de Jimmy, il l'appelait sans cesse et le harcelait de questions. Au début, Jimmy répondait à ses appels, mais il s'était vite plaint de leur fréquence et avait fini par lui dire de ne plus le déranger avec les détails et de les régler lui-même. « Je me fie à ton jugement », avait-il dit.

Il n'appelait presque plus le bureau.

Le train amena Kendall à Union Station. Sortant par Madison Street, il prit un taxi (il paya en liquide pour ne pas laisser de traces) et demanda au chauffeur de le déposer une rue avant l'immeuble réservé aux acheteurs comptant. Il déboucha par l'angle en marchant d'un pas lourd, comme s'il était venu à pied. Il salua Mike, le portier de service, et se dirigea vers l'ascenseur.

Le penthouse était vide. Pas même une femme de ménage sur place. L'ascenseur s'arrêtait au premier niveau, et, dans le couloir, en se dirigeant vers l'escalier en colimaçon qui lui permettait d'accéder à son bureau, Kendall arriva devant la Salle des jades de Jimmy. Il essaya d'ouvrir la porte. Elle n'était pas fermée à clef. Du coup, il entra.

Il n'avait aucune intention de voler quoi que ce soit. C'eût été stupide. Il voulait simplement aller là où il n'avait pas le droit d'aller, ajouter cette petite insubordination à sa rébellion de bien plus grande ampleur, à la Robin des Bois. La Salle des jades était comme une salle de musée ou une bijouterie de luxe, avec des murs magnifiquement habillés d'étagères et de tiroirs encastrés. Les jades étaient exposés dans des vitrines éclairées, régulièrement espacées. Ce n'était pas une pierre vert foncé, comme l'avait d'abord cru Kendall, mais vert clair. Il se souvenait de Jimmy lui expliquant que les plus beaux jades, les plus rares, étaient presque blancs, les spécimens les plus précieux étant ceux sculptés dans un seul bloc.

On distinguait difficilement le sujet des sculptures. La sinuosité de leurs formes laissa d'abord penser à Kendall que les animaux représentés étaient des serpents, puis il reconnut des têtes de cheval – longues et effilées, le cou enroulé sur lui-même. Des chevaux à la tête repliée contre leur corps, comme s'ils dormaient.

Il ouvrit l'un des tiroirs. À l'intérieur, sur un lit de velours, un autre cheval.

Kendal le prit dans sa main. Suivit du bout du doigt le contour de la crinière. Il pensa à l'artisan qui avait façonné cet objet, un type quelconque en Chine, mille six cents ans plus tôt, au nom oublié par tous et mort comme tous ses contemporains de la dynastie Jin, mais qui, en observant un cheval bien vivant, debout dans un champ brumeux de la vallée du fleuve Jaune, avait vu l'animal avec une telle acuité qu'il avait réussi à reproduire sa forme dans ce morceau de pierre précieuse, le rendant plus précieux encore. Le désir humain d'accomplir une chose inutile comme celle-là, une chose qui demande de l'habileté, de la technique et une vraie folie, était ce qui avait toujours exalté Kendall, jusqu'à ce qu'il se rende compte de son incapacité à l'accomplir lui-même. Son incapacité à faire preuve de la persévérance nécessaire et à assumer la honte d'exercer une telle discipline dans une culture qui non seulement ne la valorisait pas, mais la tournait ouvertement en ridicule.

Ce sculpteur de jade, lui, avait réussi. Il ne le saurait jamais, mais ce pâle cheval somnolent qui avait vécu il y avait si longtemps n'était pas mort, toujours pas, car il était là, dans la main de Kendall, sous la lumière douce des ampoules halogènes invisibles qui éclairaient l'armoire à bijoux qu'était cette salle.

Avec un respect proche de la vénération, Kendall reposa la tête de cheval dans son tiroir de velours, qu'il referma. Puis il sortit de la Salle des jades et monta dans son bureau.

Le sol était envahi de cartons. Le premier tirage de *La Démocratie de poche* venait d'arriver de chez l'imprimeur – le vrai – et Kendall avait commencé à en envoyer des exemplaires aux libraires et aux boutiques des musées historiques. Il venait de s'asseoir dans son fauteuil et d'allumer son ordinateur quand son téléphone sonna.

– Salut, mon grand. Je viens de recevoir le nouveau bouquin.

C'était Jimmy.

– Il est magnifique ! T'as fait un super boulot.

– Merci.

– Qu'est-ce que ça donne, côté commandes ?

– On le saura dans une quinzaine de jours.

– Je pense qu'on a fixé le bon prix. Et le format est parfait. Bien présentés à côté de la caisse, ces bébés vont partir comme des petits pains. La couv' est splendide.

– Moi aussi, je trouve.

– Et la presse ?

– C'est un livre qui a deux cents ans. Pas vraiment d'une actualité brûlante.

– La littérature reste toujours d'actualité. Bon, la pub. Envoie-moi une liste de journaux qui, selon toi, nous permettraient de toucher notre public. Et pas cette putain de *New York*

Review of Books. Inutile de prêcher les convertis. Moi, je veux que ce bouquin *circule*. C'est un sujet important !

– Accordez-moi un peu de temps, je vais y réfléchir.

– Qu'est-ce que je voulais te... ? Ah oui ! Le marque-page ! Super idée. Les gens vont adorer. Ça fait de la pub *et* pour le livre *et* pour la maison. Tu comptes les distribuer comme articles promotionnels ou simplement les insérer dans les exemplaires ?

– Les deux.

– Parfait. Et si on fabriquait quelques affiches, aussi ? Chacune avec une citation différente. Je suis sûr que les libraires les colleraient sur leurs présentoirs. Fais quelques essais et envoie-les-moi, d'accord ?

– D'accord.

– Je le sens bien. On n'est pas à l'abri d'un succès, cette fois-ci.

– Je nous le souhaite.

– Je vais te dire : si ce titre se vend comme je le pense, je te paierai ton assurance santé.

Kendall hésita.

– Ce serait super.

– J'ai pas envie de te perdre, mon grand. Et puis, pour être honnête, c'est la croix et la bannière pour retrouver quelqu'un.

Cet élan de générosité ne justifiait ni remise en question ni regrets. Il y avait mis le temps, Jimmy. Et la promesse était au conditionnel. *Si*, pas *quand*. Non, se dit Kendall, attendons de voir comment les choses évoluent. Si Jimmy me paie mon assurance et m'accorde une augmentation substantielle, alors peut-être *envisagerai*-je de fermer Midwestern Storage. Mais seulement à ces deux conditions-là.

– Ah, une dernière chose, ajouta Jimmy. Piasecki m'a envoyé les comptes. Les chiffres ont l'air bizarre.

– Pardon ?

– Pour quelle raison est-ce qu'on tire trente mille ex de Thomas Paine ? Et pourquoi est-ce qu'on fait appel à *deux* imprimeurs ?

Aux auditions des commissions d'enquête, ou devant les tribunaux, les P.D.G. ou directeurs financiers mis en cause suivaient l'une ou l'autre de deux stratégies : ils plaidaient soit l'ignorance, soit l'oubli.

– Je ne me rappelle pas pourquoi on a tiré trente mille ex, dit Kendall. Il faut que je vérifie les commandes. Quant aux imprimeurs, c'est Piasecki qui s'en occupe. Quelqu'un nous a peut-être proposé un meilleur tarif.

– Le nouvel imprimeur nous prend plus cher.

Piasecki n'avait pas informé Kendall de ce détail. Piasecki était devenu gourmand, il avait gonflé le prix en douce.

– Écoute, dit Jimmy, envoie-moi les coordonnées du nouvel imprimeur. Et de cette société de stockage dans je ne sais quel bled. Je vais demander à mon gars ici de vérifier tout ça.

Kendall se redressa dans son fauteuil.

– Quel gars ?

– Mon comptable. Tu crois que je laisserais Piasecki opérer sans contrôle ? Jamais ! Tout ce qu'il fait est vérifié ici. S'il joue au con, on le saura. T'inquiète. Et là, il sera dans la merde, le Polak.

Kendall réfléchissait à toute vitesse. Il cherchait une explication qui empêcherait cet audit, ou le retarderait, mais avant qu'il dise quoi que ce soit, Jimmy poursuivit :

– Dis-moi, je dois aller à Londres la semaine prochaine. La maison de Montecito sera libre. Pourquoi tu ne viendrais pas passer un long week-end ici, avec ta famille ? Histoire d'échapper au froid.

– Il faut que je voie ça avec ma femme, dit Kendall d'une voix blanche. Et que je regarde le calendrier des vacances des enfants.

– Ils peuvent manquer un ou deux jours d'école. Ça ne les tuera pas.

– Je vais en discuter avec ma femme.

– En tout cas, t'as assuré, mon grand. Tu as réduit Tocqueville à son essence. Je me souviens, la première fois que j'ai lu ce bouquin. Je devais avoir vingt et un, vingt-deux ans. Ça m'a scotché.

De sa voix vibrante et éraillée, Jimmy se mit à réciter un passage de *De la démocratie en Amérique*. C'était celui que Kendall avait fait imprimer sur les marque-pages et d'où la petite maison d'édition tirait son nom :

– « C'est là que les hommes civilisés devaient essayer de bâtir la société sur des fondements nouveaux », dit Jimmy, « et qu'appliquant pour la première fois des théories jusqu'alors inconnues ou réputées inapplicables, ils allaient donner au monde un spectacle auquel l'histoire du passé ne l'avait pas préparé. »

Kendall regarda le lac par la fenêtre. Il s'étendait à l'infini. Mais au lieu de trouver dans cette vue de l'apaisement et un sentiment de liberté, il eut la sensation que cette masse, ces tonnes d'eau glacée, se refermaient sur lui.

– Ça me tue, putain, dit Jimmy. Chaque fois.

2008

Sujet de plainte

Lorsque Matthew apprend que les poursuites ont été abandonnées – il n'y aura ni extradition ni procès –, cela fait quatre mois qu'il est de retour en Angleterre. Ruth et Jim ont acheté une maison dans le Dorset, près de la mer. Elle est beaucoup plus petite que celle où Matthew et sa sœur ont grandi, quand Ruth était mariée avec leur père. Mais elle est pleine de choses qui rappellent à Matthew son enfance à Londres. Lorsqu'il monte dans la chambre d'amis, le soir, ou qu'il sort par la porte latérale pour aller au pub, des objets familiers l'interpellent : le petit Tyrolien sculpté, avec son lederhosen, acheté lors d'un voyage en famille en Suisse, en 1977 ; ou ces serre-livres en verre, autrefois dans le bureau de papa, blocs transparents massifs contenant chacun une pomme dorée qui, à ses yeux d'enfant, semblait suspendue par magie. Ils sont aujourd'hui dans la cuisine, où ils retiennent les livres culinaires de Ruth.

La porte latérale donne sur un chemin pavé qui contourne par l'arrière les maisons voisines, passe devant une église et un cimetière, puis rejoint le centre du village. Le pub se trouve en face d'une pharmacie et d'un magasin H&M. Matthew y est un habitué, à présent. Les autres clients lui demandent parfois pourquoi il est revenu en Angleterre, mais les raisons qu'il invoque – des problèmes de visa professionnel et des complications fiscales – semblent satisfaire leur curiosité. Pour l'instant, malgré ses craintes, rien à propos de l'affaire n'a fuité sur Internet. Le village est situé en retrait par rapport à la Manche, à deux cents kilomètres de Londres. PJ Harvey a enregistré *Let England Shake* dans une église non loin de là. Matthew écoute l'album au casque en se promenant dans la lande, ou sur l'autoradio de Ruth en allant faire des courses en voiture, lorsqu'il arrive à faire fonctionner le Bluetooth. Les paroles des chansons, qui parlent de batailles anciennes et des Anglais qui y sont tombés, de sombres moments sacrés du passé, l'invitent à se sentir à nouveau chez lui.

De temps en temps, lorsqu'il traverse le village en voiture, une lueur jaillit à la périphérie de son champ de vision. L'étincelante chevelure blonde d'une jeune fille. Ou un groupe d'étudiantes en train de fumer devant l'école d'infirmières. Le simple fait de les regarder lui donne l'impression de transgresser la loi.

Un après-midi, il va jusqu'au bord de la mer. Il se gare et part se balader à pied. Les nuages, comme toujours ici, sont bas dans le ciel. Comme si, surpris de trouver la terre au-dessous d'eux après leur traversée, ils n'avaient pas eu le temps de remonter à une distance respectable.

Il suit le sentier du littoral jusqu'à la falaise. Et c'est à ce moment-là, en regardant la mer en direction de l'ouest, qu'il comprend tout à coup.

Il est libre de rentrer, à présent. Il peut voir ses enfants. Plus rien ne s'oppose à son retour aux États-Unis.

Onze mois plus tôt, en début d'année, Matthew avait été invité à donner une conférence dans une petite université du Delaware. Il s'y rendit par le train du lundi matin depuis New York, où il vivait avec sa femme, Tracy, qui était américaine, et leurs deux enfants, Jacob et Hazel. À trois heures cet après-midi-là, il était dans un café en face de son hôtel, à attendre que quelqu'un du département de physique vienne le chercher pour l'emmener à la salle de conférences.

Il avait choisi une table près de la vitre, où on pouvait le voir facilement. Tout en buvant son expresso, il relut ses notes sur son ordinateur, ce dont il se laissa vite distraire pour répondre à ses e-mails, puis pour lire le *Guardian* en ligne. Il venait de terminer son café et songeait à en commander un autre lorsqu'il entendit une voix.

– Professeur ?

Une jeune brune vêtue d'un sweat-shirt flottant, sac à dos à l'épaule, était plantée devant lui. Dès qu'il eut levé la tête, elle montra les paumes de ses mains en signe de reddition.

– Je ne suis pas une harceleuse, dit-elle. Promis.

– Je n'en doute pas.

– Vous êtes bien Matthew Wilks ? Je suis venue assister à votre conférence !

Elle annonça cela comme si elle répondait à une question dont Matthew brûlait de connaître la réponse. Puis, semblant se rendre compte qu'une explication était nécessaire, elle laissa retomber ses mains et dit :

– Je suis étudiante ici.

Elle gonfla la poitrine pour montrer l'écusson de l'université sur son sweat-shirt.

Matthew était rarement reconnu en public. Et lorsque cela arrivait, c'était par des confrères – d'autres cosmologues – ou des étudiants de troisième cycle. À l'occasion par un lecteur, de cinquante ans ou plus. Jamais par quelqu'un comme ça.

La jeune fille en question paraissait indo-américaine. Elle s'exprimait et s'habillait comme une jeune Américaine typique, et pourtant, malgré son allure négligée d'étudiante en début de cursus, de pensionnaire de résidence universitaire – il y avait le sweat-shirt, mais aussi un legging noir, des Timberland et des chaussettes de randonnée violettes –, Matthew ne put s'empêcher d'associer l'extravagance de son visage à ses lointaines origines ethniques. Elle lui évoquait un personnage de miniature hindouiste. Avec ses lèvres sombres, son nez arqué aux narines évasées et surtout ses yeux saisissants, d'une couleur comme n'aurait pu la créer qu'un peintre capable de mélanger du vert, du bleu et du jaune indistinctement, elle avait moins l'air d'une étudiante du Delaware que d'une gopi, ou d'une jeune sainte vénérée par les masses.

– Si vous venez à ma conférence, réussit à dire Matthew tout en recensant ces impressions, c'est que vous devez être spécialisée en physique.

Elle secoua la tête.

– Je ne suis qu'en première année. On a encore un an pour choisir une spécialité.

Elle ôta son sac à dos de son épaule pour le poser au sol, comme si elle s'installait.

– Mes parents veulent que je m'oriente vers les sciences. Et la physique m'intéresse. J'étais en option physique au lycée. Mais je suis aussi tentée par le droit, quelque chose de plus littéraire. Vous avez un conseil à me donner ?

C'était un peu gênant d'être assis face à cette fille qui était debout. Mais lui proposer de s'asseoir aurait appelé à prolonger la conversation, et Matthew n'en avait ni le temps ni l'envie.

– Mon conseil, c'est d'étudier ce qui vous plaît. Vous vous déciderez plus tard.

– C'est ce que vous avez fait, non ? À Oxford ? Vous avez commencé par étudier la philo, puis vous vous êtes tourné vers la physique.

– En effet.

– Je serais vraiment curieuse de savoir comment vous combinez tous vos centres d'intérêt. Parce que c'est ça, mon but. C'est vrai, vous écrivez tellement bien ! La façon dont vous expliquez le Big Bang, ou l'inflation cosmique, j'ai presque l'impression d'y être. Vous avez suivi beaucoup de cours de littérature à l'université ?

– J'en ai suivi quelques-uns, oui.

– Je suis carrément accro à votre blog. Quand j'ai su que vous veniez sur le campus, je n'en suis pas revenue !

La fille se tut un instant et lui sourit en le regardant fixement.

– Vous pensez qu'on pourrait aller boire un café ou autre chose pendant que vous êtes là, professeur ?

Si audacieuse fût-elle, cette requête ne surprit pas Matthew outre mesure. Dans chacune de ses classes, il avait au moins un étudiant arriviste. Ces gamins-là construisaient leur CV depuis la maternelle. Ils voulaient boire un café avec lui ou venir le voir à son bureau pendant ses heures de tutorat, ils voulaient se le mettre dans la poche dans l'espoir d'obtenir une recommandation ou un stage le moment venu, ou simplement soulager quelques instants la pression de devoir jouer des coudes comme le monde l'attendait d'eux. L'ardeur de cette fille, la vivacité de son enthousiasme qui confinait à la nervosité, était une chose qu'il reconnaissait.

Matthew était en déplacement professionnel, et il n'avait pas l'intention de consacrer son temps libre à jouer les conseillers d'orientation.

– On me tient assez occupé pendant que je suis ici. Je n'ai pas une minute à moi.

– Vous restez combien de temps ?

– Je repars demain.

– Bon. Au moins, je vais assister à votre conférence.

– Voilà.

– Je comptais venir à vos questions-réponses demain matin, mais j'ai cours.

– Vous ne raterez rien. En général, je ne fais que me répéter.

– Ça, ça m'étonnerait.

La fille reprit son sac à dos. Alors qu'elle semblait sur le point de partir, elle dit :

– Vous avez besoin qu'on vous montre où est la salle de conférences ? Il m'arrive encore de me perdre dans les bâtiments, mais je devrais pouvoir la trouver. C'est là-bas que je vais, de toute façon.

– Quelqu'un doit venir me chercher.

– Bon. Vous allez vraiment me prendre pour une harceleuse, maintenant. Ravie de vous avoir rencontré, professeur.

– Moi de même.

Mais la fille ne partit toujours pas. Elle continua de regarder Matthew avec cette étrange intensité, l'air ailleurs. Puis, tout à coup, comme si elle délivrait un message d'un autre monde, elle dit :

– Vous êtes mieux en vrai que sur vos photos.

– Je ne suis pas sûr que ce soit un compliment.

– C'est un constat.

– Mais est-ce que c'est une bonne chose ? Avec Internet, on me voit sans doute plus souvent en photo qu'en chair et en os.

– Je n'ai pas dit que vous n'étiez pas bien sur vos photos, professeur.

Un peu vexée, ou déçue, finalement, par cet échange, la fille remit son sac à dos sur son épaule et s'éloigna.

Matthew se tourna à nouveau vers son ordinateur portable. Il contempla l'écran. Ce ne fut que lorsque la fille fut sortie du café et passa devant la vitre qu'il leva les yeux, sciemment, pour voir de quoi elle avait l'air de dos.

Ce n'était pas juste.

Alors qu'un tiers des élèves de son lycée étaient indiens, Diwali n'était pas considéré comme férié. Ils n'avaient cours ni pour Noël ni pour Pâques, bien sûr, ni pour Roch Hachana ni pour Yom Kippour, mais s'agissant des fêtes hindoues ou musulmanes, il n'était prévu que des « aménagements ». C'est-à-dire que les profs toléraient les absences mais continuaient de donner des devoirs à la maison, et on était censé rattraper ce qui avait été vu ce jour-là.

Prakrti allait manquer quatre jours. Presque une semaine et au pire moment possible : juste avant les examens de maths et d'histoire, et pendant sa cruciale avant-dernière année de lycée. Cette idée la terrifiait.

Elle supplia ses parents d'annuler le voyage. Elle ne comprenait pas pourquoi ils ne pouvaient pas célébrer cette fête chez eux, comme tous ceux qu'ils connaissaient. La mère de Prakrti expliqua que sa famille lui manquait, sa sœur, Deepa, et ses frères, Pratul et Amitava. Ses parents – les grands-parents de Prakrti et de Durva – vieillissaient, aussi. Prakrti ne voulait-elle pas revoir Dadi et Dadu avant qu'ils ne quittent ce monde ?

Prakrti ne répondit rien à cela. Elle connaissait mal ses grands-parents – elle ne les voyait qu'en pointillé, lors de ses séjours dans ce qui restait, pour elle, un pays étranger. Ce n'était pas sa faute si elle trouvait ses grands-parents bizarres et effacés, mais elle savait qu'avancer cet argument aurait donné une mauvaise image d'elle.

– Vous n'avez qu'à me laisser ici, proposa-t-elle. Je peux me débrouiller toute seule.

Ça non plus, ça ne marcha pas.

Ils décollèrent de Philadelphia International un lundi soir de début novembre. Assise à l'arrière de l'avion, à côté de sa petite sœur, Prakrti alluma le plafonnier. Elle comptait lire *La Lettre écarlate* à l'aller et rédiger sa dissertation sur ce roman au retour. Mais impossible de se concentrer. Le symbolisme de Hawthorne lui semblait aussi étouffant que l'air recyclé de la cabine ; et bien qu'elle compatisse avec Hester Prynne, punie pour s'être conduite d'une manière devenue ordinaire, dès que les hôtesses servirent le dîner, Prakrti en profita pour abaisser sa tablette et regarder un film en mangeant.

Arrivée à Calcutta, elle était trop fatiguée par le décalage horaire pour travailler. Trop occupée, aussi. Les dissuadant de dormir, tante Deepa emmena Prakrti, Durva, leur cousine Smita et leur mère faire des courses dès leur descente de l'avion. Dans un nouveau grand magasin de luxe, elles achetèrent des couverts en argent – fourchettes, couteaux et grandes cuillers – et, pour les filles, des bracelets dorés et argentés, puis, dans un marché couvert, un genre de bazar traversé de rangées d'étals, la poudre de riz et de vermillon. De retour à l'appartement, elles commencèrent les décorations pour la fête. Prakrti, Durva et Smita reçurent pour mission de faire les empreintes de Lakshmi. Pieds nus, les trois filles marchèrent dans des plats de poudre humidifiée, disposés devant la porte d'entrée, et, délicatement, en ressortirent pour tracer un chemin à l'intérieur. Elles créèrent deux jeux d'empreintes, un rouge et un blanc. Lakshmi étant censée amener la prospérité, elles n'oublièrent aucune pièce : leurs empreintes passaient par la cuisine, le séjour, et même la salle de bains.

Rajiv, leur autre cousin, d'un an plus âgé que Prakrti, avait deux Xbox dans sa chambre. Elle passa le reste de l'après-midi à jouer à *Titanfall* avec lui, en mode multijoueur. La connexion Internet de l'appartement était ultra-rapide et ne sautait jamais. Lors de ses voyages précédents, Prakrti avait plaint ses cousins pour leur équipement informatique obsolète, mais à présent, comme tout Calcutta, ils lui étaient passés devant. La ville paraissait presque futuriste par endroits, surtout comparée au pauvre vieux Dover avec ses devantures de brique rouge, ses poteaux téléphoniques penchés et ses chaussées pleines de nids-de-poule.

Prakrti et Durva avaient rangé leurs saris dans des housses de pressing pour ne pas les froisser. Ce soir-là, pour Dhanteras, elles les mirent. Elles glissèrent leurs nouveaux bracelets à leurs bras et, debout devant la glace, regardèrent le métal renvoyer la lumière.

Dès que la nuit commença à tomber, on alluma les diyas et les plaça un peu partout dans l'appartement – sur le rebord des fenêtres, sur les tables basses, au milieu de la table du dîner et sur les enceintes de la chaîne stéréo de l'oncle de Prakrti. La musique s'échappait de ces monolithes noirs tandis que, tous réunis autour de la table, ils ripaillaient en chantant des bhajans.

Toute la nuit, des membres de la famille continuèrent d'arriver. À quelques exceptions près, Prakrti ne les reconnaissait pas, alors que, eux, savaient tout d'elle : qu'elle était une excellente élève, qu'elle faisait partie de l'équipe de joutes oratoires et même qu'elle comptait demander une inscription anticipée à l'Université de Chicago l'année prochaine. Ils étaient d'accord avec sa mère sur le fait que Chicago était trop loin du Delaware, et aussi trop froid. Avait-elle vraiment envie d'aller si loin ? N'allait-elle pas geler ?

Un groupe de femmes âgées, aux cheveux blancs et qui parlaient fort, lui manifestèrent elles aussi beaucoup d'intérêt. Rassemblées autour d'elle avec leurs seins et leur ventre tombants, elles lui criaient des questions en bengali. Chaque fois que Prakrti ne comprenait pas quelque chose – c'est-à-dire la plupart du temps –, elles criaient encore plus fort, jusqu'à ce qu'elles finissent par renoncer et secouent la tête, amusées et consternées par son ignorance américaine.

Vers minuit, la fatigue due au décalage horaire lui tomba dessus. Prakrti s'endormit sur le canapé. À son réveil, trois vieilles dames étaient penchées au-dessus d'elle, en train de faire des commentaires.

– L'horreur… dit Durva lorsque Prakrti le lui raconta.

– Tu te rends compte ?

Les jours qui suivirent furent tout aussi agités. Ils allèrent au temple, rendirent visite aux familles des oncles, échangèrent des cadeaux et se gavèrent de nourriture. Dans ces familles, certains respectaient tous les rites et les coutumes, d'autres n'en respectaient que quelques-uns, d'autres encore traitaient cette semaine comme une longue période de fête et de congé. Le soir de Diwali, ils descendirent au bord de l'eau pour la célébration. Le fleuve qui traversait Calcutta, le Hooghly, marron et vaseux la journée, était à présent, sous le ciel étoilé, transformé en un miroir noir étincelant. Des milliers de gens étaient massés sur sa rive. Presque sans bousculade malgré leur nombre, ils s'approchaient de l'eau pour y déposer leurs radeaux de fleurs. La foule se déplaçait comme un organisme unique, chaque avancée d'un côté se voyant compensée de l'autre par un recul. Une unité impressionnante. Le père de Prakrti lui expliqua en outre que tout ce qui était mis à l'eau – les feuilles de palmier, les fleurs, jusqu'aux bougies elles-mêmes, constituées de cire d'abeille – se décomposerait avant le lendemain matin : tout ce rituel flamboyant devait disparaître d'un coup sans laisser de traces.

Toute la débauche de clinquant qui entourait cette fête – Lakshmi, déesse de la prospérité, les bracelets dorés et argentés, les couverts étincelants – se résumait à cela, à la lumière et à sa brièveté. On vivait, on brûlait, on répandait sa petite lumière… puis, pouf ! l'âme changeait de corps. C'est ce que sa mère croyait. Son père en doutait, quant à Prakrti, elle savait que c'était faux. Elle n'avait pas l'intention de mourir avant longtemps. En attendant, elle voulait faire quelque chose de sa vie. Elle passa son bras autour des épaules de sa petite sœur, et ensemble elles regardèrent leurs bougies se fondre dans la mer de flammes.

S'ils étaient repartis le week-end, comme prévu, le séjour aurait été supportable. Mais après Bhai Dooj, le dernier jour des festivités, la mère de Prakrti annonça qu'elle avait fait modifier leurs billets pour rester un jour de plus.

Prakrti était si furieuse qu'elle dormit à peine cette nuit-là. Le lendemain matin, elle vint au petit déjeuner en tee-shirt et en jogging, échevelée, d'humeur boudeuse.

– Tu ne peux pas t'habiller comme ça aujourd'hui, Prakrti, dit sa mère. On sort. Mets ton sari.

– Non.

– Quoi ?

– Il est plein de sueur. Je l'ai déjà porté trois fois. Mon choli sent mauvais.

– Va le mettre.

– Pourquoi moi ? Et Durva ?

– Ta sœur est plus jeune. Un salwar kameez, c'est suffisant pour elle.

Lorsque Prakrti réapparut en sari, sa mère ne fut pas satisfaite. Elle la reconduisit dans la chambre pour le redraper elle-même.

Puis elle inspecta les ongles de Prakrti et lui épila les sourcils. Enfin – grande nouveauté –, elle lui appliqua du khôl autour des yeux.

– S'il te plaît, non, dit Prakrti en reculant.

Sa mère lui saisit le visage à deux mains.

– Reste tranquille !

Une voiture attendait en bas. Ils roulèrent pendant une heure jusqu'à la périphérie de la ville, où ils s'arrêtèrent devant une enceinte aux murs coiffés de barbelés à lames de rasoir.

Un gardien les conduisit dans la maison, de l'autre côté d'une cour de terre. Ils traversèrent un hall carrelé, montèrent un étage et entrèrent dans une vaste pièce avec de hautes fenêtres sur trois côtés et des ventilateurs aux pales d'osier au plafond. Malgré la chaleur, les ventilateurs n'étaient pas en marche. La pièce manquait cruellement de meubles, à part dans un coin où un homme aux cheveux blancs et vêtu d'une veste à la Nehru était assis en tailleur sur un tapis. Le genre d'homme qu'on s'attend à trouver en Inde. Un gourou. Ou un homme politique.

En face de lui, un couple d'une cinquantaine d'années occupait un petit canapé. Lorsque Prakrti et sa famille entrèrent, ils remuèrent la tête en signe de salut.

Les parents de Prakrti s'assirent à côté du couple, on donna à Durva une chaise juste derrière. Prakrti, elle, fut emmenée jusqu'à une espèce de banc ou de plateforme – elle ignorait comment l'appeler – un peu à l'écart de tout le monde. C'était un banc en bois de santal incrusté d'ivoire, à l'allure vaguement cérémonielle. En s'y asseyant, elle perçut une bouffée de sa propre odeur – elle commençait à transpirer avec la chaleur. Elle aurait aimé s'en moquer, imposer cette odeur à tous ces gens et mettre sa mère mal à l'aise – mais bien sûr, elle en était incapable. Elle avait elle-même trop honte. Aussi se tint-elle le plus immobile possible.

Durant la conversation qui suivit, elle entendit prononcer son nom. Mais on ne s'adressa jamais directement à elle.

On servit du thé. Des pâtisseries indiennes. Après une semaine, Prakrti en était écœurée. Mais elle en mangea par politesse.

Son téléphone lui manquait. Elle avait envie d'envoyer des textos à sa copine Kylie pour lui décrire le calvaire qu'elle était en train de vivre. Tandis qu'elle prenait son mal en patience sur son banc dur et que les domestiques allaient et venaient, d'autres personnes s'arrêtaient en passant dans le couloir pour regarder. La maison semblait en contenir des dizaines. Des curieux. Des fureteurs.

Lorsque ce fut terminé, Prakrti avait fait vœu de silence. Elle remonta dans la voiture avec l'intention de ne plus dire un mot à ses parents jusqu'à ce qu'ils rentrent chez eux. Ce fut donc Durva qui demanda :

– C'était qui, ces gens ?

– Je vous l'ai dit, répondit sa mère. Les Kumar.

– Ils sont de notre famille ?

Sa mère s'esclaffa.

– Un jour, peut-être.

Elle regarda par la vitre, le visage éclairé d'une vive satisfaction.

– Ce sont les parents du garçon qui veut épouser ta sœur.

Matthew parla pendant quarante-cinq minutes, comme on le lui avait demandé. Son sujet, ce jour-là, était les ondes gravitationnelles, en particulier leur récente détection par deux interféromètres jumeaux implantés en deux points distincts du continent nord-américain. Arpentant l'estrade, équipé d'un micro-cravate et vêtu d'une veste bleu marine et d'un jean, il expliqua que l'existence de ces ondes, théorisée par Einstein près d'un siècle plus tôt, n'avait été prouvée que cette année-là. En guise de support, il avait préparé une simulation numérique des deux trous noirs dont la fusion, dans une galaxie située à 1,3 milliard d'années-lumière, avait créé les perturbations invisibles et silencieuses qui avaient traversé l'univers pour être enregistrées par les appareils ultra-sensibles – à Livingston, en Louisiane, et à Hanford, dans l'État de Washington – fabriqués à cette seule fin. « Aussi sensibles que l'oreille de Dieu, les décrivit-il. Bien mieux que ça, même. »

La salle était remplie à moins de cinquante pour cent, qui plus est majoritairement de septuagénaires et d'octogénaires, des retraités de la ville qui venaient assister à ces conférences à l'université parce qu'elles étaient ouvertes au public et que, ayant lieu à une heure raisonnable, elles leur fournissaient un sujet de conversation pour le dîner.

À la séance de dédicace, ceux qui restèrent assaillirent Matthew, assis derrière une table, armé d'un Sharpie et d'un verre de vin. Beaucoup d'entre eux avaient un sac de toile beige à la main. Les femmes portaient des foulards de couleur vive et des pulls d'une ampleur indulgente, les hommes, d'informes pantalons à pinces. Tous dégageaient un sentiment d'excitation contenue. Difficile de savoir, à les entendre, s'ils avaient lu le livre de Matthew ou s'ils comprenaient quelque chose à son domaine. En tout cas, ils tenaient beaucoup à lui faire personnaliser leur exemplaire. La plupart du temps, ils se contentaient d'un sourire et d'un « Merci d'être venu à Dover ! », comme s'il était là gratuitement. Certains hommes ressortaient ce qu'ils avaient retenu de leurs cours de physique du lycée ou de l'université et essayaient de l'appliquer au contenu de la conférence.

Une femme à la frange blanche et aux joues rouges s'arrêta devant Matthew. Elle s'était récemment rendue en Angleterre pour y mener des recherches sur sa généalogie, expliqua-t-elle, et elle lui livra un rapport détaillé des pierres tombales pertinentes qu'elle avait localisées dans divers cimetières anglicans du Kent. Cette femme venait de partir quand la fille du café apparut.

– Je n'ai rien à vous faire dédicacer, annonça-t-elle, décomplexée.

– Ce n'est pas grave. Ce n'est pas une obligation.

– Je suis trop pauvre pour acheter un livre ! Ça coûte tellement cher, l'université !

Un peu plus d'une heure plus tôt, Matthew avait trouvé cette fille un peu envahissante. Mais à présent, fatigué de voir défiler ces vieux visages décharnés, il la regardait avec soulagement et gratitude. Elle avait troqué son sweat-shirt flottant contre un petit haut blanc qui lui laissait les épaules nues.

– Servez-vous au moins un peu de vin, lui dit-il. Ça, c'est gratuit.

– Je n'ai pas encore vingt et un ans. Je n'en ai que dix-neuf. J'en aurai vingt en mai.

– Je ne pense pas que ça gênera qui que ce soit.

– Vous essayez de me faire boire, professeur ?

Matthew se sentit rougir. Il chercha quelque chose à répondre pour se disculper, mais il y avait un fond de vrai dans cette boutade, et rien ne lui vint.

Heureusement, emportée par son énergie trépidante, la fille était déjà passée à autre chose.

– Je sais ! s'écria-t-elle en écarquillant les yeux. Vous ne pourriez pas me faire une dédicace sur un morceau de papier ? Comme ça, je la collerai dans votre livre.

– Si vous l'achetez un jour.

– Oui. D'abord, il faut que j'aie mon diplôme et que je rembourse mes prêts étudiant.

Elle avait déjà retiré son sac à dos pour le poser sur la table. Ce geste fit ressortir son parfum, une odeur légère, de propre, à base de talc.

Derrière elle, une dizaine de personnes attendaient encore. Elles ne semblaient pas s'impatienter, mais quelques-unes les regardaient fixement, étonnées que ça n'avance pas.

La fille sortit un carnet à spirale. L'ouvrant, elle chercha une page blanche. Lorsqu'elle pencha la tête, ses cheveux noirs tombèrent devant elle et formèrent un rideau qui les isola, Matthew et elle, de la file d'attente. Elle eut alors une réaction étrange. Elle parut frissonner, le corps parcouru d'une sensation délicate ou incommodante. Elle leva les yeux vers ceux de Matthew et, comme cédant à une envie irrésistible, d'une voix étranglée par la joie, elle dit :

– Oh, allez ! Vous n'avez qu'à écrire sur mon corps !

Cette suggestion fut si soudaine, si absurde, si bienvenue, que Matthew resta un moment interdit. Il jeta un coup d'œil vers les premières personnes de la file pour voir si quelqu'un avait entendu.

– Je crois qu'il vaut mieux que je m'en tienne à votre carnet, dit-il.

Elle le lui tendit. Le posant à plat sur la table, Matthew demanda :

– Qu'est-ce qui vous ferait plaisir ?

– Pour Prakrti. Vous voulez que je vous l'épelle ?

Mais il était déjà en train d'écrire : « Pour Prakrti. Un vent de fraîcheur. »

Ces mots firent rire la fille. Puis, comme si c'était la requête la plus innocente du monde, elle dit :

– Vous pouvez mettre votre numéro de portable ?

Matthew n'osa même pas relever les yeux. Il avait le visage en feu. Il était à la fois pressé que ce moment se termine et enchanté par cette rencontre. Il griffonna son numéro.

– Merci d'être venue, dit-il en repoussant le carnet avant de se tourner vers la personne suivante.

Le garçon s'appelait Dev. Dev Kumar. Il avait vingt ans, travaillait dans un magasin de matériel audiovisuel et préparait en cours du soir un diplôme d'informatique. Tous ces éléments furent communiqués à Prakrti par sa mère dans l'avion du retour aux États-Unis.

L'idée d'épouser cet inconnu – ou quiconque, d'ailleurs, avant très, très longtemps – lui semblait trop grotesque pour être prise au sérieux.

– Hé ho ! maman ! J'ai seulement seize ans.

– J'en avais dix-sept quand je me suis fiancée avec ton père.

Ouais, et on voit ce que ça a donné, songea Prakrti. Mais elle se tut. Discuter de l'idée n'aurait fait que la crédibiliser ; ce qu'elle voulait, elle, c'était ne plus en entendre parler. Sa mère aimait tirer des plans sur la comète. Elle voulait à tout prix retourner s'installer en Inde lorsque le père de Prakrti serait à la retraite. Elle rêvait de voir Prakrti aller travailler là-bas un jour, à Bangalore ou à Bombay, épouser un jeune Indien et acheter une maison assez grande pour accueillir ses parents. Dev Kumar n'était que la dernière incarnation de ce fantasme.

Prakrti mit son casque pour ne plus avoir à écouter sa mère. Elle passa le reste du vol à rédiger sa dissertation sur *La Lettre écarlate*.

Lorsqu'ils furent rentrés, comme elle l'espérait, le scénario catastrophe tomba aux oubliettes. Sa mère parla quelques fois de Dev – un pur discours de représentant de commerce –, puis laissa tomber. Son père, de retour au travail, semblait avoir complètement oublié les Kumar. Quant à Prakrti, elle se replongea dans le travail scolaire. Elle révisait ses cours jusque tard tous les soirs, voyageait avec l'équipe de joutes oratoires et, le samedi matin, suivait au lycée des séances d'entraînement à l'examen d'entrée à l'université.

Un week-end de décembre, elle faisait ses devoirs dans sa chambre tout en discutant avec Kylie en Facetime. Prakrti avait son téléphone sur son lit à côté d'elle, la voix de Kylie s'échappait du haut-parleur.

– Bref, dit Kylie, il est venu chez moi et il a déposé une tonne de fleurs devant la porte.

– Ziad ?

– Ouais. Il les a laissées là. Comme des bouquets de supermarché, mais beaucoup. C'est mes parents et mon petit frère qui les ont trouvées en rentrant. J'ai eu une de ces hontes. Attends ! Il vient de m'envoyer un texto.

Pendant que Kylie lisait le texto, Prakrti dit :

– Tu devrais le larguer. Il est immature, il écrit comme un illettré et, je suis désolée, mais il est gros.

Lorsque son propre téléphone émit un ding quelques secondes plus tard, Prakrti crut que Kylie lui avait transféré le nouveau texto de Ziad pour qu'elles en discutent et décident quoi répondre. Elle ouvrit le texto sans regarder le nom de l'expéditeur, et l'écran de son téléphone se remplit du visage de Dev Kumar.

Elle le reconnut à son air peiné et trop empressé. Il se tenait – on le faisait poser, sans doute – sous une lumière flatteuse, devant les branches tordues d'un banian. Il avait la maigreur des habitants du tiers-monde, des gens qui avaient été privés de protéines quand ils étaient enfants. Le cousin Rajiv et ses copains s'habillaient comme les garçons du lycée de Prakrti, voire un peu mieux. Ils achetaient les mêmes marques de vêtements et avaient les mêmes coupes de cheveux. Dev, lui, portait une chemise blanche avec un col d'une longueur absurde, comme dans les années soixante-dix, et un pantalon gris mal taillé. Il arborait un sourire crispé, ses cheveux bruns étaient luisants d'huile.

En temps normal, Prakrti aurait partagé la photo avec Kylie. Les selfies des garçons qui en faisaient trop, qui envoyaient des photos de leur torse ou utilisaient des filtres, ne manquaient jamais de les faire hurler de rire. Mais ce soir-là, Prakrti reposa le téléphone en éteignant l'écran. Elle ne voulait pas expliquer qui était Dev. Elle avait trop honte.

Les jours suivants, elle n'en parla pas non plus à ses copines indiennes. Beaucoup d'entre elles avaient des parents dont le propre mariage avait été arrangé, et elles avaient l'habitude d'entendre leur famille défendre cette pratique. Certains parents soutenaient la supériorité des mariages arrangés en invoquant le faible taux de divorce en Inde. M. Mehta, le père de Devi Mehta, aimait citer une étude « scientifique » dans *Psychology Today*, selon laquelle c'était durant les *cinq* premières années que les couples mariés par amour étaient le plus amoureux, alors que ceux dont le mariage avait été arrangé n'atteignaient leur maximum d'amour qu'après *trente* ans de vie commune.

L'amour naissait d'expériences partagées, voilà quel était le message. C'était une récompense et non un don.

Les parents étaient bien obligés de tenir ce discours. Dire autre chose aurait invalidé leur propre union. Mais tout ça, c'était du cinéma. Ils savaient pertinemment que les choses étaient différentes aux États-Unis.

Enfin, pas toujours. Il y avait, au lycée de Prakrti, un groupe de filles issues de familles ultraconservatrices, nées elles-mêmes en Inde où elles avaient été élevées en partie, et qui, du coup, étaient totalement soumises. Elles s'exprimaient en cours dans un anglais parfait et rédigeaient des dissertations dans un style d'une beauté surannée, presque victorien, mais entre elles, elles préféraient parler l'hindi, le gujarati ou autre. Ne mangeant jamais rien de ce qui était servi à la cafétéria ou proposé par les distributeurs automatiques, elles apportaient leur propre déjeuner végétarien, conditionné dans un tiffin. Il leur était interdit de participer aux bals du lycée ou de s'inscrire dans les clubs d'activités extrascolaires comptant des garçons parmi leurs membres. Elles venaient chaque jour au lycée, discrètes, appliquées, elles faisaient ce qu'on attendait d'elles, puis, lorsque retentissait la dernière sonnerie, elles regagnaient toutes ensemble des berlines Kia et des monospaces Honda pour être ramenées à leur existence monacale. La rumeur disait que ces filles, soucieuses de protéger leur hymen, refusaient d'utiliser des Tampax. D'où le surnom que leur avaient donné Prakrti et ses copines. Les Hymens, elles les appelaient. Tiens, voilà les Hymens.

– Je sais pas ce qui me plaît chez lui, dit Kylie. On avait un terre-neuve, avant, il s'appelait Bartleby. Ziad me fait un peu penser à lui.

– Quoi ?

– Tu m'écoutes, au moins ?

– Excuse-moi, dit Prakrti. Ouais, non. Ces chiens sont dégoûtants. Ils bavent.

Elle effaça la photo.

– Alors maintenant, tu donnes mon numéro à n'importe qui ? dit Prakrti à sa mère, le lendemain.

– Tu as reçu la photo de Dev ? Sa mère m'a promis de lui en faire envoyer une.

– Tu me dis de ne jamais donner mon numéro à des inconnus, et maintenant, c'est toi qui le donnes ?

– Dev n'est pas vraiment « n'importe qui ».

– Pour moi, si.

– Laisse-moi en prendre une de toi, à envoyer en retour. Je l'ai promis à Mme Kumar.

– Non.

– Allez. N'aie pas l'air si morose. Dev va croire que tu as un horrible caractère. *Souris*, Prakrti. Il faut que je te force à sourire ?

Vous n'avez qu'à écrire sur mon corps !

Au dîner, dans un restaurant près du campus, tout en discutant avec les membres du comité des conférences, Matthew ne cessait d'entendre les mots de la fille dans sa tête.

Était-elle sérieuse ? Ou était-ce simplement le genre de phrase idiote et provocante que prononçaient les étudiantes américaines de nos jours ? À l'image de leur façon de danser, de « twerker », avec ces mouvements de hanches suggestifs qui envoyaient des messages involontaires. Si Matthew avait été plus jeune, ne serait-ce qu'à peu près de la même génération, il aurait su.

Il était agréablement surpris par le restaurant. Un établissement rustique, chaleureusement décoré, où l'on servait des produits locaux. On leur avait donné une salle près du bar. Matthew était assis à la place d'honneur, au centre de la tablée.

Sa voisine, prof de philo, trentenaire pugnace aux cheveux crépus et au visage large, lui dit :

– Voici ma question de cosmologie. Si nous acceptons l'idée d'un multivers infini, composé de tous les univers possibles et imaginables, il y en a forcément un où Dieu existe et un autre où Il – enfin, Elle – n'existe pas. En plus de toutes les autres sortes d'univers. Alors, dans lequel vivons-nous ?

– Heureusement, dans un univers où on peut boire de l'alcool, répondit Matthew en levant son verre.

– Y en a-t-il un où j'ai des cheveux ? demanda un économiste chauve et barbu, à deux sièges de lui.

La conversation se poursuivit ainsi, rapide, joviale. La tablée bombardait Matthew de questions, puis, chaque fois qu'il ouvrait la bouche pour répondre, se taisait. Tous avaient déjà oublié ce qu'il avait dit pendant sa conférence et l'interrogeaient sur d'autre sujets : les extraterrestres, le boson de Higgs. Le seul autre physicien présent, peut-être jaloux du succès relatif de Matthew, ne décrochait pas un mot. Sur le chemin du restaurant, il lui avait dit : « Votre blog est très populaire auprès de mes premier cycle. Les gamins l'adorent. »

Le plat principal terminé, tandis qu'on débarrassait les assiettes, le président du comité demanda aux gens assis près de Matthew d'échanger leur place avec ceux assis loin de lui. Chacun commanda un dessert, sauf Matthew qui, consulté par le serveur, demanda un whisky. Son verre venait d'arriver quand son téléphone vibra dans sa poche.

Sa nouvelle voisine était une femme au teint pâle et aux traits d'oiseau, vêtue d'un tailleur-pantalon.

– Je ne suis pas professeur, expliqua-t-elle. Je suis la femme de Pete.

Elle désigna son mari de l'autre côté de la table.

Matthew sortit son téléphone de sa poche et le tint discrètement sous la table.

Il ne reconnut pas le numéro. Le message disait simplement : « Coucou. »

Remettant le téléphone dans sa poche, il but une gorgée de whisky, se renversa en arrière sur sa chaise et regarda autour de lui. Il avait atteint ce stade de la soirée – ça lui faisait toujours cet effet-là lorsqu'il était en déplacement – où un halo euphorique s'installait, une onctuosité lumineuse qui envahissait le restaurant presque comme un liquide. Ce halo émanait des lueurs du bar avec ses rangées de bouteilles colorées sur les étagères devant le miroir mural, ainsi que de la lumière des appliques et des bougies, réfléchie par les vitres à motifs dorés des fenêtres. Il était nourri par le brouhaha du restaurant, le bruit des conversations et des rires, ces sons de convivialité citadine, mais aussi par Matthew lui-même, sa satisfaction grandissante d'être qui il était et là où il était, libre de s'encanailler de la manière qui se présenterait. Et surtout, il tenait au fait que Matthew ait conscience de ce mot unique – *coucou* – caché dans son téléphone portable, plaqué dans sa poche contre sa cuisse.

Ce halo ne survivrait pas seul. Il avait besoin du concours de Matthew. Avant de s'excuser, il commanda un autre whisky. Puis il se leva, chercha son équilibre et traversa le bar jusqu'à l'escalier descendant aux toilettes.

Celles des hommes étaient vides. De la musique avec beaucoup de basses, peut-être diffusée en haut dans le restaurant bruyant, s'échappait des haut-parleurs du plafond. Le son était étonnamment bon dans cet espace carrelé. Se déplaçant au rythme des basses, Matthew entra dans un box et referma la porte derrière lui. Il sortit son téléphone et commença à taper d'un doigt.

Désolé, je ne reconnais pas ce numéro. Qui est-ce ?

La réponse fut presque immédiate.

Le vent de fraîcheur :)

Ah oui, bonsoir.

Qu'est-ce que vous faites ?

Je m'enivre dans un restaurant.

Ça a l'air sympa. Vous êtes seul ?

Matthew hésita. Puis il écrivit :

Désespérément.

C'était comme faire du ski. Ce moment où, en haut de la pente, vous inclinez le buste en avant pour vous en remettre à l'attraction terrestre qui vous propulse vers le bas. Ils continuèrent d'échanger des textos pendant quelques minutes. Matthew n'était que vaguement conscient de la personne avec qui il communiquait. Les deux images qu'il avait de cette fille – une en sweat-shirt flottant, l'autre en haut blanc près du corps – étaient difficiles à concilier. Il ne se rappelait plus exactement de quoi elle avait l'air. Elle était à la fois spécifique et suffisamment floue pour être n'importe quelle femme, ou toutes les femmes à la fois. Chaque texto que Matthew envoyait générait une réponse palpitante, et tandis que son ton se faisait de plus en plus dragueur, la fille le suivait dans cette escalade. L'excitation de jeter des pensées impétueuses dans le vide était grisante.

Des points de suspension clignotaient à présent : la fille écrivait quelque chose. Matthew attendit, les yeux rivés sur son écran. Il la devinait, à l'autre bout du chemin invisible qui les reliait, pianotant de ses pouces agiles, la tête baissée, ses cheveux noirs tombant devant son visage comme à la séance de dédicace.

Puis son message s'afficha :

Vous êtes marié, non ?

Matthew ne s'attendait pas à ça. Ce fut la douche froide. Tout à coup, il se vit tel qu'il était, un quinquagénaire marié et père de famille, caché dans un box de toilettes et échangeant des textos avec une fille qui avait moins de la moitié de son âge.

Il n'y avait qu'une seule réponse honorable possible.

En effet.

Les points de suspension clignotants réapparurent. Puis disparurent. Sans réapparaître.

Matthew attendit encore quelques instants avant de sortir du box. En voyant son reflet dans la glace, il grimaça et s'écria : « Pathétique ! »

Mais il ne le pensait pas. Pas vraiment. Globalement, il était plutôt fier de lui, comme après avoir tenté en vain un coup spectaculaire dans une compétition sportive.

Il remontait l'escalier pour regagner la salle lorsque son téléphone vibra à nouveau.

Si ça ne vous gêne pas, moi non plus.

Sur la commode de la chambre principale était posée une photo de mariage. Avec des couleurs criardes, elle montrait le jeune homme et la jeune femme qui deviendraient les parents de Prakrti, posant solennellement l'un à côté de l'autre, comme forcés de se tenir ainsi par un aiguillon. D'une minceur incroyable, le visage de son père était surmonté d'un turban blanc. La chaîne en or d'un diadème pendait sur le front lisse de sa mère, assortie à l'anneau qu'elle portait au nez et assombrie par le voile de dentelle rouge qui couvrait ses cheveux. Tous deux portaient au cou de lourds colliers constitués de nombreuses rangées de baies rouge foncé brillantes. Cela dit, elles avaient l'air bien dur, ces baies. C'étaient peut-être des graines.

Le jour où cette photo avait été prise, ses parents se connaissaient depuis vingt-quatre heures.

Prakrti pensait rarement au mariage de ses parents. Il avait eu lieu longtemps auparavant, dans un autre pays, selon des règles différentes. Mais de temps en temps, poussée par l'indignation autant que par la curiosité, elle se forçait à imaginer les événements qui s'étaient produits tout de suite après la prise de cette photo. Debout au milieu d'une chambre d'hôtel sombre, quelque part, sa mère de dix-sept ans. Une jeune villageoise naïve qui ignorait pratiquement tout du sexe, des garçons et de la contraception, et qui savait pourtant ce qu'on attendait d'elle à ce moment particulier. Elle savait qu'il était de son devoir de se déshabiller devant un homme qu'elle ne connaissait pas mieux qu'un passant dans la rue. De retirer son sari nuptial, ses chaussons de satin, ses sous-vêtements cousus à la main, ses bracelets et ses colliers en or, de s'allonger sur le dos et de laisser cet homme faire d'elle ce qu'il voulait. De se soumettre. À cet étudiant en comptabilité qui partageait un appartement à Newark, dans le New Jersey, avec six autres célibataires, son haleine encore imprégnée de ce qu'il avait avalé dans un fast-food américain avant de s'envoler pour l'Inde.

Pour Prakrti, le scandale de cet arrangement – c'était presque de la prostitution – ne collait pas avec la mère prude et autoritaire qu'elle connaissait. Non, ça ne s'était probablement pas passé comme ça, préférait-elle penser. Le mariage de ses parents était sans doute resté chaste durant les premières semaines voire les premiers mois, pour n'être consommé que bien plus tard, une fois qu'ils avaient appris à se connaître et que toute idée d'obligation ou de viol avait disparu. Prakrti ne connaîtrait jamais la vérité. Elle avait trop peur pour poser la question.

Elle chercha sur Internet d'autres personnes dans sa situation. Comme toujours sur Internet, elle trouva vite des forums de discussion grouillants de récriminations, de conseils, de justifications, d'appels à l'aide et de marques de réconfort. Certaines jeunes femmes, souvent instruites et habitant des grandes villes, traitaient le sujet du mariage arrangé avec une inquiétude théâtrale, comme si elles vivaient un épisode loufoque du *Mindy Project*. Elles dépeignaient leurs parents comme des gens de bonne volonté dont l'intervention dans leur vie, si agaçante soit-elle, ne les empêcherait jamais de les aimer. « Ma mère n'arrête pas de filer mon adresse mail aux gens qu'elle rencontre. L'autre jour, j'ai reçu un mail du père d'un type, qui s'est mis à me poser tout un tas de questions personnelles, genre combien je pèse, est-ce que je fume, est-ce que je me drogue, est-ce que j'ai des problèmes de santé, gynécologiques ou autres, à signaler, pour voir si je ferais une bonne épouse pour son ringard de fils avec qui je ne sortirais même pas si on était tous les deux sous acide au Burning Man et que j'étais d'humeur généreuse et/ou super excitée. » D'autres semblaient résignées à la pression et aux manœuvres parentales. « Franchement, écrivait l'une d'elles, est-ce que c'est pire que de s'inscrire sur OkCupid ? Ou de passer toute une soirée dans un bar avec un type qui vous souffle son haleine pleine d'alcool à la figure ? »

Mais on trouvait aussi des messages déchirants, de la part de filles plus proches de l'âge de Prakrti. Des filles qui n'écrivaient pas très bien, peut-être scolarisées dans de mauvais lycées ou installées aux États-Unis depuis peu. Il y en avait un, d'une fille dont le pseudo était « Casséeparlavie », que Prakrti n'arrivait pas à se sortir de la tête. « Salut, j'habite dans l'Arkansas. Ici, c'est interdit de se marier à mon âge (j'ai 15 ans) sans l'accord des parents. Le problème, c'est que mon père veut que j'épouse un ami indien à lui. Je ne le connais même pas. J'ai demandé à voir une photo mais mon père m'en a montré une d'un garçon bien trop jeune pour être un de ses amis (mon père a 56 ans). Bref, je me fais piéger par mon propre père. Quelqu'un peut m'aider ? Y a-t-il un service juridique que je peux contacter ? Qu'est-ce qu'on peut faire si on est jeune et qu'on n'est pas d'accord, mais qu'on n'ose pas s'opposer à ses parents parce qu'on a déjà subi des violences verbales/physiques avant ? »

Après avoir passé quelques heures sur Internet à lire des témoignages de ce genre, Prakrti s'affola. Elle touchait la réalité du doigt. Partout, des filles résistaient ou se soumettaient à cette pratique qu'elle-même jugeait insensée.

Du Dorset, Matthew se rend en train à Londres, puis à Heathrow. Deux heures plus tard, il est dans le ciel, en route pour JFK. Il a choisi un siège près d'un hublot pour ne pas être dérangé pendant le vol. En regardant à l'extérieur, il voit l'aile de l'avion, le gros réacteur cylindrique à l'air crasseux. Il s'imagine ouvrant la porte de secours et sortant sur l'aile, se maintenant en équilibre contre la force du vent, et l'espace d'un instant ça lui semble presque plausible.

Durant les quatre mois qu'il a passés en Angleterre, il est resté en contact avec ses enfants principalement par texto. Ils n'aiment pas les mails. Trop lent, disent-ils. Skype, leur préférence, désoriente Matthew. Les images de Jacob et de Hazel qui apparaissent en flux continu sur son ordinateur portable les rendent simultanément à portée de main et insaisissables. Jacob s'est empâté. Distrait, il regarde souvent ailleurs, peut-être un autre écran. Hazel accorde à son père toute son attention. Penchée en avant, elle tient une poignée de cheveux près de la caméra pour montrer ses nouvelles mèches, qu'elle a fait teindre en rouge, en violet ou en bleu. Mais souvent, l'écran se fige. Pixélisé, le visage des enfants de Matthew semble alors artificiel, illusoire.

Matthew est également troublé par sa propre image, qui apparaît dans une fenêtre au coin de l'écran. C'est lui, leur père, tapi dans l'ombre de sa cachette.

Toutes ses tentatives de jovialité sonnent faux à ses oreilles.

Ça ne peut pas bien se passer : soit ses enfants semblent traumatisés par son absence, soit ils semblent distants et autonomes. Dans les deux cas, c'est terrible. Les détails familiers de leurs chambres lui fendent le cœur, le papier peint velouté de Hazel, les posters de hockeyeurs de Jacob.

Ils sentent que leur vie est devenue précaire. Ils ont entendu Tracy parler avec lui au téléphone, avec sa famille et ses amis, avec son avocat. Ils lui demandent si leur mère et lui vont divorcer, à quoi il leur répond, en toute franchise, qu'il n'en sait rien. Il ignore s'ils reformeront une famille un jour.

Ce qui l'étonne à présent, surtout, c'est sa stupidité. Il a cru que son infidélité ne concernait que Tracy, qu'il ne trahissait que sa confiance à elle. Et il s'est trouvé, sinon des excuses, du moins des circonstances atténuantes dans les difficultés de la vie conjugale, ses rancœurs, ses insatisfactions physiques. Il a fait une sortie de piste avec Jacob et Hazel sur le siège arrière, inconscient du danger auquel il les exposait.

Parfois, pendant leurs conversations sur Skype, Tracy entre dans la pièce sans faire attention. Lorsqu'elle comprend avec qui Jacob et Hazel sont en train de parler, elle lance un salut à Matthew d'une voix tendue et indulgente. Mais elle reste en retrait, elle ne veut pas montrer son visage. Ni voir le sien.

« C'était gênant », a dit Hazel une fois, après une de ces scènes-là.

Difficile de savoir ce que ses enfants pensent de son inconduite. Judicieusement, ils n'abordent jamais la question.

– Tu as fait un faux pas, lui a dit Jim dans le Dorset, il y a quelques semaines.

Ruth était à une soirée de son club de lecture de pièces de théâtre, les deux hommes fumaient un cigare sur la terrasse.

– Tu as commis une erreur de jugement, un soir sur des centaines de vie commune. Des milliers.

– Ça n'a pas été mon seul faux pas, pour être honnête.

D'un geste de la main, Jim a chassé cette idée avec la fumée de son cigare.

– Très bien, tu n'es pas un saint. Mais tu as été un bon mari, comparé à la plupart. Et, en l'occurrence, on t'a incité.

Matthew s'interroge sur ce terme. Incité. L'a-t-il vraiment été ? Ou est-ce seulement ainsi qu'il a présenté l'incident à Ruth, qui s'est rangée de son côté, comme n'importe quelle mère, et a ensuite donné cette impression à Jim. Quoi qu'il en soit, on ne peut être incité à commettre un acte qu'on ne désire pas commettre au départ. C'est ça, le vrai problème. Sa concupiscence. Ce mal inflammatoire chronique.

Il y avait un café, près de l'université, où Prakrti et Kylie aimaient aller. Assises dans la salle du fond, elles essayaient de se mêler aux étudiants des tables voisines. Si quelqu'un leur parlait, surtout si c'était un garçon, elles se faisaient passer pour des première année. Kylie devenait une surfeuse californienne prénommée Meghan. Prakrti prétendait s'appeler Jasmine et avoir grandi dans le Queens.

– Sans vouloir te vexer, il y a des Blancs qui sont vraiment crétins, dit-elle, la première fois que leur mensonge fonctionna. Ils doivent penser que toutes les Indiennes ont des noms d'épices. Je devrais dire que je m'appelle Ginger. Ou Cilantro[1].

– Ou Curry. « Salut, moi c'est Curry. Je suis super chaude. »

Et elles rirent à s'en décrocher la mâchoire.

Fin janvier, les examens de fin de trimestre approchant, elles se mirent à fréquenter ce café deux ou trois fois par semaine. Un mercredi soir d'orage, Prakrti arriva avant Kylie. Elle réquisitionna leur table préférée et sortit son ordinateur.

Depuis le début de l'année, elle recevait des e-mails et des lettres d'universités l'encourageant à déposer un dossier d'inscription. Les sollicitations étaient d'abord venues d'établissements qui ne l'intéressaient pas en raison de leur situation géographique, leur appartenance religieuse ou leur manque de prestige. En novembre, cependant, Stanford lui avait envoyé un mail. Puis, quelques semaines plus tard, Harvard.

Ça lui faisait plaisir, du moins ça la rassurait, de se sentir courtisée.

Elle se connecta à son compte Gmail. Un groupe de filles en bottes de pluie de couleurs vives et décoiffées par le vent entrèrent en riant et se lissèrent les cheveux. Elles prirent la table à côté de celle de Prakrti. L'une d'elles lui adressa un sourire, qu'elle lui rendit.

Elle avait un message non lu dans sa boîte de réception.

Chère mademoiselle Banerjee,

1. *Jasmine*, en anglais, signifie « jasmin » ; *ginger*, « gingembre », et *cilantro*, « coriandre ».

C'est par ces mots que mon frère Neel me conseille de commencer en guise de salutation, plutôt que par « Chère Prakrti ». Bien qu'il soit plus jeune que moi, son anglais est meilleur. Il m'aide à corriger mes fautes pour que je ne te fasse pas une mauvaise première impression. Je ne devrais peut-être pas te dire cela. (Neel me le déconseille.)

Mon sentiment est que, si nous devons nous marier un jour, je dois tâcher d'être le plus honnête possible pour que tu voies mon vrai visage et que tu apprennes à me connaître.

Je devrais sans doute te poser toutes sortes de questions, comme : Qu'aimes-tu faire pendant tes loisirs ? Quels sont tes films préférés ? Quel style de musique aimes-tu ? Des questions portant sur notre compatibilité personnelle. Mais je ne pense pas qu'elles aient beaucoup d'importance.

Elles en ont moins que celles de nature culturelle ou religieuse. Par exemple, souhaites-tu avoir beaucoup d'enfants un jour ? C'est peut-être trop te demander, si tôt dans notre correspondance. J'ai moi-même de nombreux frères et sœurs, et j'ai l'habitude d'une grande agitation dans la maison. Parfois, je me dis que ce serait bien d'avoir une famille moins nombreuse, comme le veut la tendance actuelle.

Je suppose que mes parents ont informé les tiens de mon aspiration à devenir programmeur pour une grande entreprise comme Google ou Facebook. J'ai toujours rêvé de vivre en Californie. Je sais que le Delaware n'est pas dans la même région, que c'est proche de Washington.

Pendant mes loisirs, j'aime regarder le cricket et lire des mangas. Et toi, qu'aimes-tu faire ?

En conclusion, permets-moi de te dire que je t'ai trouvée très agréable à regarder quand je t'ai vue chez mon grand-oncle. Je ne suis pas venu te saluer car ma mère m'a dit que cela ne se faisait pas. Je le regrette. Les coutumes sont souvent étranges, mais nous devons nous fier à la sagesse de nos parents, qui ont l'expérience d'une vie plus longue.

Merci pour la photo que tu as envoyée. Je la garde près de mon cœur.

Si ce garçon s'était assis avec l'intention de révolter Prakrti à chaque mot qu'il écrirait, s'il avait voulu être un insupportable petit Shakespeare, il n'aurait pas fait mieux. Prakrti ignorait ce qu'elle détestait le plus. La mention des enfants, qui supposait une intimité physique dont l'idée même la révulsait, était déjà fâcheuse. Mais bizarrement, c'était la formule « très agréable à regarder » qui la gênait le plus.

Que faire ? Elle fut tentée de répondre à Dev Kumar pour lui dire de cesser de l'importuner, mais elle craignit que cela ne revienne aux oreilles de sa mère.

Elle préféra chercher sur Google « âge majorité États-Unis ». Les résultats qu'elle obtint lui apprirent qu'à ses dix-huit ans, elle aurait le droit d'acquérir des biens immobiliers, d'avoir un compte bancaire à son nom et d'entrer dans l'armée. Le passage qu'elle trouva le plus réconfortant fut néanmoins celui où il était dit que toute personne atteignant l'âge de dix-huit ans devenait « maîtresse de sa personne, de ses actes et de ses décisions, ses parents perdant dès lors leur autorité légale sur elle et sur sa vie en général. »

Dix-huit ans. Dans un an et demi. Prakrti serait alors déjà acceptée à l'université. Si ses parents refusaient de la laisser y aller, ou lui imposaient de rester dans la région, peu importerait. Elle se débrouillerait toute seule. Elle pouvait prétendre à une aide financière. Ou obtenir une bourse. Au besoin, souscrire à des emprunts. Elle pouvait trouver un petit boulot en dehors des cours, ne rien demander à ses parents et ne rien leur devoir en retour. Ça leur plairait, ça, à ses parents ? Qu'est-ce qu'ils feraient, là ? Ils se mordraient les doigts d'avoir voulu arranger son mariage. Ils se repentiraient, ramperaient à ses pieds. Alors, *peut-être* – une fois en troisième cycle, ou installée à Chicago –, elle leur pardonnerait.

Lorsque Kylie était Meghan et que Prakrti était Jasmine, elles étaient plus nonchalantes, un peu moins futées, mais plus audacieuses. Une fois, Kylie avait abordé un garçon mignon avec des dreadlocks et des fossettes, et elle lui avait dit : « Voilà, pour mon cours de psycho, on nous demande de soumettre quelqu'un à un test de personnalité. Ça ne prendra que quelques minutes. » Elle avait demandé à Prakrti de venir, en l'appelant Jasmine, et ensemble elles l'avaient interrogé en lui posant des questions improvisées au fur et à mesure. Quel est le dernier rêve que tu aies fait ? Si tu étais un animal, ce serait quoi ? Au bout d'un moment, le garçon avait paru s'étonner de l'ineptie de leurs questions. « C'est pour un cours ? Vraiment ? » Les filles s'étaient mises à glousser. Mais Kylie avait insisté : « Oui ! on doit le remettre demain ! » La fiction qu'elles créaient était alors double : plus que des lycéennes se faisant passer pour des étudiantes, elles étaient désormais des étudiantes prétextant un test psychologique afin de draguer un mec super mignon. Autrement dit, elles endossaient déjà leur futur statut d'étudiantes, elles étaient déjà les filles qu'elles seraient peut-être un jour.

C'était tout cet avenir qui s'écroulait. Prakrti regarda les filles en legging et bottes de pluie. Aux autres tables, des jeunes tapaient sur leur ordinateur, lisaient, discutaient avec des profs.

Elle avait cru être des leurs, non pas en tant que Jasmine du Queens, mais en tant qu'elle-même.

La tête lui tourna. Sa vue se brouilla. C'était comme si le sol du café s'effondrait et qu'un gouffre s'ouvrait entre les étudiants et elle. Elle s'agrippa au bord de la table pour se stabiliser, mais la sensation de chute persista.

Rapidement, elle se sentit plus entravée qu'en train de tomber. On l'encerclait, on venait la chercher. Elle était l'élue. Fermant les yeux, Prakrti les imagina avançant vers elle, comme elles le faisaient dans les couloirs du lycée. Leurs yeux sombres baissés, elles murmuraient dans des langues étrangères qui étaient aussi les siennes, lui ressemblaient, lui tendaient leurs nombreuses mains pour l'emmener avec elles. Les Hymens.

Elle ignorait combien de minutes elle resta ainsi. Elle garda les yeux fermés jusqu'à ce que le vertige passe, puis elle se leva et se dirigea vers la porte d'entrée.

Juste avant la porte se trouvait un tableau d'affichage. Il était couvert de flyers et d'annonces, de cartes de visite, de feuillets détachables proposant des cours particuliers ou des sous-locations. Dans le coin en haut à droite, seulement en partie visible, il y avait une publicité pour une conférence. Le sujet ne disait rien à Prakrti. Ce qui retint son attention, ce fut la date de l'événement – la semaine suivante – et la photographie de l'intervenant. Un homme au visage enfantin et amical, le teint rose, les cheveux blond vénitien. Un professeur anglais de passage. Pas quelqu'un d'ici.

En l'attendant dans sa chambre d'hôtel, Matthew avait déjà pris sa décision.

Il avait prévu de lui offrir à boire. De s'asseoir, discuter, profiter de sa compagnie, de la présence d'une fille aussi jeune et aussi belle auprès de lui, mais rien de plus. Il avait suffisamment bu pour s'en contenter. Nullement animé par un puissant désir physique, il éprouvait plutôt le sentiment grandissant d'une appréhension grisante, comme s'il s'incrustait à une soirée sélect.

Puis elle déboula et son parfum poudré le percuta de plein fouet.

Sans le regarder dans les yeux ni prononcer un mot, elle ôta son sac à dos de son épaule, le posa au sol et resta immobile, la tête baissée. Elle ne retira même pas son manteau.

Matthew lui demanda si elle désirait boire quelque chose. Elle répondit que non. Sa nervosité, sa possible répugnance à se trouver là, le poussa à vouloir la rassurer ou la convaincre.

S'avançant vers elle, il la prit dans ses bras et enfouit son visage dans ses cheveux. Elle se laissa faire. Au bout d'un moment, il baissa la tête pour l'embrasser. Elle répondit de façon minimale, sans ouvrir la bouche. Il fourra son nez dans son cou. Lorsqu'il revint à sa bouche, elle recula.

– Vous avez un préservatif ? dit-elle.

– Non, dit Matthew, surpris par sa hâte. Désolé. Je ne suis pas de la génération préservatifs.

– Vous voulez bien aller en chercher un ?

Plus du tout séductrice, elle était à présent très pragmatique, le front plissé. À nouveau, Matthew songea à en rester là.

Au lieu de cela, il dit :

– Oui. Où est-ce que je peux en trouver un à cette heure ?

– Sur la place. Il y a un kiosque. C'est le seul endroit ouvert.

Plus tard, en Angleterre, durant les mois des récriminations et des regrets, Matthew ne pourrait nier qu'il avait eu le temps de la réflexion. Il quitta l'hôtel seulement vêtu d'une veste. Dehors, la température avait chuté. Tandis qu'il marchait vers la place, le froid lui éclaircit les idées, mais pas suffisamment, au bout du compte, pour l'empêcher d'entrer dans le kiosque lorsqu'il le trouva.

Une fois à l'intérieur, il eut une nouvelle occasion de se raviser. Les préservatifs n'étaient pas disponibles en rayon, il fallait les demander au vendeur derrière le comptoir. Celui-ci s'avéra être un Sud-Asiatique d'une cinquantaine d'années, si bien que Matthew fut assailli par l'idée farfelue qu'il achetait des préservatifs au propre père de la fille.

Il paya en liquide, fuyant le regard du vendeur, et se pressa de sortir.

Il faisait noir dans la chambre à son retour. Il pensa que la fille était partie. Il était à la fois déçu et soulagé. Puis une voix monta du lit :

– N'allumez pas la lumière.

Dans l'obscurité, Matthew se déshabilla. Une fois au lit, trouvant la fille nue elle aussi, il n'eut plus aucune réserve.

Il enfila le préservatif à tâtons. La fille écarta les jambes tandis qu'il se hissait sur elle, mais il n'avait quasiment rien fait lorsqu'elle se crispa, avant de se redresser.

– C'est rentré ?

Matthew crut qu'elle s'inquiétait pour la question de la contraception.

– Il est dessus, la rassura-t-il. J'ai mis un préservatif.

La fille lui retenait le torse d'une main et ne bougeait plus, comme à l'écoute de son propre corps.

– Je ne peux pas, dit-elle enfin. J'ai changé d'avis.

Quelques instants plus tard, sans un mot de plus, elle était partie.

Le lendemain matin, Matthew se réveilla une demi-heure avant ses questions-réponses. Se levant d'un bond, il prit une douche, se rinça la bouche avec le bain de bouche de l'hôtel et s'habilla. Moins d'un quart d'heure plus tard, il était en route pour le campus.

Il n'avait pas la gueule de bois mais était encore un peu ivre. En marchant sous les arbres dénudés, il avait l'impression de flotter. Le monde qui l'entourait – les feuilles mouillées dans les allées, les nuages effilochés qui dérivaient dans le ciel – lui semblait curieusement manquer de substance, comme s'il le voyait à travers un filet.

Il ne s'était rien passé. Presque rien. Il aurait pu avoir tellement plus à se reprocher que c'était presque comme s'il n'avait rien fait du tout.

En milieu de matinée, il fut pris d'un mal de tête. Il se trouvait à ce moment-là dans les locaux du département de physique. En arrivant, il avait eu peur que la fille soit parmi les étudiants rassemblés dans la salle brillamment éclairée ; puis il s'était souvenu qu'elle ne pouvait pas venir. Il s'était alors détendu et avait répondu aux questions des étudiants comme en pilotage automatique. Il avait à peine besoin de réfléchir.

À midi, son chèque d'honoraires dans la poche de sa veste, Matthew était dans le train et rentrait à New York.

Juste après Edison, il était sur le point de s'endormir sur son siège quand il reçut un texto.

> Merci pour la dédicace. Je la vendrai peut-être un jour. Heureuse de vous connaître. Au revoir.

Il répondit : « Je vous enverrai un exemplaire de mon livre pour que vous puissiez l'y coller. » Puis, jugeant ce message trop ouvert, il l'effaça et le remplaça par : « Moi aussi, ravi de vous connaître. Bonne chance pour vos études. » Après avoir appuyé sur ENVOYER, il effaça toute la conversation.

Elle avait attendu trop longtemps pour aller voir la police. C'était ça, le problème. Voilà pourquoi on ne la croyait pas.

Le procureur de la ville, que Prakrti avait déjà rencontré une fois, avait un torse puissant, un visage franc et des cheveux blonds, fins et clairsemés. Assez bourru, il employait souvent des gros mots mais traitait Prakrti avec délicatesse quant aux détails de l'affaire.

– Le fautif, on sait très bien qui c'est, dit-il. Mais si je poursuis ce dépravé, son avocat va tenter de décrédibiliser votre témoignage. Il faut donc que je voie avec vous ce qu'il pourrait dire pour nous y préparer. Vous comprenez ? Je ne fais pas ça de gaieté de cœur, croyez-le bien.

Il demanda à Prakrti de raconter à nouveau son histoire, depuis le début. Il lui demanda si elle avait bu le soir des faits. Il l'interrogea sur le détail des actes sexuels pratiqués. Qu'avaient-ils fait précisément ? Qu'est-ce qui était consenti et qu'est-ce qui ne l'était pas ? Qui avait eu l'idée d'acheter des préservatifs ? Avait-elle été sexuellement active auparavant ? Avait-elle un petit ami sans que ses parents le sachent ?

Prakrti répondit de son mieux, mais elle ne se sentait pas prête. Si elle avait couché avec un homme mûr, c'était justement pour éviter ce genre de questions. Des questions concernant son consentement, son alcoolémie, son éventuel comportement provocant. Elle était suffisamment bien informée, elle avait vu suffisamment d'épisodes de *New York, unité spéciale* sur son téléphone pour savoir comment se terminaient ces procédures pour les femmes. Mal. Le système judiciaire favorisait le violeur, toujours.

Il fallait que le rapport sexuel lui-même soit une infraction pénale. Dans ce cas seulement, elle en était automatiquement la victime. La victime irréprochable. Irréprochable et néanmoins – par définition – plus vierge. Plus digne d'être mariée à un Hindou.

Voilà comment Prakrti avait calculé son coup.

Un homme mûr était préférable car, avec un homme mûr, peu importait qu'elle l'ait allumé par texto, ou qu'elle soit venue de son plein gré dans sa chambre d'hôtel. L'âge de consentement dans le Delaware était fixé à dix-sept ans. Prakrti s'était renseignée sur Internet. Légalement, elle n'était pas capable de consentement. Par conséquent, il était inutile de prouver qu'il y avait eu viol.

De plus, un homme mûr et marié n'irait pas crier sur les toits ce qui s'était passé. Il ne voudrait pas que la presse en parle. Personne au lycée ne serait jamais au courant. Quelqu'un, au service des inscriptions d'une université, qui chercherait le nom de Prakrti sur Google, ne trouverait aucune trace électronique de l'affaire.

Enfin, un homme mûr et marié n'aurait que ce qu'il méritait. Elle se sentirait moins coupable d'impliquer un type comme ça qu'un élève naïf de son établissement.

Mais après l'avoir rencontré, l'homme en question, le physicien d'Angleterre, et avoir mis son plan à exécution, elle avait eu des remords. Il était plus gentil qu'elle ne s'y attendait. Il semblait plus triste qu'autre chose. C'était peut-être un pervers – c'était sûr, même – mais elle ne pouvait s'empêcher d'avoir un peu de sympathie pour lui, et de regretter de l'avoir manipulé.

Pour cette raison, pendant plusieurs mois, elle se retint d'aller voir la police. Elle espérait ne pas être obligée d'exécuter son plan jusqu'au bout – un élément nouveau changerait peut-être la donne.

L'année scolaire arriva à son terme. Prakrti trouva un job d'été chez un glacier de la ville. Elle devait porter un tablier à rayures multicolores et un chapeau de papier blanc.

Un jour, fin juillet, lorsque Prakrti rentra du travail, sa mère lui donna une lettre. Une vraie lettre, écrite sur du papier, et envoyée par la poste. Les timbres sur l'enveloppe montraient le visage souriant d'une star du cricket.

> Chère Prakrti,
>
> Je m'excuse de ne pas t'avoir écrit plus tôt. Mes études universitaires sont très difficiles et me demandent toute mon énergie. Je me raccroche à l'idée que, par mes efforts, je bâtis un avenir pour moi-même et pour ma future famille, c'est-à-dire toi, bien sûr. Je commence à comprendre qu'obtenir un poste chez Google ou chez Facebook ne sera peut-être pas aussi facile que je l'espérais. J'envisage à présent d'entrer dans une entreprise de flash-trading installée dans le Nouveau-Brunswick, où mon oncle travaille déjà. Je n'ai pas le permis de conduire et j'ai peur que cela ne pose un problème. L'as-tu, toi ? Peut-être possèdes-tu une voiture ? Je sais que nos parents ont discuté de la possibilité qu'une voiture soit fournie dans la dot. Cela m'arrangerait beaucoup.

Prakrti n'en lut pas davantage. En sortant du travail le lendemain, au lieu de rentrer chez elle, elle se rendit au commissariat de police derrière l'hôtel de ville. C'était il y avait presque un mois. Depuis, on avait recherché l'homme, mais aucune arrestation n'avait eu lieu. Quelque chose bloquait la procédure.

– Le juge va vouloir savoir pourquoi vous avez attendu si longtemps, dit le procureur de la ville.

– Je ne comprends pas. J'ai lu la loi sur Internet. Aujourd'hui, j'ai dix-sept ans, mais j'en avais seize à l'époque. Par définition, c'est un viol.

– Vous avez raison. Mais lui, il prétend qu'il n'y a pas eu rapport sexuel. Qu'il n'y a pas eu… pénétration.

– Bien sûr que si, il y a eu pénétration, se renfrogna Prakrti. Il suffit de lire nos textos. Ou de regarder la vidéo. On comprend très bien ce qui se passe.

Si elle avait envoyé l'homme au kiosque, c'était parce qu'elle savait qu'il y avait là-bas une caméra de surveillance. Elle comptait également emporter le préservatif et y faire un nœud pour conserver le sperme. Mais, dans le feu de l'action, elle avait oublié.

– Les textos prouvent qu'il y a eu séduction, concéda le procureur. Ils prouvent l'intention. Même chose pour la vidéo où on le voit acheter les préservatifs. Mais nous n'avons aucune preuve de ce qui s'est passé dans la chambre.

Prakrti regarda ses mains. Un peu de glace verte avait séché sur l'extérieur de son pouce. Elle la gratta du bout de l'ongle.

Lorsque l'homme s'était mis sur elle, elle avait été submergée par une vague de tendresse protectrice vis-à-vis de son propre corps. L'haleine de l'homme était rendue âcre et douceâtre par l'alcool. Il était plus lourd qu'elle ne l'aurait cru. En entrant dans la chambre d'hôtel et en le voyant, debout, en chaussettes, elle lui avait trouvé l'air vieux et les joues creusées. Elle avait les yeux fermés. Elle avait peur que ce soit douloureux. Ça lui était égal de perdre sa virginité, mais elle voulait donner le moins possible d'elle-même. Uniquement de quoi constituer l'infraction, rien de plus, aucune approbation apparente et surtout pas d'affection.

Il était entre ses jambes, il appuyait. Elle ressentait un pincement.

Elle le repoussait. Se redressait.

Le pincement qu'elle avait ressenti n'était-il pas une pénétration ? Elle le saurait, si on l'avait pénétrée, non ?

– Quand même, si un homme achète des préservatifs, ce n'est pas pour rien, dit-elle au procureur de la ville. Comment je peux prouver qu'il y a eu pénétration ?

– C'est plus difficile au bout d'un certain temps. Mais pas impossible. Combien de temps a duré le rapport sexuel ?

– Je ne sais pas. Une minute.

– Le rapport a duré une minute.

– Peut-être moins.

– A-t-il joui ? Je suis désolé, je suis obligé de poser la question. La défense le fera, il faut s'y préparer.

– Je ne sais pas. Je n'avais jamais… c'était ma première fois.

– Et vous êtes sûre que c'était bien son pénis ? Pas son doigt ?

Prakrti fouilla dans sa mémoire.

– Ses mains étaient sur ma tête. Il me tenait la tête. À deux mains.

– Ce qui m'aiderait vraiment, ce serait si nous avions un témoin à qui vous en ayez parlé juste après, dit le procureur. Quelqu'un qui confirmerait votre version. Vous en avez parlé à quelqu'un ?

Prakrti n'en avait parlé à personne. Elle voulait que personne ne le sache.

– Ce salaud prétend qu'il n'y a pas eu de rapport sexuel. Donc ça étaierait votre dossier, fortement, si vous vous étiez confiée à quelqu'un peu de temps après l'agression. Rentrez chez vous. Réfléchissez. Essayez de vous rappeler si vous n'avez pas raconté ce qui s'est passé à quelqu'un. Même par texto ou par mail. Je vous rappellerai.

Le vol de Matthew au-dessus de l'océan suit la progression du soleil. À une ou deux heures près, son avion arrive à New York au moment de la journée où il est parti de Londres. En sortant de l'aérogare, il est assailli par la lumière. On est en novembre ; il comptait sur le jour déclinant pour adoucir son retour sur le territoire, mais le soleil est au zénith. Le dépose minute est encombré de cars et de taxis.

Il donne au chauffeur l'adresse de son hôtel. Il n'est pas question de réintégrer le domicile conjugal. Tracy a accepté de lui amener les enfants plus tard dans l'après-midi. Quand Matthew lui a proposé de rester dîner, dans l'espoir de réunir la famille et de voir comment évolueraient les choses, Tracy est restée évasive. Mais elle n'a pas écarté cette possibilité.

Le simple fait de rentrer et de voir les gratte-ciel de Manhattan à l'horizon remplit Matthew d'optimisme. Depuis des mois, il est impuissant, à l'abri d'une arrestation mais bloqué dans des sortes de limbes, comme un Assange ou un Polanski. Maintenant, il va pouvoir agir.

Il a appris en août qu'on le recherchait pour l'interroger, alors qu'il donnait une série de conférences en Europe. La police de Dover a obtenu une copie de son passeport auprès de l'hôtel où il avait séjourné, copie réalisée à son arrivée. La police est remontée jusqu'à l'adresse de sa mère. Ses conférences terminées, il est allé voir Ruth et Jim dans le Dorset. Là-bas, une lettre de la police l'attendait.

Durant les six mois qui se sont écoulés entre sa visite à l'université et la réception de cette lettre, Matthew avait presque oublié la fille. Il avait régalé quelques-uns de ses amis de cette anecdote, en leur décrivant les avances étranges de la fille et, à la fin, son changement d'avis. « Qu'est-ce que tu croyais, imbécile ? » lui a dit l'un d'eux. Mais il a également demandé, l'air envieux : « Dix-neuf ans ? C'est comment, avec une gamine de cet âge ? »

À vrai dire, Matthew ne sait plus. En repensant à cette soirée, son souvenir le plus clair est la façon dont le ventre de la fille a frissonné lorsqu'il s'est hissé sur elle. C'était comme si un petit animal, une gerbille, un hamster, était coincé entre eux et essayait de se dégager. Un frissonnement de peur ou d'excitation, propre à cette fille. Tout le reste lui est sorti de la tête.

Lorsque Matthew a reçu la lettre de la police, un autre ami, juriste, lui a recommandé de prendre un « conseil local », c'est-à-dire un avocat de Dover ou du comté de Kent, qui connaîtrait le procureur et le juge sur place. « De préférence une femme, a ajouté l'ami en question. Ça te sera peut-être utile si tu te retrouves devant un jury. »

Matthew s'est assuré les services d'une femme du nom de Simone Del Rio. Durant leur premier entretien téléphonique, après qu'il lui a exposé sa version des faits, elle a dit :

– Et c'est arrivé en janvier dernier ?

– Oui.

– Pourquoi a-t-elle attendu si longtemps, d'après vous ?

– Aucune idée. Je vous l'ai dit, elle est cinglée.

– Ce délai, c'est bien. C'est bon pour nous. Je vais en discuter avec le procureur, je vais voir ce que je peux apprendre.

Le lendemain, elle le rappelait.

– Ça va peut-être vous surprendre, mais la victime supposée, au moment où vous l'avez rencontrée, n'avait que seize ans.

– C'est impossible. Elle était en première année à l'université. Elle m'a dit qu'elle avait dix-neuf ans.

– Je n'en doute pas. Apparemment, elle a menti là-dessus aussi. Elle est au lycée. Elle a eu dix-sept ans en mai dernier.

– Peu importe, a dit Matthew, une fois cette information intégrée. Il n'y a pas eu de rapport sexuel.

– Écoutez, a dit Del Rio. Aucune charge n'a encore été retenue contre vous. J'ai rappelé au procureur qu'il n'avait pas le droit de vous faire interroger sans vous poursuivre. J'ai également souligné qu'aucun grand jury ne vous fera inculper dans de telles circonstances. Honnêtement, tant que vous ne revenez pas aux États-Unis, vous n'aurez pas de problème.

– Il faudra bien que je revienne un jour. Ma femme est américaine. Mes enfants vivent là-bas. Moi aussi. Enfin, jusqu'à maintenant.

Les autres informations que lui a données Del Rio n'étaient pas très rassurantes. La fille avait effacé leurs textos de son téléphone, tout comme Matthew. Mais la police avait obtenu un mandat pour les faire récupérer par la compagnie téléphonique.

– Ces choses-là ne s'en vont pas, a expliqué Del Rio. Elles restent stockées sur le serveur.

Il y avait aussi le problème de l'enregistrement vidéo horodaté du kiosque.

– Sans la possibilité de vous interroger, l'enquête est au point mort. Si ça continue comme ça, j'arriverai peut-être à faire classer le dossier.

– Ça va prendre combien de temps ?

– Impossible de le dire. Mais écoutez-moi bien, je ne peux pas vous conseiller de rester en Europe. Vous comprenez ? Je n'en ai pas le droit.

Matthew a compris le message. Il est resté en Angleterre.

De là où il était, il a regardé sa vie imploser. Tracy qui sanglotait au téléphone, qui l'engueulait, qui le maudissait, puis qui refusait de répondre à ses appels et, pour finir, qui engageait une procédure de séparation. En août, Jacob a cessé de lui parler pendant trois semaines. Hazel a été la seule à continuer de communiquer avec lui sans arrêt, bien que gênée de jouer les intermédiaires. De temps en temps, elle lui envoyait un émoticone de colère. Ou elle lui demandait : « Tu rentres quand ? »

Ces textos sont arrivés sur le portable anglais de Matthew. En Angleterre, il avait coupé son téléphone américain.

À présent, dans le taxi depuis l'aéroport, il sort son téléphone américain de son sac et l'allume. Il a hâte de dire à ses enfants qu'il est de retour, qu'il les verra bientôt.

Deux semaines s'écoulèrent avant que le procureur de la ville ne convoque Prakrti à nouveau. Après les cours, elle monta dans la voiture à côté de sa mère pour se rendre à l'hôtel de ville.

Prakrti ignorait quoi dire au procureur. Elle ne s'attendait pas à avoir besoin de témoins pour soutenir sa déposition. Elle n'avait pas prévu – elle aurait pu – que l'homme se trouverait en Europe et ne pourrait être arrêté ni interrogé. Tout avait concouru à bloquer la procédure et sa vie avec.

Prakrti avait bien envisagé de demander à Kylie de mentir pour elle. Mais même si elle lui faisait jurer de garder le secret, Kylie en parlerait forcément à au moins une personne, qui à son tour en parlerait à une autre, et bientôt tout le lycée serait au courant.

Pas moyen non plus d'utiliser Durva. Elle mentait affreusement mal. Face à un grand jury, elle aurait craqué. De plus, Prakrti ne voulait pas que Durva sache ce qui s'était passé. Elle avait promis à ses parents de ne rien dire à sa petite sœur.

Quant à ses parents, elle n'était pas sûre de ce qu'ils savaient précisément. Trop gênée pour leur parler elle-même, elle avait laissé cette tâche au procureur de la ville. Lorsqu'ils étaient ressortis de leur entretien avec lui, elle avait été choquée de voir que son père avait pleuré. Sa mère s'était montrée gentille avec elle, pleine de sollicitude. Elle lui avait proposé des choses auxquelles elle n'aurait jamais pensé toute seule et qui devaient venir du procureur. Elle avait demandé à Prakrti si elle voulait « voir quelqu'un ». Elle disait qu'elle comprenait, et soulignait que Prakrti était une « victime », que ce qui s'était passé n'était pas sa faute.

Durant les semaines et les mois qui avaient suivi, une chape de silence avait recouvert l'affaire. Sous prétexte de protéger Durva, ses parents n'abordaient jamais le sujet. Le mot *viol* n'était jamais prononcé. Ils faisaient le nécessaire, coopéraient avec la police, communiquaient avec le procureur, mais rien de plus.

Tout cela mettait Prakrti dans une position étrange. Elle en voulait à ses parents de fermer les yeux sur une agression qui, après tout, n'avait pas eu lieu.

Elle n'était plus certaine de ce qui s'était passé, ce fameux soir à l'hôtel. Elle savait que l'homme était coupable. Mais avait-elle vraiment la loi de son côté ?

Elle ne pouvait plus reculer, à présent. Elle était allée trop loin.

Plus de dix mois avaient passé. Diwali approchait à nouveau, plus avancé cette année en raison de la nouvelle lune. Aucun voyage en Inde n'était prévu.

Devant l'hôtel de ville, les arbres, feuillus la première fois qu'elle était venue, étaient à présent dénudés, révélant la statue de George Washington à cheval, au bout de la colonnade. Sa mère se gara près du commissariat mais ne bougea pas pour sortir de la voiture. Prakrti se tourna vers elle.

– Tu ne viens pas ?

Sa mère la regarda. Non pas avec sa nouvelle tendresse évasive mais de cet air dur, strict et réprobateur qui avait toujours été le sien. Ses mains serraient le volant si fort que la jointure de ses doigts était blanche.

– Tu t'es fourrée dans ce pétrin, à toi de t'en sortir, dit-elle. Tu veux être maîtresse de ta vie ? Eh bien, vas-y. Moi, c'est terminé. C'est fichu. Comment veux-tu qu'on te retrouve un mari, maintenant ?

Ce fut le mot *retrouve* que releva Prakrti.

– Ils sont au courant ? Les Kumar ?

– Bien sûr qu'ils sont au courant ! Ton père les en a informés. Il a dit que c'était son devoir de le faire. Moi, je n'en crois rien. Il n'a jamais été favorable à ce mariage. Il s'est fait une joie de me discréditer, comme d'habitude.

Prakrti resta silencieuse en digérant la nouvelle.

– Tu es ravie, je suppose, dit sa mère. C'est ce que tu voulais, non ?

C'était ce qu'elle voulait, bien sûr. Mais l'émotion qui envahit Prakrti était bien loin d'être aussi simple que de la joie ou du soulagement. Cela tenait davantage du remords, pour ce qu'elle avait fait à ses parents, et à elle-même. Tournant son visage vers la portière, elle se mit à sangloter.

Sa mère n'eut aucun geste de réconfort. Lorsqu'elle reprit la parole, sa voix était remplie d'un amusement amer.

– Tu aimais donc ce garçon, en fin de compte ? C'est ça ? Tout ce temps, tu as joué la comédie à tes parents ?

Dans sa main, le téléphone se met à vibrer frénétiquement. Des mois de textos et de messages vocaux qui arrivent en même temps. À ce moment-là, Matthew est en train de contempler la brume au-dessus de l'East River, ainsi que les immenses publicités pour des compagnies d'assurances et des films sur les panneaux d'affichage. La plupart des textos proviennent de Tracy ou des enfants, mais des noms d'amis défilent aussi, des noms de collègues. La première ligne de chaque texto s'affiche. Un passage en revue de ces quatre derniers mois, les prières, la fureur, les lamentations, les reproches, la tristesse. Il fourre à nouveau son téléphone dans son sac.

À l'entrée de Midtown Tunnel, le bruit du vibreur continue de se faire entendre. Les retombées, dégelées, pleuvent sur Matthew.

– Je n'entre pas, annonça Prakrti, sur le seuil du bureau du procureur. J'abandonne les poursuites.

Son visage était encore baigné de larmes. Aisément mal interprétées.

– Rien ne vous y oblige, dit le procureur. Nous allons l'avoir, ce salaud. Je vous le promets.

Prakrti secoua la tête.

– Laissez-moi terminer, poursuivit le procureur. J'ai réfléchi à votre affaire. Même sans témoin pour confirmer vos dires, nous avons un important moyen de pression contre ce type. Sa famille est ici, aux États-Unis, il va donc vouloir revenir.

Prakrti ne semblait pas écouter. Elle regardait le procureur avec des yeux brillants, comme si elle avait enfin trouvé ce qu'il fallait dire pour tout arranger.

– Je ne vous en ai jamais parlé, mais j'ai l'intention d'aller en fac de droit après ma licence. J'ai *toujours* voulu être juriste. Mais maintenant, je sais *quel genre* de juriste. Procureur ! Comme vous. Vous êtes les seuls qui fassiez quelque chose de bien.

L'hôtel, entre la 20e et la 30e Rue Est, est celui où Matthew descendait il y a des années, à l'époque où c'était un établissement apprécié des éditeurs et journalistes européens. Depuis, il a été tellement rénové qu'on ne le reconnaît plus. De la techno résonne dans le hall aux allures de donjon et poursuit Matthew jusque dans les ascenseurs, où elle devient la bande-son de vidéos racoleuses diffusées sur des écrans intégrés. Au lieu de fournir un refuge à l'abri de l'agitation avide de la ville, l'hôtel entend faire entrer celle-ci en son sein.

Dans sa chambre, Matthew prend une douche et met une chemise propre. Une heure plus tard, il est à nouveau dans le hall, parmi les boum-boum de la musique, à attendre l'arrivée de Jacob et Hazel – et de Tracy.

Avec le sentiment d'affronter une tâche redoutée, il entreprend de faire défiler ses textos, et de les effacer, un par un. Certains viennent de sa sœur, Priscilla, d'autres d'amis l'invitant à des soirées vieilles de plusieurs mois. Il y a aussi des relances de factures impayées et de nombreuses publicités.

Il ouvre un texto qui dit :

> C'est toujours vous ?

Tout de suite après, un autre, du même numéro.

> Bon, au fond, peu importe. C'est la dernière fois que je vous écris et j'imagine que vous ne m'écrirez plus, vous non plus. Je voulais juste vous dire que je suis désolée. Pour votre famille plus que pour vous. Je sais que ce que j'ai fait est un peu extrême. Je suis allée trop loin. Mais à l'époque la situation m'échappait complètement et j'ai eu l'impression que je n'avais pas le choix. Bref, je me suis fixé un objectif : m'améliorer. Ça peut vous intéresser. Adieu. Le V.d.F.

Depuis des mois, Matthew ne ressent que de la colère envers cette fille. Dans sa tête, et tout haut quand il est seul, il la traite de tous les noms, en utilisant les pires mots, les plus choquants, les plus vivifiants. Ces nouveaux messages n'attisent pourtant pas sa haine. Ce n'est pas qu'il lui pardonne, ou qu'il considère qu'elle lui a fait une fleur. En effaçant ces deux textos, il a l'impression de tripoter une plaie. Non pas d'une façon compulsive, comme autrefois, en risquant de la rouvrir ou de la réinfecter, mais simplement pour voir si elle guérit.

Ces choses-là ne s'en vont pas.

À l'autre bout du hall, Jacob et Hazel apparaissent. Suivis, quelques pas derrière, par une personne que Matthew ne connaît pas. Une jeune femme, polaire bordeaux, jean, baskets.

Tracy ne viendra pas. Ni maintenant, ni jamais. Pour le lui faire comprendre, elle a envoyé cette baby-sitter à sa place.

Jacob et Hazel ne l'ont pas encore vu. Ils semblent intimidés par les portiers sinistres et par la musique pulsative. Ils plissent les yeux dans la lumière tamisée.

Matthew se lève. Sa main droite, d'elle-même, jaillit en l'air. Il avait oublié qu'il était capable de sourire avec une telle ardeur. De l'autre côté du hall, Jacob et Hazel pivotent et, reconnaissant leur père, en dépit de tout, se précipitent vers lui.

2017

Remerciements

L'auteur tient à remercier les éditeurs suivants : Peter Stitt, J. D. McClatchy, Bradford Morrow, Bill Buford, Cressida Leyshon et Deborah Treisman.

Sa gratitude va également aux publications dans lesquelles ont paru pour la première fois, dans des versions antérieures, les nouvelles suivantes :

« Par avion », la *Yale Review*, octobre 1996.

« Mauvaise poire », le *New Yorker*, 17 juin 1996.

« Musique ancienne », le *New Yorker*, 10 octobre 2005.

« Multipropriété », *Conjunctions* n° 28, printemps 1997.

« À qui la faute ? », le *New Yorker*, 18 novembre 2013.

« La vulve oraculaire », le *New Yorker*, 21 juin 1999.

« Des jardins capricieux », la *Gettysburg Review*, hiver 1989.

« Fondements nouveaux », le *New Yorker*, 31 mars 2008.

Remerciements

Note du traducteur

Certaines de ces nouvelles, dans leur version originale, font référence à des ouvrages pour lesquels existe une traduction française publiée. Voici quelle part j'ai respectivement empruntée à ces traductions :

Seul un extrait du *Cadeau du froid, un conte de l'Alaska*, de Velma Wallis (traduit par Gerald Messadié, Lattès, 2009), est reproduit dans « Les râleuses ». Les légendes accompagnant les illustrations originales étant absentes de cette édition, je les ai traduites moi-même.

Une première version de « À qui la faute ? », traduite par mes soins, a paru dans *Vanity Fair France* n° 13, juillet 2014, sous le titre : « Cherchez le coupable ». J'ai remanié ici cette traduction en me conformant aux termes de l'ouvrage de Sue Johnson cité dans cette nouvelle (*Serre-moi fort ! Sept conversations pour une vie entière d'amour*, First, 2013), tels qu'ils ont été traduits par Stéphanie Rowley-Perpete.

« La vulve oraculaire » comporte certaines parties déjà publiées dans *Middlesex* (du même auteur, traduit par Marc Cholodenko, l'Olivier, 2003). Je me suis efforcé de me rapprocher au plus près de la traduction originale.

L'extrait des *Confessions* de saint Augustin (VIII, 12) cité en exergue de « Des jardins capricieux » est tiré de la traduction d'Arnauld d'Andilly (Gallimard, « Folio », 1993).

Enfin, tous les extraits de *De la démocratie en Amérique*, d'Alexis de Tocqueville, cités dans « Fondements nouveaux », sont tirés du tome 1 de l'édition Garnier-Flammarion de 1981. Que l'on ne s'étonne pas de ne pas y retrouver, en revanche, la « grande expérience » dont il est question dans l'original de cette nouvelle. Ce terme a été créé par Henry Reeve, l'auteur de la première traduction anglaise de l'ouvrage. Dans une lettre qu'il lui adressa en 1839, Tocqueville lui reprocha d'avoir, « sans le vouloir et en suivant l'instinct de [ses] opinions, coloré très vivement ce qui était contraire à la Démocratie et plutôt éteint ce qui pouvait faire tort à l'aristocratie ».

J'espère que l'auteur du présent ouvrage aura moins de « raisons de se plaindre » de moi.

O. D.

Table

RÉALISATION : NORD COMPO À VILLENEUVE-D'ASCQ
IMPRESSION : NORMANDIE ROTO IMPRESSION S.A.S. À LONRAI
DÉPÔT LÉGAL : SEPTEMBRE 2018. N° 987 (1802504)
IMPRIMÉ EN FRANCE